시골 촌놈 김진현이 걸어온 길, 걸어갈 길

길이나를
돌아본다

김진현 지음

도서
출판 행복에너지

길이 나를 돌아본다

초판 1쇄 발행 2022년 10월 11일

지 은 이	김진현
발 행 인	권선복
디 자 인	서보미
편 집	오동희
전 자 책	서보미
발 행 처	도서출판 행복에너지
출판등록	제315-2011-000035호
주 소	(157-010) 서울특별시 강서구 화곡로 232
전 화	0505-613-6133
팩 스	0303-0799-1560
홈페이지	www.happybook.or.kr
이 메 일	ksbdata@daum.net

값 20,000원
ISBN 979-11-92486-21-5(03810)

Copyright ⓒ 김진현, 2022

도서출판 행복에너지는 독자 여러분의 아이디어와 원고 투고를 기다립니다. 책으로 만들
기를 원하는 콘텐츠가 있으신 분은 이메일이나 홈페이지를 통해 간단한 기획서와 기획의
도, 연락처 등을 보내주십시오. 행복에너지의 문은 언제나 활짝 열려 있습니다.

길이 나를 돌아본다

김진현 지음

도서
출판 **행복에너지**

책머리에

글이나 문장은 제 나름대로 맛이 있는 법이다.

만약 어떤 사람이 수라간에서 왕비와 임금에게 올리는 표범의 태와

곰 발바닥 요리를 맛보고 나서, 자기가 천하의 진미를 다 먹었다고

생각해 마침내 메기장과 차기장, 회와 구운 고기를 먹지 않기에

이른다면 굶어 죽지 않는 사람이 드물 터이다.

선진(先秦)과 한(漢)나라의 글을 으뜸으로 받들어 구양수·소동파를

가볍게 여기는 사람이 어찌 이와 다르겠는가?

「구소문약발(歐蘇文略跋)」

구양수와 소동파 같은 우뚝한 대가의 글을 두고 호오와 시비가 이러할진대 무명소졸의 문장을 두고야 일러 무엇하겠는가?

그러나 사람이 걸어가는 길에는 흔적이 있을 수밖에 없고 이미 흔적이 있는 바에는 말과 글을 이루지 않을 수 없다. 하물며 산해진미와 기름진 음식을 질리도록 먹은 마음에는 평소 쳐다보지도 않던 씀바귀와 냉이 달래도 입맛을 돋울 때가 있는 법이다. 나아가 눈 밝은 농부의 손에 채 싹이 나오기도 전에 뽑혀 나가는 잡초도 때로 생광스러운 약이 되기도 함에랴. 그러니 내가

4

걸어온 길을 진솔하게 적어서 가까이는 우리 아이들에게 전하고, 나아가 뜻하지 않게 공감하는 독자를 만나게 된다면 망외의 기쁨이 아닐 수 없으리라.

나는 지금 그동안 걸어온 길을 되돌아보면서 여기까지 온 길에 감사하고 행복하다. 아직 경험하지 않은 갈 길이 남아있지만 온 길을 거울삼아 지금까지 살아온 나와는 또 다른 나를 찾아보고 싶은 생각에 졸필을 들게 되었다.

다른 사람의 눈을 염두에 두지 않고 내 생각과 느낌을 솔직하게 드러낸 까닭에 혹 주견에 치우친 대목도 있으리라 믿는다. 너그럽게 헤아려 주시기를 바란다. 그나마 이 글을 쓰기까지 음양으로 이끌어 주고 채찍질해준 많은 분의 은공을 새삼 떠올리게 되지만, 이 자리에서는 구구하게 들지 않고 서둘러 글을 줄인다.

2022년 9월

김진현 씀

-누구나 부담 없이 접할 수 있는 아름다운 글 -

홍은표 교수, 경제학 박사(전 OECD 사무국 마이크로데이터 실장)

　지나온 길을 회고하고, 글로 정리하고 싶어 하는 사람들은 세상에 많으나, 실행하는 사람은 드물다. 적지 않은 나이와 건강상 어려운 여건하에서도 자신이 세운 목표를 이루는 불굴의 정신에 찬사를 보낸다. 반세기 이상 가꿔온 자신의 문장력을 총동원하여 자신의 삶을 진솔하고 유려하고 풍부하게 풀어내었다.

　김진현 박사의 글은 구속이나 체면에 구애되지 않아 누구나 부담 없이 접할 수 있는 아름다운 글이다. 파스텔화처럼 은은하고 따뜻하게 펼쳐진 김 박사의 길에 동행하며, 잊고 살았던 자신의 소중한 삶을 되살리는 풍성한 가을 되시길 소망한다.

– 코로나로 고통받은 분에게 용기와 공감을 –

김동환 교수, 부동산학 박사(서울사이버대학교 부동산학과)

두메산골의 소작농 아들로 태어나 자취생활로 시작한 중학교와 야간고등학교를 거쳐 중견기업의 대표이사가 되고, 회갑이 훨씬 지나 학사, 석사, 박사과정을 8년 만에 마치는 치열한 삶을 살아온 저자에게 경의를 표한다. 칠십 평생의 파란만장한 삶을 한 편의 드라마같이 써 내려간 진솔하고 담백한 이야기는 밤이 새는 줄을 모르게 한다. 저자가 살아온 진솔한 삶이 오롯이 녹아있어 코로나로 고통받은 많은 분에게 용기와 공감을 얻을 만하다 할 것이다.

– 평범하기에 더욱 값진 글 –

이영석 유아교육학 박사(미래유아교육학회 회장)

오늘 나는 독자 여러분에게 위로와 감동을 선사하는 한 권의 자화상을 소개하고자 한다. 김진현 박사가 걸어온 이야기다. 저자의 삶은 우리의 삶이고 저자의 여정은 반전과 패러독스의 사이클이다. 70세가 넘어 그가 취득한 학위와 100대 명산 등정은 우리에게 큰 울림과 감동을 주기에 충분하다. 그래서 나는 저자의 삶에서 나타난 그만의 성공방정식을 이 시대의 모든 독자에게 알리고 싶은 충동을 느꼈다.

저자의 이야기는 우리가 쉽게 넘볼 수 없는 선택받은 사람의 이야기가 아니라, 손을 뻗으면 언제든지 쉽게 닿고 볼 수 있는 평범한 이야기기에 더욱 값지다 할 것이다. 저자의 소박한 이야기는 성공의 고차방정식이라기보다 1차 방정식에 더 가깝다. 그래서 우리에게 친숙하고 대하면 대할수록 심연에서 강한 울림과 감동을 자아내게 한다. 사계절의 향연이 각각 다르듯 저자가 걸어온 변곡점마다 강하게 풍미하는 진한 삶의 향기는 세대와 시대를 초월하여 이 글을 접하는 많은 독자에게 영감과 공명을 주기에 충분하고도 남음이 있으리라.

목차

제1부

**여울목
물살을
헤치며**

1. 운명

2. 결혼 그리고 일

제1부

여울목
물살을
헤치며

1

운명

°산골 아이로 태어나

제2차 세계대전에서 일본이 연합군에 패하여 항복하고 우리나라가 광복을 맞이한 지 2년 후 시골 다랑논의 벼가 황금빛을 띨 무렵 두메산골 초가집에서 8남매의 넷째로 태어난 한 생명, 분명 출생 그 자체는 축복이었다. 그러나 해방 후에도 상당기간 정치, 경제 등 사회 전 분야에서 적지 않은 혼란이 야기되던 때였다.

생전 어머님 말씀으로는 해방 후에도 대부분 가난과 싸워야 했으며 끼니 걱정에서 자유로운 집은 극히 드물었다고 했다. 출산을 위해 병원을 이용한다는 것은 엄두도 내지 못했으며 거의 100% 집에서 아이를 낳던 시절이었고 심지어 미역국도 제대로 먹을 수 없는 상황이었다고 한다.

다행히 인자하신 시어머니께서 손주가 태어나면 지어주려고 다락방 한쪽에 간직해 두었던 쌀 항아리를 개봉하셨다. 막상 열어 보니 그 안에서 쌀벌레가 수십 마리 나왔지만 한 톨의 쌀이라도 아끼려고 정성을 다해 가려내고 지어주신 바라지 밥을 드셨다고 한다.

°내 뿌리

　나는 종종 고향이 어디며 어떤 곳이냐는 질문을 받을 때가 있었다. 반가우면서도 답을 하기가 쉽지만은 않았다. 내 고향은 자동차는 물론 자동차가 다닐 수 있는 신작로도 없었고 심지어 리어카나 자전거가 다닐 수 있는 길도 없었다. 물건을 옮길 수단은 오직 '지게'가 유일했다. 평상시는 짚신을 신고 일상생활을 했고, 외출할 때는 고무신을 비누로 깨끗이 닦아 신었다.

　나는 경상북도 영덕군 지품면 도계리 291번지에서 소작농의 8남매 중 넷째로 태어났다. 위로는 형님과 누님 두 분, 아래로는 여동생 세 명과 막내 남동생이 있다. 보기 드문 깡촌이다. 초가집이었고, 방바닥에는 조부님께서 '고드랫돌'을 매달아 직접 짜신 짚자리나 돗자리를 깔아놓고 생활했다. 밤이면 등잔 위에 호롱불을 가운데 켜놓고 식구들이 둘러앉아 저녁 식사를 하곤 했다. 식구들의 옷가지는 방 안의 횃대에 깔밋하게 걸어놓고 생활했다.

　마당 한구석에는 두엄과 쓰레기를 쌓아두었다. 담장도 없고 사립문도 없었다. 울바자를 길 양쪽에 세우고 그 사이로 길을 만들어 왕래했다. 마당 한구석 감나무 밑에는 닭장을 지어 닭 몇 마리를 키웠다. 외양간 옆에 있는 변소는 재래식이고 밑씻개

16

로는 볏짚을 주로 사용했고 신문지나 달력은 최고급품으로 대우받았다. 아마 우리나라에서 문명의 혜택을 가장 늦게 받은 곳 중 하나가 아닌가 싶다.

집에 전기가 들어온 때가 1979년이다. 그것도 박정희 대통령 시절 펼쳐진 '새마을 운동'의 영향으로 그 시기를 앞당겼다고 한다. 부모님께서는 정규교육을 전혀 받지 못했다. 어머님은 무학으로 환갑이 지나서야 한글을 깨치셨다. 하지만 아버님은 유교의 경전인 사서(四書)까지 익혀 한문 실력이 수준급이었다.

본은 김녕(金寧)이다. 우리 문중의 관조는 김시흥(金時興)으로 경순왕의 넷째아들 김은열(金殷悅)의 9대손으로, 고려 인종 때 묘청의 난을 평정하여 김녕군(金寧郡)에 봉해졌다. 나는 김문기 어른의 19세손이 된다. 김문기는 김시흥의 후손으로 조선 정종 때 영의정을 지낸 김관(金觀)의 아들로 충북 옥천에서 태어났으며 호는 백촌(白村)이고 시호는 충의공(忠毅公)으로 사육신(死六臣)의 한 분이다. 충의공께서는 1453년 계유년 10월 수양대군이 단종의 왕위를 찬탈하자 단종 복위 운동을 하다가 1456년 6월 8일 성삼문, 이개, 하위지 등과 군기감 앞길에서 수레로 사지를 찢기어 죽이는 환형(轘刑)을 당했다.

사육신의 한 사람으로 거사에 참여한 백촌 가문은 계유정난 때 만고역적으로 몰려 재산은 몰수당하고 모, 처, 딸과 손자 이하는 노비로 전락했다. 문자 그대로 멸문이다. 당시 사육신의 가문 모두가 참화를 입었다고 한다. 역사상 유례가 없는 순의(殉

義)요 비극이었다 하겠다.

이처럼 역적의 가문으로 몰리자 후손들도 살아남기 위해 시각을 다투어 어린 자녀들의 손을 잡고 남의 눈을 피해 두메산골로 피신하였다. 목숨이라도 부지하려면 선택의 여지가 없었다. 은둔생활을 하다 200년이 지나서야 사람행세를 할 수 있었다고 한다. 우리 문중 역시 그 맥을 500년 이상을 이어오면서 지금에 이르고 있다. 고향에는 조부모님과 아버님의 산소가 있고, 경찰 공무원으로 정년퇴임하신 형님이 부산과 고향을 오가면서 소일하며 지낸다.

어린 시절 나는 할아버님이 장난감처럼 예쁘게 만들어준 지게를 지고 뒷산에 가서 땔감 나무를 해오곤 했다. 나무를 해오면 특히 할머님이 아낌없는 칭찬을 해 주었다. 할머님은 아버님과 어머님께 나중에 손자들에게는 절대 농사일을 시키지 말고 학교에 보내라는 당부의 말씀을 자주 하셨다. 당시 내가 살던 동네는 모두 열다섯 집 정도 되는 작은 마을이었다. 대부분 가정에서는 남자아이든 여자아이든 학교에 보내지 않고 농사일이나 집안일을 돌보게 하던 시절이었다.

나는 겨울에는 가끔 숙부님과 형님을 따라 산에 올무나 덫을 놓아 산토끼와 오소리와 족제비를 잡기도 했다. 산토끼 고기는 먹고 털은 벽에 붙여 말려서 팔았다. 오소리 고기는 특히 맛있게 먹은 기억이 난다. 족제비는 주로 박제나 붓을 만드는 데 사용되었다. 특히 짙은 황색 족제비 박제는 5일 장날에 팔아서 돼

지고기 몇 근을 거뜬히 살 정도로 가격이 나가서, 그런 날 저녁에는 맛있는 고깃국을 다 같이 먹을 수 있었다.

또 늦가을이면 집 건너편 가을걷이가 끝난 밭에는 꿩이 유난히 많이 내리던 곳이 있었다. 꿩을 잡기 위해 철사를 구부려 콩속을 파내고 그 안에 '사이나(청산가리)'를 넣고 초를 녹여 메워서 꿩이 내리는 곳에 두면 꿩이 그것을 먹고 목이 말라 물을 먹으려고 근처 숲속에 가서 목을 처박고 있어 여러 마리를 쉽게 사냥해 올 수 있었다.

모두 다 먹을 게 없던 시절의 일이니, 지금이라면 꿈같은 얘기다. 겨울철에는 눈이 허리춤까지 올라올 정도로 쌓여서 어머님은 개울가에 가서 물을 길어오지 못해 눈을 녹여서 밥을 지을 때도 있었다. 사방이 산으로 둘러싸여 토지라고는 조상님들이 화전을 일군 밭들이 대부분이었고, 논(畓)은 다랑논이 있을 뿐이었다.

특별히 내놓을 만한 특산물은 없었다. 있다면, 가을부터 시작하여 겨우내 한지를 생산하여 판매하는 일과 담배 농사를 지어 얼마간의 목돈을 마련하는 정도였다. 한지는 닥나무를 원료로 하여 만드는데 내가 살던 동네에서는 '딱나무'라 불렀다. 가을이 되면 논두렁이나 비탈진 밭에서 닥나무를 베어 큰 가마솥에 넣고 껍질이 흐물거릴 때까지 푹 삶은 후 껍질은 벗겨 햇볕에 말린다. 이를 다시 물에 불려서 발로 밟아 하얀 내피를 걸러내고 양잿물을 섞어 물에 담가두었다가 물기를 짜낸다. 종이 덩어리를 '지통'에 넣고 닥풀 뿌리를 발(足)이나 괭이로 으깨어 끈적거리는 풀물이 나오면 삼베 자루 속에 바가지로 퍼 넣는다. 건더기는 걸러내고 종이 덩어리와 함께 막대기로 잘 풀리도록 섞고 발을 걸어 적당한 두께로 떠서 물기를 뺀 뒤 건조실로 옮겨, 넓적한 철판에 빗자루로 붙여 말리면 한지 한 장이 완성된다.

당시 우리 집을 포함한 동네 4가구가 한지의 모든 과정을 생산해 낼 수 있는 시설을 지어 우리 밭에서 생산한 닥나무뿐만 아니라 멀리 떨어져 있는 동네의 닥까지 사 와서 많은 양의 한지를 생산했다.

가을철이 되면 산에 머루, 다래가 지천으로 널려 있어 마음껏 따먹은 것도 잊을 수 없는 추억이요, 고향의 맛으로 기억된다. 또 개울에 가서 돌을 들추거나 웅덩이에 쌓인 낙엽을 걷어내면 가재가 몇 마리씩 웅크리고 있어 잡아서 구워 먹든지 집에 가져가면 할머님이 찌개를 맛있게 끓여 주셨다.

최근에 와서는 송이가 가정경제에 큰 보탬을 준다. 송이버섯 농사는 한 달 남짓하게 적당한 습도와 태양 등 천혜의 조건이 맞을 때는 많은 수확이 가능하다. 송이로 억대의 수익을 올리는 가정도 더러 있다. 본인의 산이 없는 경우에는 국유림을 불하받아 공동 채취하여 영림서에 판매하여 금액을 분배하곤 한다. 송이값이 워낙 고가이다 보니 동네 인심이 사나워진 것 같아서 안타깝다. 호사다마라 하겠다.

송이는 절기상 백로를 기점으로 채취가 시작된다. 채취 기간은 지역에 따라 다소 차이는 있지만 대략 추분에서 상강 사이가 일반적이다. 내가 어릴 때는 송이 가격이 워낙 싼 관계로 누구든지 산에 가서 송이를 채취했다. 그 당시는 냉장고가 없었기 때문에 고추장 독에 담가두었다가 도시락 반찬으로 먹었고 이듬해 여름까지도 먹은 기억이 난다. 송이 가격은 1990년대에 일본에 수출하면서부터 비싸지기 시작했다. 나도 10여 년 전 노후에 귀농하면 경제적으로 도움이 될까 싶어 송이가 나는 고향 앞산을 매입했는데 지금은 형님께서 관리하고 계신다.

증조부님은 4형제를 두셨는데 그중 조부님은 장남이셨다. 조부님은 슬하에 아버님을 비롯한 3남 3녀, 6남매를 두었고 아들로는 아버님이 장남이다. 둘째 숙부님은 결혼한 지 얼마 되지 않아 한국전쟁이 발발하자 좌익들의 꼬임에 넘어가 북한지도자가 대한민국의 통일 대통령이 된다는 말만 믿고 통일운동을 하셨다 한다. 그렇게 고생만 하다 돌아가셨다는 사실을 나는 수십 년 전에야 아버님을 통해 전해 들었다. 스무 살에 남편을 잃은 후 재혼도 하지 않고 70년 이상 외아들 하나만 바라보며 평생을 살아오신 숙모님을 뵐 때마다 가슴이 저리다. 숙부님의 기대와는 다르게 인공기 대신 태극기를 게양하고 애국가를 부르는 세상이 되었지만, 한때 부역한 죄치고는 너무 가혹하다는 생각이 든다.

할머님은 생전에 둘째 아들을 그리워하며 "용규(숙부님 성함)가 불쌍케 죽었다"며 눈물을 훔치곤 하셨다.

1950년대 우리 동네는 TV는 물론, 라디오, 전화도 없던 때였다.

아이들의 출생신고나 어르신들의 사망신고 등은 각 가정에서 직접 면사무소에 가서 해야 하는데 잘 알지 못하여 몇 년간 내버려 두기가 다반사였다. 심지어 5~6년간 출생신고를 미루다 보니 13살에 초등학교 입학을 하는 경우도 있었다. 민원은 면사무소 직원들이 동네 출장 왔을 때 의뢰를 받아 해결해 주곤 했다.

당시 도계 1, 2동에는 약 100여 가구 정도가 살고 있었다. 내가 초등학교 입학하던 해 도계동 전체 동장(洞長)을 선출하는 선거가 있었다. 뜻이 있는 사람이 출마하여 선거를 통해 당선되는 시기였는데 최종적으로 도계 2동을 대표하여 아버님이, 도계 1동에서 한 분이 출마했다. 동별 인구 구조로는 다른 분이 훨씬 유리하였지만, 동네의 민심은 아버님 쪽으로 쏠려 몰표가 나오다시피 했다. 아버님께서 여유 있게 당선되어 오랫동안 동네일을 돌보셨다.

동장에 당선된 후 전 동민을 집으로 초대하여 큰 잔치를 벌인 기억이 난다. 당시 동장에 대한 대우로 정부에서 주는 월급은 따로 없었던 것 같고 1년에 두 번 여름에는 가구당 '보리' 한 말과 가을에는 '벼' 한 말을 주는 것이 전부였다.

우리 집에는 하루가 멀다고 문중 사람들이 방문했고 전화도 없던 시기라 면사무소 직원도 수시로 찾아왔다. 그러다 보니 자연스럽게 집안일은 어머님이 거의 도맡아 했다. 농사철에는 새벽부터 밤늦은 시간까지 억척같이 일하신 기억이 난다.

어린 우리도 새벽에 깨워서 학교에 가기 전까지 밭일을 시키기도 했다. 누님들과 여동생에게 하도 일을 많이 시키니까, 우리 엄마는 계모라고, 친엄마라면 자식들한테 농사일을 이렇게까지는 시킬 수 없다고 쑤군거리는 소리를 들을 정도였다.

어머님은 농한기인 겨울철에는 또 한지를 만드는 닥을 깎고 종이를 생산하는 일을 했다. 그야말로 잠자는 시간을 빼고는 거의 일에 몰두했던 것 같다. 반면 아버님은 동네일과 문중 일을 보시느라 집안일은 등한시하는 편이었다. 당시의 어머님들이 대부분 그러하듯 우리 어머님은 아들과 딸의 차이를 크게 둔 것 같다. 큰누님은 아예 초등학교에도 보내지 않았고, 둘째 누님도 초등학교 4학년까지 다니게 하고 농사일을 하게 했다. 나는 철이 들고부터는 누님들에게 항상 죄송한 마음을 가졌다.

나는 초등학교에 입학하기 전까지 주로 친구들과 소 먹이고 꼴 베고 마당 쓸고, 할아버님 방에 군불을 때는 일을 도맡아 했다. 군불을 땔 때는 큰 가마솥에 소여물을 끓였다. 군불 땔감으로는 오래 타는 장작이 제격이었다. '불쏘시개'는 주로 '갈비'나 싸리나무 등을 이용했다. 그때 '정지(부엌의 사투리)'에서 동생들과 함께 옹기종기 모여서 잉걸불에 구워 먹던 숯검정이 감자와 고구마 맛을 어찌 잊으랴.

할머님이 돌아가신 이후부터 나는 주로 할아버님 방에서 자곤 했다. 할아버님은 평생 담배를 피우셨다. 당시 '파랑새'라는 담배가 있었지만, 할아버님은 담배가 떨어지면 밭에 심어진 담뱃잎을 따다가 잘게 썰어서 긴 곰방대의 '대꼭지'에 넣어 피우셨다.

늦은 밤에도 한 번 정도는 담배를 피우곤 했다. 가끔 부싯돌로 담뱃불을 붙이기도 했지만, 밤에는 주로 화롯불을 이용했다. 따라서 곱돌로 된 화로에 불씨를 꺼지게 해서는 안 되었다. 화롯불 관리도 손자인 내 담당이었다. 할아버님은 연세가 많아서 밤에는 '스테인리스 요강'을 머리맡에 두었다가 볼일을 보셨다. 아침에 일어나서 요강 비우고 놋대야에 세숫물 준비하는 일도 내가 담당했다. 그러나 수세미질과 짚으로 요강을 닦는 일은 어머님 몫이었다.

겨울이면 친구들과 썰매 타기와 못 치기, 자치기도 하고, 명절이 되면 꼬리연과 방패연도 만들어 띄우고 솔가지를 깎아 만든 팽이 돌리기 내기도 하였다. 학교를 파하고 집에 올 때 배가 고파 길옆의 무밭에 들어가 뽑아먹은 왜무의 단맛도 잊을 수 없다. 쥐똥나무를 베어 불에 구부려 고무줄을 매어 만든 '새총'으로 참새를 잡아 구워 먹던 참새고기 맛도 그립다.

두어 달 만에 한 번씩 들르는 엿장수 가위소리가 들리는 날에는 온 동네 어른, 아이들 할 것 없이 난리다. 사람들은 하던 일을 작파하고 짝 잃고 찢어진 고무신, 쇠붙이, 수저 동강 난 것 등을 들고 엿장수 곁으로 모여든다. 엿장수 아저씨가 지고 온 목판에는 '박하엿'과 '가락엿'이 가득했다. 할머님은 마루 밑을 뒤지며 쇠붙이를 찾는 나에게 구멍 난 양은 냄비와 동강 난 호미를 주셨다. 할아버님이 좋아하시는 박하엿을 조금 사고 나머지는 가락엿을 사서 '영택'이와 '찬극'이 '한극'이 '종락'이 '석남'

이 '무조' 등 친구들과 엿치기해서 구멍이 큰 사람에게 몰아주곤 했다. 가위바위보로 편을 짜서 친구들의 등을 안장 삼아 말타기를 즐기던 일도 빼놓을 수 없는 추억이 되었다.

'필자 생가': 경상북도 영덕군 지품면 도계리 291번지(1978년 11월 5일 촬영)

° 유년 시절

증조부(曾祖父)님께서는 한학에 매우 조예가 깊은 선비였다고 한다. 그렇지만, 웬일인지 네 명의 아들에게는 흔한 서당 공부도 안 시키고 일 잘하는 농사꾼으로 키우셨다 한다.

다행히 손자인 우리 아버님은 한학을 공부하여 상당한 실력을 갖추신 어른으로 문중과 동네의 대소사를 도맡으셨다. 아버님은 우리 8남매를 키우면서 어떤 자식에게도 큰소리를 내시거나 매를 든 적이 없을 정도로 인자하고 효심 또한 지극하셨다.

아버님 회갑연 때의 일이다. 마당에 멍석을 깔고 거기 헌수상을 차리고 잔치를 열었다. 아직 할아버님께서 살아계셨으므로 먼저 아버님과 어머님이 함께 헌수(獻壽)를 올리고 재배를 드렸다. 할아버님께서 돈 한 푼을 꺼내어 아버님을 드리자 아버님은 마당을 가득 채운 온 동네 사람들을 향해 그 돈을 높이 흔드시며, "내 아배한테 돈 받았다." 하며 자랑하셨다. 마당은 폭소로 들끓었다. 옛날 노래자(老萊子)라는 효자가 70세 때 때때옷 차려입고 재롱을 부려 그 부모를 즐겁게 해드리고, 이 '어린애'가 장성하기까지 부모님이 살아계시길 축수한 그 뜻을 본뜨신 것이다. 내 기억으로는 아버님이 할아버님께 말대답하는 모습을 한 번도 본 적이 없지 싶다.

막내 숙부님께서는 조카인 나를 많이 귀여워하셨다. 송이를 따러 갈 때나 별식인 도토리묵을 쑤기 위해서 '굴밤(상수리의 방언)'을 주우러 갈 때도 나를 데리고 다니셨다. 내가 초등학교 입학하기 전 숙부님과 함께 집 뒤의 고엽 나무에 '대봉감' 나무를 접붙여 놓았는데, 지금은 수십 미터 높이로 자라 해마다 많은 감을 수확한다.

할아버님이 돌아가셨을 때 아버님은 비록 시묘살이는 하진 않았으나 3년 동안 빈소에 상식을 올리는 일을 거르지 않으셨다. 불초 언감생심 그분의 발치에라도 이르기를 바라리요, 다만, 지금까지 살아오면서 누가 되지 않으려고 노력 중이다.

당시 우리 집에는 조부모님, 부모님, 그 아래 8남매가 함께 생활하다 보니 불편한 점도 있었지만, 나름대로 가족의 뜨거운 정과 삶의 방법도 자연스럽게 터득하지 않았나 싶다. 특히 인자하신 할머님의 손주 사랑은 지금도 생각하면 그립다. 내가 중학교 2학년 '물상' 수업 시간 중에 할머님의 부음을 듣고 얼마나 놀랐던지 단숨에 집으로 달려가 할머님이 모셔진 병풍 앞에서 울다가 기절하는 바람에 온 식구들이 야단법석을 떨게 한 기억도 있다.

아버님께서는 내가 초등학교 입학하기 전에 서당(書堂)에 다니도록 환경을 만들어 주셨다. 나는 동네 나이 많은 형님들과 함께 천자문을 익혔다. 서당 훈장님(죄송하게도 朴氏 성을 쓰신 것만 기억한다)께서는 내가 먹을 잘 간다며 나이가 십여 살 위인 형들도 여러 명 있었지만, 그 일을 내게 맡기셨다. 처음에는 먹이 밖으로 튀기도 하여 힘들었으나 먹을 약간 눕혀서 팔에 힘을 빼고 갈면 쉽게 갈리곤 했다. 이튿날 서당에 가면 선생님이 지켜보는 가운데 전날 배운 천자문 여덟 글자를 쓰게 하였다.

아버님 회갑연(1979년)

우선 자세를 가다듬고 붓을 잡고 글씨를 써야 하는데 팔꿈치가 방바닥에 닿지 않아야 한다. 집필할 때 붓을 너무 강하게 잡으면 운필이 마음먹은 대로 되지 않는다. 선생님께서는 필순이 틀릴 때는 가차 없이 큰소리로 꾸중하셨다. 그때 마침 입춘이라 선생님께서는 동문수학하던 모든 이에게 입춘서를 쓰게 하셨다.

'입춘대길(立春大吉) 건양다경(建陽多慶)'이라고 쓴 입춘서를 부엌문에 오랫동안 붙여놓기도 했다.

하루는 서당에 가지 않고 형들과 아저씨뻘 되는 최석렬, 차용극, 최운학 씨 등 3명과 개울에서 가재를 잡다가 시간이 늦어 결석했다. 다음 날 서당에 갔더니 훈장님은 크게 노하시며 한 명씩 목침 위에 세워서 종아리에 피멍이 들도록 회초리로 열 대씩 치셨다. 집에 돌아오니 할머님께서 상처 난 곳에 된장을 바르고 천으로 동여매 주셨다. 그날 이후로는 한 번도 결석하지 않았다.

머리가 하얀 훈장님은 언제나 상투 머리를 단정하게 하고 계셨다. 당시 훈장님은 한 집에서 한 달씩 돌아가며 모셨던 것으로 기억한다.

훈장님 방 모서리에는 항상 큼직한 하얀 사기그릇에 붓과 황토물이 놓여있었다. 배운 것을 창호지에 써서 훈장님께 평가를 받을 때 쓰는 것인데 동그라미 수로 평가를 해 주셨다. 형님뻘 되는 분들과 서당에서 함께 한문을 배우는 시간도 재미있었고, 글씨를 예쁘게 쓴다며 칭찬과 더불어 굵은 붓으로 황토색 동그라미를 늘 여러 개 받는 것도 즐거운 일이었다. 그 시절 함께 가재를 잡던 세 분 모두 세상을 하직하셨다. 마음 한구석 허전함과 동시에 세상을 이기는 장사가 없다는 말이 실감 날 뿐이다.

° 추억 어린 8km 꼬부랑길

천자문(千字文)을 떼고 동몽선습(童蒙先習)을 몇 장 배울 무렵 초 등학교에 입학하라는 통지서가 나왔다. 할머님께서는 "학교에 입학하면 공부 열심히 해서 촌에서 지게 지는 일 하지 말고 나 중에 꼭 도시에 가서 살아야 한다."라는 말씀을 종종 하셨다. 나 는 한편으로는 좋으면서도 "학교에 입학하면 집에서 키우는 소 두 마리(어미 소와 송아지)는 누가 먹이느냐"며 걱정되어 학교에 가 지 않겠다고 떼를 쓴 기억이 난다. 결국, 학교에 입학하게 되었 고 바로 위의 누나와 함께 집에서 멀리 떨어진 면 소재지에 있 는 지품초등학교(당시: 국민학교)에 입학했다.

초등학교는 집에서 약 8km 정도 떨어진 곳에 있었다. 당시에 는 전염병(홍역) 영향으로 사망자가 속출하여 보통 2~3년이 지 난 뒤 출생신고를 하는 관계로 자연히 초등학교 입학은 늦어질 수밖에 없었다. 심지어 13살에 입학하는 학생도 있었다. 나도 호적에 따라서 만 10살에 입학했다. 신작로는 물론 자전거 길도 없는 논둑길을 걷고 돌다리를 건너서 학교에 다녀야 했다. 겨울 철 등하굣길은 특히 더 힘들었다.

당시 내가 살던 동네는 전기도 들어오지 않았고, 자전거도 다 닐 수 없는 논둑길과 비포장도로뿐이었다. 먼 거리를 등하교하다

보니, 도계 2동에서 8명이 입학했으나 6명이 중도에 자퇴하고 친구인 신현운과 나 두 명만 초등학교를 졸업했다. 중도 자퇴한 6명 중 가장 오래 다닌 친구가 4학년 1학기까지였다. 어린 나이에 감당하기엔 먼 두멧길이었다. 당시에는 학교를 그만 다니겠다고 하면 오히려 농사일을 도울 일손이 늘었다며 반기는 시절이었다. 초등학생이 편도 약 8km를 6년간 등하교하기란 쉬운 일이 아니었다.

지금까지 특별히 운동하지 않아도 이 정도 건강을 유지할 수 있는 것은 부모님께서 물려주신 건강한 DNA 덕분이고, 또 다른 요인으로는 초등학교 6년 동안 뜀박질하며 다져진 기초 체질 영향 때문이 아닌가 싶다. 나는 이 시간 자부하고 싶다. 어린 시절, 그 두멧길이 있었기에 우리나라 산림청이 선정한 100대 명산을 정복할 수 있었다는 것을⋯.

돌이켜보면, 어린 시절의 불편한 생활이 결코 헛되지는 않았던 것 같다. 지금도 이따금 그때의 흔적과 기억을 되새기곤 하며 대도시의 각박한 삶의 길잡이로 삼으려 한다. 내 고향, 그 산촌을 지금도 사랑하고 그리워한다.

초등학교는 일본 강점기에 지어진 건물이라 마룻바닥 교실이었기 때문에, 신발은 복도 정해진 곳에 모두 벗어놓고 맨발이나 양말만 신고 교실에 들어가 벌벌 떨면서 공부해야만 했다. 그 무렵 시골 학교에 다닌 이라면 다들 알겠지만, 점심 도시락은 대개 보리밥이나 좁쌀밥이었다. 반찬이라고는 김치나 고추장이

주를 이루고 형편이 다소 좋은 집이라야 멸치볶음 정도이고, 계란 후라이를 반찬으로 싸 오는 학생은 한 반 80명 중 1~2명 정도였지 싶다. 그나마 도시락을 싸 올 형편조차 되지 않는 학생이 몇 명 있어 친구들과 나눠 먹던 슬픈 추억도 어제 일인 듯 새롭기만 하다.

또 당시는 쥐가 워낙 많아 곡식을 축내기 때문에 범국가적으로 쥐잡기 운동이 벌어질 때다. 행정안전부 국가기록원에 따르면 우리나라는 1960~1970년대 쥐를 양곡을 훔쳐 먹는 박멸 대상으로 여기고, 1970년 1월 26일 '전국 쥐잡기 운동'을 실시했다. 쥐잡기 운동은 1980년대까지 계속되다가 1990년대 이후부터 없어졌다. 한 달에 몇 마리씩 의무적으로 쥐를 잡아, 쥐꼬리를 담임 선생님께 제출해야 했다. 쥐는 가을철 벼가 누렇게 익은 논에 많았다. 하굣길에 친구들과 함께 돌멩이와 몽둥이를 들고 쥐를 잡아 쥐꼬리를 나누어 가지곤 했다. 선배 중 한 명은 할당된 수의 쥐를 잡지 못해 오징어 꼬리에 까만 숯을 칠해서 제출했다가 선생님께 혼이 나는 웃지 못할 일도 있었다. 당시 보건소나 면사무소에 쥐꼬리를 가져가면 쥐꼬리 한 마리당 연필 한 자루를 받은 기억이 난다. 원하면 학용품 대신 현금으로 보상해 주기도 했다.

나는 초등학교 6년 동안 나름대로 열심히 공부했고 선생님으로부터 사랑도 많이 받으며 보냈던 것 같다. 졸업식 날 부모님은 한지(韓紙) 말리는 일을 하시느라 형님께서 대신 졸업식에 참

초등학교 졸업식(1963년)

석하셨다. 운 좋게도 나는 교육감(김병직)상을 수상하고, 졸업생
을 대표해서 답사했다. 졸업식장은 가운데 칸막이를 한쪽으로
밀어 놓고 교실 두 개를 합쳐서 만들었다. 식순에 따라 교장 선
생님의 축사 말씀과 시상식이 끝나고 5학년 후배의 송사에 이
어 내가 답사를 하는데, 답사가 채 끝나기도 전에 식장 곳곳에
서 흐느끼기 시작하여 졸업식 노래가 시작되자마자 식장은 온
통 울음바다가 되었다. 눈물 속에 졸업식 노래를 함께 불렀다.

잘 있거라 아우들아 정든 교실아

선생님 저희들은 물러갑니다

부지런히 더 배우고 얼른 자라서

새 나라의 새 일꾼이 되겠습니다

    왜 그렇게 대성통곡을 했는지…. 초상집을 방불케 하는 통곡이었던 것 같다.

    지금 생각해도 그 세월이 그립다. 눈물이 난다. 1961년 2월 초등학교를 졸업한 지 60년의 세월이 흘러갔다. 그때가 또 문득 떠오른다. 내 동기생으로 두 개 학급 160명이 입학해서 78명이 졸업했으니 학업을 끝낸 이가 반이 채 못 된다. 78명 중 열 명이 읍내에 있는 영덕중학교와 지품고등공민학교에 진학하고 나머지 동무들은 여러 사정으로 부모님을 도와 농사일을 하거나 취직해야 하는 형편이었다.

°사라호 태풍

1959년 9월 추석날, 20세기를 통틀어 한반도를 휩쓸고 지나
간 최악의 태풍 중 하나인 '사라'가 전국을 강타하여 엄청난 재
산 피해와 인명 피해를 가져왔다. 자료를 찾아보니 인명 피해만
사망·실종 849명, 부상자 2,533명이나 될 만큼 대한민국 정부
수립 이래 최대의 자연재해가 되었다. 특히 경상도 북부 지역의
피해가 막심했다.

당시 나는 초등학교 2학년이었다. 학급 반장(당시 급장으로 호칭)
의 책임감으로 태풍 이틀 뒤에 학교에 가기 위해 등굣길에 나
섰다. 당시는 전화도 없던 때라 아무런 정보도 들을 수 없던 시
기였다. 책가방은 부잣집 자녀들이나 반에서 1~2명 메고 다닐
뿐 대부분 학생은 광목천으로 된 검은 보자기를 책가방 대용으
로 사용했다. 나 역시 어머님께서 만들어 주신 광목을 검은색으
로 물들여 만든 책보자기를 어깨에 엇메고 학교에 가기 위해 집
을 나섰다.

한참을 걸어 동구 밖 당나무(일명 당산나무라고 불리며, 토속신앙 중
마을을 지키는 신적인 존재로 제사를 지내는 곳을 의미함)를 지나서 냇가에
이르러 살펴보니 태풍 뒤라 돌다리는 물속에 잠겨 잘 보이지 않
고, 물살이 워낙 세찬지라 개울을 건널 수 없을 것 같았다. 그래

서 개울 건너편에 책보자기를 먼저 던져놓고 뒤로 조금 물러섰다가 냅다 뛰어올랐다. 그러나 검정 고무신이 미끄러져 헛디디는 바람에 시냇물에 휩쓸려 약 30~40m 떠내려가던 중 바위와 버드나무에 걸려 간신히 목숨을 건질 수 있었다.

어린 나이에도 천지신명이 도와주신 덕분이라 생각했다. 한참 시간이 흐른 후 정신을 차리고 그곳에서 겨우 빠져나올 수 있었다. 이미 신발은 물에 떠내려가 맨발인 상태로 마당에 들어서니, 할머니께서 깜짝 놀라시며 어찌 된 일이냐고 물으셨다. 자초지종을 말씀드렸더니 조상님이 우리 손주를 살려 주셨다면서 기뻐하시던 모습이 지금도 생생하다.

그 당시 사고의 영향으로 40대 중반까지 매년 한 번씩 가슴에 담이 결리는 아픔을 겪곤 했었다. 지금까지 살아오면서 크고 작은 시련과 어려움이 닥칠 때마다 당시를 생각하면서 견디어낸 때가 한두 번이 아니다. 특히 하사관 학교에서 고된 훈련을 받을 때 큰 위로가 되었다. 그때 바위와 버드나무가 없었다면 세상을 떠날 수도 있었는데 운 좋게 살아남았다. 그 이후의 삶은 모두 덤이라 생각하면서 살고 있다. 어릴 때 천재지변으로 경험한 '사라호 태풍'은 나를 정신적으로 조금은 성숙하게 한 사건으로 기억하고 싶다.

사라호의 피해는 강풍보다는 주로 호우와 해일에 의한 것이었다. 호우로 하천이 범람하거나 역류했고, 태풍의 중심에 가까웠던 경상남도 남해안에서는 해일까지 발생하여 각지의 침수 피해 면적이 집계하기 힘들 만큼 매우 광범위했다. 자료에 따르면 전국적으로 피해 주택이 1만여 채, 침수된 농경지가 20만여 ha에 이르고 이재민만 37만 명이 넘었다.

도로 10,226군데, 제방 1,618개, 축대 152개, 교량 2개가 유실되거나 파손되었다. 공공시설의 피해도 컸으며 해상에서는 강풍에 의한 높은 파도와 해일이 겹치면서 9천 척이 넘는 선박이 파손되거나 침몰했다. 특히 경상도 지역에 막대한 피해를 남긴 '사라'는 꽤 오랜 시간이 지난 현재까지 악명 높은 태풍의 대명사로 꼽히고 있다.

누가 세월이 무상하다고 말했던가. 60년 이상 지난 현재, 어린 시절 내 목숨을 앗아갈 뻔한 바로 그곳에는 제법 멋진 큰 교량이 놓여있다. 이유가 무엇이든 살아남는 것이 중요하다. 그래야 과거의 추억도, 앞으로 전개되는 멋들어진 변화들도 함께 공유할 수 있지 않은가.

사라호 태풍 당시 사고 당한 개울의 현재 모습 2022년 9월 15일

° 부모님 품을 떠나

나는 운 좋게도 초등학교 입학 전에 아버님께서 천자문을 익히도록 환경을 만들어 주셔서 그 영향이 오늘날까지 끼친 것 같다. 개인적인 생각이지만 한자는 글자마다 고유한 뜻을 지니고 있을 뿐만 아니라 시각적 이해가 쉬운 편이라 손주들에게도 취학 이전에 조기 교육하도록 아들, 딸들에게 권하는 편이다.

물론 장점만 있는 것은 아니다. 획수가 많아 구조가 복잡하고 글자 수가 워낙 많아 기억하는 데 어려움이 있기는 하다. 그렇지만 어릴 때의 한자 교육은 언어습득에 많은 도움이 되는 것 같아 고려해 볼 만하다는 생각이 든다.

초등학교 졸업 후 영덕읍에 소재한 영덕중학교에 입학했다. 중학교 입학과 동시에 친구와 함께 방을 얻어 자취를 시작했다. 밥 짓는 경험이 없었던 까닭에 첫날 어머님이 오셔서 시장에 가서 풍로와 양동이, 물을 길어둘 독을 장만해 주셨다.

어머님께서는 밥 짓는 방법을 가르쳐주시고 김치도 담가 주고 가셨다. 궁하면 통한다고 했던가? 일주일 동안은 2층 밥도 짓고 태우기도 했지만, 며칠이 지나자 제대로 지어서 먹고 등교할 수 있을 정도가 되었다.

당시 쌀이 귀했지만, 부모님께서는 자취생활 3년간 흰 쌀밥을 먹을 수 있도록 배려해 주셨다. 반찬은 매주 토요일 집에 갔을 때 어머님께서 준비해 주신 것으로 대충 때우곤 했다. 그러나 주 반찬은 김치나 고추장으로 해결했다. 가끔 시간의 여유가 있을 때 감자를 썰어 넣고 김치찌개라도 끓일 양이면 세상 부럽지 않은 진수성찬이었다.

어느 여름날 오후 일이다. 친구와 오십천에 멱을 감으러 가서 물속에서 한참 더위를 식히고 나오니 날이 어둑해져 가고 있었다. 걸으면서 보니 길옆에 잘 자란 양파밭이 있었다.

"야아! 양파 좋다."

"그래!"

말하면서 우리 둘은 똑같은 생각을 하고 있었다.

"몇 개만 뽑아갈까?"

"그래! 찌개 끓여 먹으면 좋겠다."

"세 개만 뽑아가자."

우리는 몸을 숙이고 밭에 들어가 허겁지겁 양파를 뽑아 들고 나왔다.

그리고 막 걸음을 옮기려는 순간,

"야 이놈들아!"

뒤를 돌아보았다. 아저씨가 저만치서 소리를 지르며 다가오고 있었다.

"거기 서! 남이 농사지어 놓은 걸 훔치다이 으응?"

다리는 말뚝으로 박히고 하늘이 핑그르르 돌았다.

이윽고 주인이 다가왔다.

"이놈들 느거들 학생이제 어응?"

"예……."

"그란데 도둑질을 해? 학교서 그러케 가르치더나? 허어 참…
가자 느거들 학교로 가자. 내 오늘 버릇을 고쳐놓을 모양이니.
가자 이놈들, 허어 참."

퇴학… 아 부모님… 선생님…

젖 먹던 힘을 짜내어 목구멍 아래로 아래로 저 혼자 도망치는
말을 끄집어 올려야만 했다.

"한 번만 용서해 주이소. 우리는 오늘 처음이시더…."

그때 여태 옆에서 가만히 듣고 계시던 아주머니가 수건을 벗
으며 말씀하셨다.

"학생들이 와 이런 짓을 하노? 허락 없이 남의 밭에 들어가면
안 된다는 것쯤이사 배웠을 텐데…."

"잘못했니더. 다시는 안 그럴 시더."

"학생들 자취하나?"

"예……."

"그래. 마아 고생하면서 공부하는데, 느거들 부모님을 생각해
보거래이. 이게 될 끼가?"

"……."

"옜다, 이거 찌개 끓일 때 넣어 묵으면 맛이 나을 끼다."

시금치 한 단까지 '장물(?)'에다 덤으로 얹어주셨다.

아주머니와 이제는 말없이 담배를 피우고 계시는 아저씨를 향해 몇 번이나 고개를 숙이고 우리는 돌아섰다. 고마움과 부끄러움과 무서움으로 다리가 후들거렸다. 아, 스승과 교실은 학교에만 있는 것이 아니었다.

목수건을 쓰신 내 스승이여!

토요일이면 학교가 파한 뒤 교통비를 아끼려고 영덕읍에서 약 19km 정도의 거리를 친구 현운이와 걸어서 집으로 가곤 했다. 그런 날이면 녹초가 되었다. 주일은 소 꼴을 베고 밭을 매는 등 농사일을 거들다가 월요일 새벽같이 일어나 면(面)사무소까지 도보로(8km) 가서 버스를 타고 읍내에 있는 학교에 가는 일이 3년간 되풀이되었다.

아침밥을 먹고 학교에 가기 위해서는 아침 일찍 물을 길어 와서 숯을 피워 밥을 지어 먹고 수업 시간 전에 등교해야 했다. 숯은 시골에서 고모부님께서 숯가마로 직접 숯을 구워 상품으로 팔 수 없는 부스러기를 3년간 공급해 주셨다. 고모부님께서는 60대에 유명을 달리하셨다. 그렇게나 술을 좋아하셨는데 한잔 대접할 길 없이 가셨으니 고맙고 안타까운 마음뿐이다.

어린 나이의 자취생활은 어려움도 많았지만 어릴 때부터 스스로 살림을 꾸려감으로써 독립정신을 자연스럽게 터득할 수 있었다. 내가 자취하는 집 주위에는 우물이 없어 약 200m 이상 떨어진 공동 우물에서 두레박으로 길어야 했다. 그것도 조금 늦게 가면 도착한 순서대로 긷다 보니 줄 서 있는 사람이 많아 몇 번은 그냥 돌아와서 밥을 굶고 학교에 간 적도 있었다.

또 전기료를 아끼려고 가운데 벽을 뚫어 백열등 하나로 주인집과 함께 사용했다. TV도 없던 시기라 밤 9시경 주인집 식구들이 안방에서 먼저 잠자리에 들면 나는 전깃불을 끄고 밤늦게까지 촛불을 켜놓고 공부할 수밖에 없었다. 세월이 흐르고 보니 그것도 내 인생에 작은 영향을 끼쳤지 싶다. 자취생활 중 가장 고통스러웠던 일은 하나의 재래식 화장실을 5가구 14명이 이용하는 것이었는데, 그 불편은 겪어보지 않고는 실감할 수 없다. 일을 보기 위해 전쟁 아닌 전쟁을 매일 치러야 했다.

°교주의 꿈

　내가 초등학교 다닐 때 일이다. 학교 운동장에서 100여m 정도 거리에 아름다운 구세군 교회가 있었다. 그때까지 나는 누구로부터도 종교에 대한 이야기를 들어본 적이 없었다. 그런 내게 구세군 교인은 특수한 별세계의 사람들로 보였다. 제복도 아주 멋있어 보였다. 집안 식구가 아플 때나 어떤 우환이 생기면 할머니께서는 고지바가지(바가지의 방언)를 마당 한쪽에 엎어놓고 땅바닥에 부엌칼로 열십자를 그으시고 비손을 하셨고 때로 방 한쪽에서 삼신할머니께 자식들 잘되기를 비셨는데 나는 그것이 종교의 전부라 생각했다.

　중학교 2학년 새 학기를 시작한 지 얼마 지나지 않아 갑자기 삶에 대한 회의가 들었다. 토요일 오전 수업을 마치고 늦게 집에 와서 자고, 이튿날 오후 동네 친구들과 소를 먹이러 갔다.

　소를 먹이러 가면 보통 친구들은 소를 풀어놓고는 꼴을 벤 후 감자나 산머루를 채취하여 납작한 돌을 달구어 그 위에 구워 먹는 놀이를 즐겨 했다. 그러나 그날, 나는 친구들과 어울리기 싫어서 소먹이 꼴을 먼저 베어놓고, 혼자 한적한 바위 밑에서 정좌하여 시간 가는 줄도 모르고 기도를 드리다 그만 잠이 들었다. 날이 어두워도 내가 나타나지 않자 다른 친구들은 각자 자기 집 소를 찾아 돌아가고 아무도 남지 않게 되었다.

나는 혼자 남아서 가슴을 졸이며 소가 나타나기를 기다릴 수밖에 없었다. 산골에선 어두운가 싶으면 금세 앞을 구분할 수 없을 정도로 깜깜해진다. 얼마나 시간이 지났을까, 숙부님께서 멀리서 내 이름을 거푸 부르는 소리가 들렸다. 소가 나타나지 않은 상태라 부르는 소리를 듣고도 차마 대답조차 하지 못했다. 숙부님께서 손전등을 비추시며 다가오셨다. 한참을 기다리자니 소 울음소리가 나서 다행히 소를 찾아 집으로 돌아왔더니 온 식구가 마당의 멍석 위에 둘러앉아 기다리고 계셨다. 나는 고개를 들 수 없었다.

돌이켜보면 그때가 사춘기였던 것 같다. 대부분의 남녀 청소년들이 경험하듯 감정 기복이 심하고, 새롭게 눈뜬 강한 자아의식으로 모든 것에 대해 맹목적인 반항 또는 저항하고 싶은 마음이 들게 되는 그 시기가 내게도 예외 없이 찾아와 사회현상에 대한 부정적인 태도가 강하게 들게 되지 않았나 하는 생각이 든다.

나는 그 시기에 부처님도 되고 싶고, 막연하지만 교주가 되고 싶은 마음을 가지고 고민하던 중, 통일교 전도사 한 분이 자췻집에 찾아와서 통일교의 역사적 배경과 장점을 설명해 주면서 전도를 했다.

신에 대해 갈급함을 품고 있던 터라, 하늘이 보내주신 고마운 분이라는 생각이 들었다. 당시 그분은, 자신이 40일간 금식 기도한 적이 있으며 지금은 하나님의 자녀로 영덕지역 책임 전도

사로 사명을 다하고 있다며 나를 설득했다. 내가 설득당하는 데는 채 몇십 분이 걸리지 않았다.

나는 그분의 말에 동화되어 당장 단식에 들어가기로 약속하고, 이튿날부터 새벽 4시에 기상했다. 영덕읍 남석동 소재(당시 영덕경찰서 앞 2층 일본식 다다미방) 교당에 가서 기도를 드리고 매일 1시간 이상 메모까지 하면서 열심히 교리를 공부했다. 통일교는 1954년 5월 문선명(文鮮明) 교주가 창시한 종교로 당시의 '원리강의'는 상당히 재미있고 귀에 솔깃하게 다가왔다.

다행인지 불행인지 모르겠지만, 금식 7일째 되던 날이 월말고사를 치르는 날이었다. 첫 시간에 영어시험을 보는데 영어 철자가 거꾸로 보이는 게 아닌가? 시험을 망쳤다. 다음은 물상 시험이었는데 정신을 가다듬어 시험문제를 풀어보려 했으나 허기가 지고, 식은땀이 흐르는 등 문제지가 제대로 보이지 않았다. 실력 발휘가 될 리 만무했다. 하교 후 곰곰이 생각해 보니 하나님과 교주를 열심히 믿고 기도하면 최소한 기본 실력 이상은 발휘해야 하는데 오히려 시험을 망치게 된 것에 대해 의심과 서운한 마음이 들었다. 그날부로 교리 공부하는 것을 중단하고 교주가 되겠다던 꿈도 7일 천하로 끝내고 제정신을 차리고 일상으로 돌아왔다.

만약, 그때 월말고사와 금식 기간이 겹치지 않았다면 지금 나는 기독교 신자가 아닌 통일교 신자가 되어있을까? 그랬다면 내 인생이 달라졌을 수도 있었을 것 같기도 하다.

˚고등학교 야간부 입학

중학교 졸업이 가까워져 오자 고등학교 진학을 결정해야 하는 때가 되었다. 졸업생 중 대부분이 중학교와 같은 교정을 쓰고 있던 영덕농업고등학교에 진학하였고, 일부 학생은 대구로 유학하고 그렇지 못한 학생은 농사일에 종사하거나 도시에 나가 취직하던 시절이었다. 서울을 비롯한 대도시에 진학하는 친구들은 극소수에 지나지 않았다.

나는 가정형편 등을 고려하여 당시 인기 있던 직업 중 하나인 은행원에 뜻을 두고 상업고등학교에 진학할까 고민하다가, 평소 존경하던 초등학교 6학년 담임인 권민 선생님과 중학교 수학 선생님이신 오영교 선생님을 찾아뵙고 진학에 대한 상의를 드렸다. 두 분 선생님 모두 가능하면 인문계 진학을 하는 것이 먼 장래를 봐서 좋지 않겠느냐고 조언을 해주셨다. 두 분의 조언대로 나는 인문계 고등학교에 진학하기로 하고 서울과 대구, 부산 중 어느 도시를 택하느냐를 두고 고심했다.

서울에는 아는 분이 전혀 없어 포기하고, 큰고모님이 살고 계시는 부산으로 가기로 하여 뜻이 맞는 친구(배영학)와 함께 부산으로 가서 두 명이 같은 학교에 응시했다. 그러나 1차 시험에는 두 명 모두 낙방했다. 재수와 2차 응시를 두고 상의한 결과 재수보다는 당시 2차 중에서 가장 명문인 동아고등학교에 원서를 내는 것이 낫다고 여겨 함께 응시했다. 당시 주간반과 야간반으로 구분되어 있었다. 내가 낮에는 직장에 다니면서 야간부에서 공부하겠다고 하자 그 친구도 동일한 생각을 하고 있다고 말했다.

합격자 발표 날, 친구(배영학)와 집을 나서, 서면 로터리까지 걸어가서 대신동행 전차를 타고 학교로 향했다. 교문 앞에 합격자 명단이 큰 모조지에 붓글씨로 큼직하게 적혀 있었다. 1차에 낙방의 고배를 마신 터라 마음 졸이며 이름을 확인했다. 우리 모두 합격이었다. 서로를 축하하며 붕어빵 집에서 음료수를 곁들인 파티를 열었다. 친구는 친척집에 거처를 정하고, 나는 부산진구 당감동 시장에서 잡화가게를 운영하던 고모님 댁 부근에 자췻집을 얻었다. 당시 학교는 서구 서대신동에 있었으며 등하교는 버스와 전차 편을 이용했다. 편도 1시간 남짓한 거리였다.

°모래지게와 빨랫줄

고등학교 1학년을 마치고 나는 친구(김남중)와 의기투합(?)하여 학교를 자퇴하고 검정고시로 대학교에 진학하기로 하였다. 우리 둘은 담임이신 김헌 선생님을 뵈러 교무실로 찾아갔다. 여기저기 앉아계시는 선생님께 목례를 드리며 담임 선생님의 책상으로 향했다. 선생님 옆에 다가서자 뭔가를 쓰고 계시던 선생님이 고개를 들었다.

"어, 너희들 왔나? 웬일이고?"

"드릴 말씀이 있어서…." 내가 말했다.

"그래? 뭐꼬 말해봐라."

"저희 둘은 자퇴하려고 왔습니다." 남중이가 씩씩하게 나섰다.

"자퇴하더라도 검정고시를 치러 꼭 대학을 가…."

그 순간 선생님이 앉은 채로 의자를 왈칵 뒤로 밀치고 출석부를 잡고 일어선 것은 거의 동시였다. 선생님은 출석부로 사정없이 우리를 두들겨 패기 시작했다.

"뭐어라? 자퇴? 검정고시? 이놈의 자슥아들 하라는 공부는 안 하고! 자퇴애? 거엄정…? 에라 이 자슥들아! 그걸 말이라고 하나, 그래 해라! 내 얼마든지 시켜주끄마! 해라 이놈들아!"

한바탕 활극이 끝나자 선생님이 도대체 이유가 뭐냐고 물으

48

셨다. 나는 가정형편이 갑자기 어려워져 낮에는 돈을 벌어 학원에 다니면서 공부하기 위해서라고 엉겁결에 대답했다.

교무실에 다른 선생님들도 몇 분 계시는데 창피하기도 하고, 한편으로는 분하기도 했다. 선생님은 교실에 가서 기다리라고 했다. 한 30분쯤 지나서 교실에 오시더니 아프냐고 물으셨다. "괜찮습니다"라고 시무룩하게 대답했다. 선생님께서 더 맞아볼 거냐고 말씀하셨다. 잠시 침묵이 흐른 후 함께 가자고 하시며 앞장서신다. 동대신동 전철 종점까지 가면서 자퇴하면 안 되는 이유에 대해 차근차근히 말씀해 주셨다. 그리고 종점 부근에 있는 중국집으로 향했다. 자장면과 군만두를 주문했다. 세상에서 가장 고통스럽게(?) 먹은 자장면이 아닌가 싶다. 우리는 일단은 열심히 공부하겠다는 말씀을 드렸다.

2학년 여름 방학 때는 돈을 벌기 위해 고향에도 가지 않고 수소문하던 중, 마침 고종사촌 누님의 남편이 건설 현장 책임자로 일하는 것을 알고 건설 현장에서 일할 수 있도록 졸라 허락을 얻었다. 친구(배영학)와 문현동 적기 뱃머리 부근 '대동병원' 신축공사 건설 현장에 투입되어 막노동했다. 우리가 맡은 역할은 1층의 모래와 자갈을 등에 메고 3층으로 나르는 일이었다. 3시간 남짓 모래와 자갈을 옮기고 나니 다리가 후들거리고 온몸은 땀범벅이 되었다. 아니나 다를까 나는 자갈 통을 메고 3층으로 올라가다가 비틀하는 찰나에 잡고 있던 줄을 그만 놓고 말았다. 이때 2층에서 작업하던 인부의 머리 위에 자갈이 쏟아져서 그분은 흙투성이가 되었다. 무안하기 짝이 없었다.

오전 일을 마치고 친구에게 계속할 수 있겠느냐 물었더니 그 친구도 너무 힘들다는 대답이었다. 용기를 내어 책임자에게 말씀드렸더니 반나절 인건비를 계산해 주셨다. 친구와 집으로 오는 길에 당감동 시장 입구에서 먹었던 팥빙수 맛은 지금도 기억이 생생하며 웃음이 나온다.

나는 부모님께 학비 도움을 받지 않고 공부하고 싶었다. 학비와 학원비를 벌 방법을 찾던 중에 그즈음 막 생산되기 시작하던 빨랫줄 장사가 제일 나을 것 같았다. 수소문해서 부산 영도다리 옆 부둣가에 가면 구할 수 있다는 정보를 얻었다. 나는 쌀자루 부대에 반쯤 차는 분량을 구매해서 부전시장에 가서 장대에 높게 매달아 판매했다. 부끄러워 모자를 푹 눌러쓰고 4~5시간 정도 팔았는데 1학기 등록금을 벌었다. 기억을 더듬어보면 그날 5~60여 개를 판매한 것 같다. 당시 생각으로는 돈 벌기 참 쉽구나 싶었다.

그다음 주에는 농촌에 가면 더 많은 매출을 올릴 것 같아 시외버스를 타고 밀양시장에 가서 동일한 방법으로 장을 펼쳤다. 빨랫줄보다 '소이까리'[1]로 사용한다면서 너도나도 사가는 바람에 금방 동이 났다. 이렇게 돈을 벌면 금방 부자가 되겠구나 싶었다. 집에 돌아와 수익금을 정리하는 순간 휴학과 자퇴라는 두 단어가 머리를 스쳐 갔다. 그러나 인생을 더 오래 사신 김헌 선

---

1 소이까리(소 고삐의 방언), 고삐란 소의 코뚜레에 연결된 긴 줄인데 이 줄을 잡고 소의 갈 방향과 속도를 조절한다.

생님과 한 약속 때문에 다시 말을 꺼낼 용기가 없었다.

당시 김헌 선생님은 부산 학원가에서 인기 있는 강사였다. 그날 이후 나는 종종 김헌 선생님의 권유로 학원에 가서 강의를 수강하기도 했다.

53년의 세월이 지난 지금 그날을 돌이켜보면 김헌 선생님의 깊은 뜻과 따끔한 훈도를 잊을 수가 없다. 또 수학을 가르치시던 이상석 선생님의 따뜻한 제자 사랑도 잊히지 않는다. 이상석 선생님은 하숙집에까지 여러 번 방문하여 맛있는 음식을 주시고 수학을 지도해 주셨다. 아, 어리숙한 풋풋함이여! 고맙습니다. 두 분 선생님.

°북부산 경찰서장님

내가 등하교할 때마다 늘 지나다니던 서면 로터리 부근에 북부산 경찰서가 있었다. 일자리를 구하기 위해 고민하던 어느 날 나는 그 경찰서를 떠올렸다. 나는 무턱대고 취직을 부탁하는 내용의 4장의 장문의 편지를 써서 경찰서장님 앞으로 보냈다. 1주일쯤 지났을까, 내가 거주하고 있던 당감동 소재의 파출소에서 경찰 한 분이 오시더니 내일 서장실로 가보라는 것이었다. 기쁘기도 하고 한편으로는 약간 두려운 마음이 들기도 했지만, 용기를 냈다.

다음 날 경찰서 4층 서장실로 가서 서장님 뵈러 왔다고 말씀드렸더니 비서로 보이는 분이 '서장님이 학생 취업시켜주는 분'이냐며 언짢은 표정을 지은 채 서장님께 안내해 주었다. 그날은 유독 비가 많이 내려서 나는 검은색 장화를 신고 파란색 비닐우산을 쓰고 갔다(당시 경찰서장님 성함이 이거락으로 기억된다). 서장님께서 뜻밖에도 비서와는 달리 따뜻하게 맞이해 주셨다.

고향 등을 물어보시더니 열심히 공부하라며 격려 말씀과 함께 따뜻한 보리차 한 잔을 주셨는데 진수성찬을 대접받은 기분이었다. 서장님께서는 급사(給仕)를 할 수 있겠느냐고 물으셨다. 나는 무슨 일이든지 할 수 있다고 했다. 당시 부암동 진양화학 고무 공장과 당감동 소재 샛별 칫솔 공업주식회사에 급사 자리를 부탁해 놓았다며 나보고 선택하라고 했다. 나는 어느 곳이든지 좋다고 말씀드렸다. 서장님께서는 대기업보다는 중견기업이 좋을 듯하다면서 '샛별 칫솔 공업주식회사'를 권했다. 고맙다는 인사와 함께 나중에 꼭 한번 찾아뵙겠다고 말씀을 드리고 방을 나왔다. 얼마나 긴장했던지 책가방을 소파에 두고 나왔다가 다시 들어가야 했다.

이튿날 회사에 찾아가서 서장님 얘기를 했더니 알고 있다고 하면서, 근무 시간은 오전 8시 30분에 출근해서 오후 3시 30분에 퇴근인데 경찰서장님의 특별 부탁이 있었다며 30분을 앞당겨 3시에 퇴근해서 학교에 가도록 편의를 봐주셨다. 총무부 차장님이셨는데 아주 친절히 대해 주었다. 언제부터 출근할 수 있느냐고 묻기에 내일부터 가능하다고 대답하자 그렇게 하라고 했다.

나는 이튿날 8시 이전에 출근해서 마포 걸레로 바닥 청소도 열심히 했다. 일도 어려운 것이 아니라 아침에 가서 쓰레기통 비우고 바닥 청소하고 지시받은 일만 하면 됐다. 이래저래 필체가 한몫하던 때라, 글씨를 예쁘게 쓴다면서 필경(筆耕) 업무를 맡겼다. 너무나 일이 재미있었다. 5개월 정도 다니다 주위에서 초등학교 4학년 가정교사를 소개해 준 뒤에 급사 일을 그만두게 되었다.

박사 학위를 받을 때까지 내게 영향을 끼치고 내가 은혜를 입은 사람들의 성함을 적어가다 이거락 당시(1967년) 북부산 경찰 서장님이 문득 생각났다. 한번 찾아뵙겠다고 한 약속을 여태 지키지 못한 죄송함과 아울러, 박사 학위 논문을 전달해 드리면 기뻐하실 것 같아 혹시 생존해 계시면 안부라도 드리고 싶어 수소문했다. 그 결과 그분은 전두환 대통령 집권 후 부정 축재로 몰려 조사를 받았으나 재산이라고는 살고 있던 집 한 채가 전부임이 밝혀져 특별한 처벌은 받지 않고 경무관 직위로 강제 사직을 당한 후, 울산시 울주군 웅촌면 석천길 28-3에 있는 이후락 전 중앙정보부장의 생가에서 지내시다 2013년 일생을 마감하심을 알게 되었다.[2] 참 인자하신 분이셨는데…. 마음이 아프다. 삼가 고인의 명복을 빕니다. 이거락 서장님!

2 Naver, 최종 업데이트 2015.12.21 10:32l, 박석철, sisa 울산.

°군 생활과 사주 공부

　우여곡절 끝에 고등학교 3년을 마쳤다. 진학과 취업을 고민하다가 당시 5급 공무원 시험에 응시해야겠다는 마음을 먹고, 이왕이면 고향에 가서 부모님의 농사일을 도우며 공무원 생활을 하고자 지방 공무원 시험 준비를 1개월 했다.

　그러나 언젠가는 군을 필해야 하므로 병역문제에 우선순위를 두었다. 그때는 선친께서 동장으로 일하실 때라 우리 집에 면사무소 직원들이 오갔는데, 올 때마다 유달리 내게 살갑게 대해주시던 신찬대라는 서기(書記)가 계셨다. 면사무소에 가서 그분께 해병대에 지원하고 싶다고 했더니 옆자리에 있는 병사계에 안내해 주었다. 지원을 하더라도 대기자가 많기 때문에 즉시 입대할 수는 없고 상당 기간 기다려야 입대가 가능하다는 병사계 담당자의 대답을 들었다.

　얼마 후 징병검사 통지서가 나왔다. 징병검사 장소는 포항 해군 통합 병원이었다. 최종결과는 갑종 1급 판정받았다. 마지막 코스가 끝나고 병무 담당자에게 면담을 청했다. 입대를 빨리 하고 싶다고 했더니 가능하면 다들 늦게 입대하기를 원하는데 이유가 뭐냐고 물었다. 나는 무조건 빨리 군 복무를 마치고 싶다고 말했다. 그 영향인지 모르지만, 3개월 후 입영통지서를 받았다.

당시 군 입대에 대한 인식은 가능하면 늦게 입대하거나 할 수만 있다면 입대하지 않는 방도를 찾을 정도로 뜨악했다. 함께 신체검사를 받으러 갔던 친구 중 한 명은 군에 가지 않기 위해 학력은 무학으로 하고, 본인 이름도 쓸 수 없다며 우기다가 창피도 당하고 기합도 받았다. 결국, 그 친구는 현역 입영대상자에서 제외되어 '기타 등급'의 판정을 받고 군 면제를 받았다. 무학일 경우 현역은 면제되고 방위병으로 대체복무를 하던 시절이다.

1971년 3월 23일 드디어 입대 날이다. 나는 우선 할머니 산소에 가서 인사를 드리기로 했다. 산소는 집에서 30여 분 정도 거리의 '삼밭등' 양지바른 곳에 외따로 모셔져 있다. 손주가 어느덧 성장하여 군에 가게 되었음을 아뢰기 위해서였다. 나는 어린 시절 할머니의 큰 사랑을 받으며 자랐다. 할머니는 모든 손주에게 지극한 사랑을 베푸셨다. 산소 앞에 서니 어린 시절 칼국수를 반죽한 '꽁다리'를 일부러 크게 잘라주시면서 "얼른 가서 구워 먹으라" 하시던 생전의 음성이 귓가에 맴도는 것 같았다.

3년 후 다시 와서 인사 올릴 것을 약속드리고 돌아서는 발길은 가벼웠고 마음은 편안했다. 할머님께서 생전에 계셨더라면 얼마나 좋아하실까 하는 아쉬움도 남았다.

어머님께서는 집결 장소인 경주까지 데려다주시겠다고 말씀하셨다. 나는 어머님의 마음을 모르고 마다하며 부산에 가서 볼일이 있다고 말씀드렸다. 부모님과 동네 어른들께 하직 인사를 하고 입대 하루 전날 사립문에서 부모님께 다시 한 번 마지막 인사를 올렸다.

"어머님 들어가세요. 그리고 일 너무 많이 하지 마시고요."

"들어갈 테니까 너나 어서 가거라."

어머님의 눈가는 젖어 있었다.

"아무래도 경주까지 같이 가야겠다."

"내가 무슨 어린앤가요? 걱정하시게."

"건강하게 군대 생활을 하거래이…."

손을 흔드시곤 곧바로 얼굴을 돌리셨다. 나도 얼른 고개를 돌리고 곧장 앞만 보고 걸음을 재촉했다. 동네 어귀에서 돌아보니 아직도 골목에 서 계셨다. 나는 그 길로 부산으로 곧장 가서 친구를 만나 태종대에서 푸짐한 대접을 받고 하루를 보내었고 이튿날 그 친구가 경주까지 배웅해 주었다. 70년대 초반, 군 입대자에게는 온 동네가 각별한 대접을 해주던 시절이다. 머리에는 태극기 띠를 동여매고, 친구들까지 어깨띠를 두르고 마치 전장에 나가는 전우들에게 환송이라도 하는 양 대단한 분위기였다.

당시에는 입대하면 다시는 볼 수 없는 사람처럼 생각하던 시절이었다. 심지어 집에서 마지막으로 먹는 음식은 '사잣밥'으로 치부하던 때였다. 입대하는 날은 온 동네가 들썩거릴 정도로 어수선했고 어떤 집에서는 초상집처럼 울음바다를 이루기도 했다.

그도 그럴 것이 내가 입대하기 수년 전 동네 몇째 형님뻘 되는 한 분이 강원도 전방에 배치되어 복무 중 사고를 당해 목숨을 잃은 후라 모든 부모님은 군에 대한 트라우마가 있던 시기였다.

집결지는 경주종합운동장이었다. 거기서 오후 늦은 시간에 야간 군용열차를 타고 논산훈련소로 향했다. 열차는 대략 대여섯 량(輛)으로 연결되었는데 권총을 찬 헌병들이 양쪽 출입문을 지키며 감시했다. 일부 가족은 마지막 배웅을 위해 눈물을 훔치는 등 말로는 표현할 수 없는 광경이었다. 열차가 출발하자마자 헌병은 군가를 시켰다.

제일 처음 부른 군가는 '진짜 사나이'였다.

사나이로 태어나서 할 일도 많다만
너와 나 나라 지키는 영광에 살았다
전투와 전투 속에 맺어진 전우야
산봉우리에 해 뜨고 해가 질 적에
부모형제 나를 믿고 단잠을 이룬다…

이어지는 군가는,

전우의 시체를 넘고 넘어 앞으로 앞으로
낙동강아 잘 있거라 우리는 전진한다…
무찌르자 오랑캐 몇천만이냐…
울려고 내가 왔나 웃으려고 내가 왔나…

이렇게 수십 곡의 군가와 유행가를 섞어 부르며 훈련소에 도착하니 새벽 2시경이 되었다. 취침하려고 눈을 붙이자마자 호루라기로 잠을 깨우더니 침상 3열에 일렬종대로 똑바로 서라는 명령이 내려졌다. 침상 3열이 어딘지 허둥대고 있는 사이 군기가 빠졌다며 주먹을 쥐고 침상에 팔굽혀펴기 열 번을 구령에 맞추어서 하되 마지막 열 번째는 소리를 내지 말고 하라는 기합을 줬다. 그런데 몇 사람이 잠에서 완전히 깨지 않은 상태에서 구호를 붙이는 바람에 다음에는 20번으로 배로 늘어났다. 20번째에도 구령을 붙이는 사람이 있었다. 다음에는 40번이다. 곳곳에서 신음이 들렸다. 아직은 확실한 군인도 아닌데 너무한다는 생각이 들었다. 다시 침상 3열에 종대로 세우더니 이름을 부르기 시작했다. 한참을 호명하더니 대답하는 목소리가 작다며 또 기합을 주었다.

다음에는 두 손을 등에 올리고 머리를 침상에 박는 행위다. 이른바 원산폭격이라는 기합이다. 이렇게 전쟁 아닌 전쟁이 끝나고 1개 중대 병력인 160명의 이름을 부르는데 중간쯤에 내 이름을 불렀다. 호명하면서 개인 인사기록 카드를 나눠 주었는데 받아보니 인사기록 카드 상단에 붉은 글씨로 '단기 하사'라는 도장이 선명하게 찍혀 있었다. 하사관으로 강제 차출된 자원들이었다. 하사관 훈련이 고되다는 말을 들은 지라 밤새도록 잠을 이루지 못했다.

1개 중대 160명은 이튿날 바로 25연대로 배치되었다. 6주간 기초 군사교육을 마치고 후반기 교육을 4주간 받기 위해 후반기 교육연대(28연대)로 이동해서 교육받고, 육군 제2하사관(지금은 부사관)학교에 입교하게 된다. 함께 입소한 대부분의 장정은 경주시에 거주하는 자원들이었다. 내가 배치된 중대에서 중학교 선배(송천하) 한 명을 만나 함께 훈련받게 되었다. 선배를 만나니 너무나 반가웠다. 그 선배는 학교에 다닐 때 공부를 잘해서 전교생에서 모르는 학생이 없을 정도였다. 같은 소대에 배정받기를 희망했지만, 그마저 마음대로 되지 않아 다른 소대에 배치되었다. 같은 중대에 있는 것만으로도 서로가 큰 힘이 되었다.

1971년 3월, 계절상으로는 봄이었지만 꽃샘추위가 채 가시지 않아 제법 쌀쌀했다. 각 소대에 배치되자 군복과 '따블 백'을 나누어 주면서 군복 사이즈는 묻지 말고, 몸은 옷에 맞추고 발은 군화에 맞추든지 장정들끼리 알아서 해결하라는 지시가 내려왔다.

각자의 체격에 맞는 옷 사이즈를 찾기 위해 한바탕 야단법석을 떤 와중에 내무반장이라는 분이 조교 한 명과 내무반에 들어서더니 30초 이내에 군복으로 갈아입고 침상 3열에 맞춰 서라는 것이다. 그때 조교는 비료 포대 같은 누런 종이를 나누어 주고는 입고 온 옷과 신발 등 모든 사제는 하나도 남기지 말고 포장하도록 지시했다. 당시만 해도 입대할 때는 값비싼 옷이나 신발을 입거나 신지 말고 적당한 것으로 입고 입대하라는 이야기가 공공연했다.

나는 속옷과 신발은 쓰레기통에 버리고 다른 옷가지는 대충

둘둘 말아서 노끈 같은 것으로 묶고 비료 포대(?)종이 안쪽에 '부모님 전 상서! 잘 도착했습니다. 군대 생활을 건강하게 마치고 돌아가겠습니다. 걱정하지 마십시오. 농사일 너무 많이 하지 마세요. 소자 올림.'이라고 간단한 안부와 함께 포장해서 복도에 있는 광주리에 던져 넣었다.

하사관 학교 교육을 마치고 자대에 배치되기 전 3일간 특별휴가를 주었다. 부모님께 인사차 고향에 갔을 때 어머님 말씀이 입대할 때보다 아들이 보낸 옷이 도착했을 때 더욱 마음이 무겁고, 울컥했다고 하셨다.

하사관 학교의 6개월간 교육은 일반인들은 상상하기 힘들 정도로 고된 훈련이었다. 군사교육이라기보다 기합받는 시간 같았다. 훈련 중 고막이 터져 후송 간 친구도 있고, 분대원 9명씩 하나의 링 안에서 겨루는 집단 권투 훈련은 지옥 같았다. 이 훈련은 최후의 한 사람이 남는 팀이 승리하는 훈련이다. 나도 집단 권투를 하다 고막에 이상이 생겨 학교 의무대에서 이틀간 치료받은 경험이 있다.

한번은 전술학 시험을 봤는데 중대 중 우리 소대의 전술학 평균 점수가 제일 나쁘다며 얼차려를 받다 12시에 취침했는데, 새벽 2시에 기상을 시키더니 전술학 교재와 개인별 초 한 자루씩을 준비해서 연병장에 집결하라는 비상명령을 내렸다. 시험점수가 낮은 것은 정신상태의 불량 탓이므로 제대로 공부 방법을 알려준다면서 부근에 있는 저수지로 데리고 가서 물속에서 목윗부분만 내어놓고 촛불을 켜고 1시간 동안 전술학 공부를 하라고 하였다. 추억이라기에는 너무 가혹한 훈련이었다. 나중에 알고 보니 우리 소대만 기합받은 것이 아니라 다른 소대에서도 기합 내용만 다를 뿐 모두 고초를 겪었다. 월급날이 되면 소위 내무반장께 일정 금액을 상납(?)해야 하는데, 그렇게 하지 않은 데 대한 괘씸죄가 바로 혹독한 훈련과 기합으로 이어지는 것 같다는 생각이 들곤 했다.

드디어 고된 6개월간의 교육을 마치고 동료 6명과 충북 증평에 위치한 예비사단에 배치되었다. 보충대 내무반에 도착하니 이른바 사고자들이 몇 명 있었다. 첫날 보충 중대에 도착하자마자 사고자들과 동료 7명 간에 집단 싸움이 벌어져 사단 헌병대에 가서 조사받는 어려움도 겪었다. 다음 날 사단사령부에 가서 전입신고 후, 나는 운 좋게도 사단사령부 '부관참모부' 행정과에 배치되어 하사의 직분으로 사단사령부 병사들과 근무하게 되었다. 함께 생활하는 내무반 병사들의 입대 전 직업은 공무원을 비롯하여 은행원, 대학생, 직업군인, 재수생, 기관사 등 다양했다. 지역 예비사단이라 충청도 지역에 주소를 둔 병사가 많았다.

자대에 배치되어 수개월의 병영 생활이 지나자 자연히 전역 후 직업에 대해 고민하지 않을 수 없었다. 역학 공부를 하는 것도 괜찮겠다 싶어 청주에 있는 서점에서 성명학, 관상학, 사주 등에 관한 책 5권을 샀다. 이후 외출, 외박도 최소한 줄이고 전역할 때까지 휴가는 한 번도 가지 않고 역학 공부를 했다. 공부

군 생활, 0사단 사령부 뒤뜰(1973년)

할수록 흥미로웠다. 전역할 때까지 열심히 연구했다. 약 9개월
간의 훈련과정은 힘들었지만, 하사로 군 복무를 했기 때문에 시
간적 여유도 많은 편이었다. 53년의 세월이 흘렀지만, 당시 사
단사령부에 함께 근무했던 몇 사람과는 아직도 서로 안부를 전
하며 지낸다.

2 결혼 그리고 일

° 첫 직장

34개월간의 군 복무를 무사히 마치고 결혼과 공부와 취업 문제를 놓고 고민했다. 결혼은 나중에 생각하기로 하고 공부와 취업을 두고 생각하다 취업부터 하기로 했다. 여기저기 알아보던 중, 당시 부산일보 한 귀퉁이에 올라온 도서출판 국민서관에서 관리사원을 모집하는 광고를 보고 면접을 보러 갔다.

신문을 오려 들고 주소지를 찾아간 장소는 부산시 동구 초량동 소재 4층 건물 옥상이었다. 면접 결과 회사에 필요한 소정의 서류를 완비하는 조건으로 3일 후부터 근무가 가능하다고 했다. 나는 3일 내 서류 준비가 가능하다고 얘기하고 회사가 요구한 서류를 구비하여 출근했다.

당시 부산지사 책임자는 김재길 부장이었고 선배 관리직원 8명이 재직하고 있었다. 나는 부산 중구와 서구 지역 일부를 인수받기 위해 수습사원으로 근무를 시작했다. 업무 내용은 영업사원이 판매한 대금을 수금하는 일이다. 그때는 거의 방문 수금을 하던 시절이었다.

입사 초기 정말 열심히 일했다. 비가 내리는 어느 날이었는데 사무실에 들어와서 신발에 물이 차서 벗었더니 발바닥은 물집이 생겼고 신발 안에 피가 흠뻑 고여 있었다. 동료들도 모두 놀란 표정을 지었다.

나는 어차피 하는 일 최선을 다하고 싶었다. 나를 채용해 준 김재길 부장과 회사에 능력을 보여주고 싶었다. 그래서인지 입사 4개월 만에 서울 본사로 인사발령이 났다. 큰 꿈을 안고 이튿날 서울시 중구 초동 기영빌딩에 출근했다. 당시 박성권 상무께서 수고했다며 점심으로 순두부 한 그릇을 사 주었다. 그리고 지방 관리부 책임자인 김석암 부장을 소개하면서 그분의 지시를 받으라고 했다. 면담 결과 춘천지사로 발령이 났다. 춘천에서 근무한 지 한 달쯤 되었을 무렵, 지사장이 개인 사정으로 퇴직하게 된 사유로 인해 안동지사로 발령받아 약 3개월 근무하다가, 다시 본사로 발령받았다.

국민서관은 70년대 초, 국내 4대 출판사의 하나였다. 당시는 압축성장의 초기로 어린이 교육에 관한 관심이 드높던 시기였다. 전집류의 출판물이 붐을 이루었기에, 우리 회사가 출판한 어린이 지능개발, 동화책, 어린이 학습백과사전 12권, 어린이 자연학습 등은 선풍적 인기를 끌었다. 특히 국민서관에서 출간된 「행정법 강의」는 대학가에서 돌풍을 일으켰고 「육법전서」 또한 오랫동안 사법고시 시험장에 배치될 정도로 명성을 날렸다.

회사를 창업하신 문종성 회장님은 보통고시에 합격한 후, 장사동에 '법통사'라는 법률전문 서적을 발행해 오다가 본격적으로 어린이 도서 개발에 나서게 된다. 그분은 이후 대한출판문화협회 부회장, 한국출판협동조합 이사, 한국출판경영자협회 초

국민서관 창립 21주년 행사, 경기도 밤섬(1981년)

대 회장을 역임하는 등 어린이 도서 저변 확대에 많은 공을 세우신 출판인이다. 국민서관은 전집류 출판물의 성공에 힘입어 1980년대 초반 유치원 사업을 전개하게 된다. 물론 어린이 관련 사업의 범주에 속하지만, 당시 유치원 관련 사업은 중소기업들이 주도했다. 유치원 사업 총책임자는 당시 대우그룹에서 근무 경력이 있던, 회장님의 처남인 L 실장이었다.

나는 전역과 동시에 ㈜국민서관에 입사해서 9년 8개월간 온 힘으로 근무했다. 천직으로 생각했기에 결혼 휴가 5일을 제외하고는 9년 이상 재직하는 동안 결석, 지각 한 번 하지 않고 최선을 다했으나 기획실에서 근무하던 중 본의 아니게 회사를 퇴사

했다. 퇴직 후 어떤 일을 할까 고민하다가 군에서 독학한 철학관을 운영하려고 물색도 해봤으나 당시 집사람을 만나 교회에 출석 중이던 나로서는 크리스천이 할 일은 아니라고 생각해 철학관 사업은 포기했다.

°신혼살림, 밤손님

나는 지방 근무를 마치고 서울로 상경하여 국민서관 본사에 출근하기 위해 회사와 가까운 을지로 4가에서 하숙했다. 그때 나중에 처고모님이 되신 분의 소개로 지금의 아내인 '참한 아가 씨'를 만나 3년쯤 교제하다가, 마침내 평생 배필로 정하여 가정을 이루게 된다.

우리는 1978년 5월 17일, 당시 이화여대 입구 '신현교회'의 정석홍 담임목사님의 주례로 서울 퇴계로에 위치한 '행복예식장'에서 많은 분의 축하 가운데 결혼식을 올렸다. 3박 4일 일정으로 휴가를 얻어 결혼 당일 제주도로 신혼여행을 갔는데 돌아오는 날 일기 불순으로 비행기가 이륙할 수 없어서 하루를 더 머물다 왔다.

신혼집은 부모님께서 마련해 주신 돈의 범위 내에서 물색하다 보니 좋은 집은 얻을 수 없었고, 중매해 주신 처고모님 댁 부근에 적당한 집이 있다고 해서 그곳으로 결정했다. 아현동에서 제일 높은 꼭대기에 위치한 2평 남짓한 단칸방에 신혼 살림을 꾸렸다. 가구로는 처가에서 마련해준 미닫이 장롱과 연탄 30여 장, 알루미늄 양동이, 책상 겸용 접이 식탁 정도였다. 100만 원 짜리 전셋집으로 전세금 중 20만 원이 부족하여 80만 원을 우선 지불하고 잔액 20만 원에 대해서는 월 이자 2만 원씩 매달 지불했다. 당시 월급은 165,000원이었다. 5개월간 저축해서 20만 원을 모아서 집주인에게 전달했다. 집주인은 방앗간을 운영하시던 동네 토박이 어른으로 마음씨가 고운 분이었다.

난방은 연탄으로 해결했다. 경사가 워낙 심한 지역에 살다 보니 겨울철 눈이 올 때는 연탄재를 들고 나와 눈 위에 뿌리고 다녀야 넘어지지 않을 정도였다. 특히 겨울에는 수돗물이 얼어 더운물로 녹여서 세숫물로 사용해야 했다.

당시에는 도둑이 신발도 훔쳐 가고 심지어 방 안에 걸어놓은 양복도 훔쳐 가는 일이 허다했다. 나는 오래전부터 사진에 관심이 있어 당시 내게는 거금인 50만 원을 투자해서 일본제 '아사히 펜탁스 505' 사진기를 장만했다. 그런데 어느 날 도둑이 방에 들어와서 결혼반지, 금목걸이 등을 한꺼번에 몽땅 털어가고 말았다. 많지 않은 귀중품이었지만 분산해서 보관했어야 했는데 한곳에 두었다가 송두리째 도둑맞은 것이다. 잃어버린 카메라와 패물도 아까웠지만, 누군가 방에 들어와 온통 헤집고 장판에 남겨놓은 선명한 발자국을 봤을 때 그 참담함이라니! 그나마 사람이 해코지 당하지 않은 것을 위안으로 삼고 아내와 서로를 위로했다.

결혼 1년 후 첫째 딸이 출생했고, 2년 터울로 둘째 딸과 막내아들이 출생했다. 3남매가 다행히 말썽 부리지 않고 착하게 성장해 줘서 하나님께서 우리 부부에게 주신 최고의 선물로 여기며 늘 감사한 마음으로 살고 있다.

세 아이가 태어날 때마다 나는 출장 등 바쁘다는 이유로 한 번도 출산 현장을 지켜주지 못했다. 아내에게 너무나 미안하고 아이들에게도 면목이 없다. 돌이켜보면 참 어리석고 미련한 행동을 한 것 같다. 그렇게까지 지나칠 필요는 없었는데…. 미안하오. 여보, 그리고 애들아.

°기역자(ㄱ)도 모르고 집 장사를

약 10년 가까이 다니던 회사를 갑자기 퇴직하게 된 후 무슨 일을 할까 고민하던 차에 마침 교문리 수택리에서 부동산중개업을 하는 친구한테서 점심을 함께하자는 전화가 와서 놀러 갔더니 고향 선배들이 그곳에서 집을 지어 판매하는 일을 하고 있었다. 소위 말하는 집 장사다.

주택을 지어 매매하는 일을 되풀이하며 많은 돈을 벌었다고 자랑한다. 동네 형뻘 되는 한 사람은 당시 국내 H사 제품인 최고급 대형 승용차를 소유하고 있었다. 자랑이라도 하듯 나를 태우더니 팔당 매운탕 집으로 향한다. 풍성한 대접을 받고 커피숍에서 본인 경험담을 얘기하면서 건설업에 대한 장점을 들려준다. 나를 생각한 진심이 담긴 조언이었다.

종일 함께 시간을 보내면서 건설업에 대한 전반적인 경험담을 듣고 나니 매력적인 분야 같았다. 그렇다고 딱히 다른 계획이 서 있지도 않았던 터라 집을 한 채 지어보기로 마음먹었다. 건설에 대해서는 기역(ㄱ)도 모르는 나였지만 할 수 있을 것 같았다.

5명이 한 블록을 매입해서 한 필지씩 나누어 집을 건축하기로 했다. 나는 비싸지만, 도로에 접한 상가 용지를 선택했다. 당시 교문리 동사무소 앞에 있는 47평 규모의 토지에 2층짜리 상가 주택을 짓는 설계를 의뢰했다.

당시 인부들에게는 통상적으로 오전에 간단한 새참과 담배 한 갑, 장갑 한 켤레와 오후에 새참을 대접하는 것이 일반적이었다. 나는 담배와 장갑을 충분히 마련해서 공사장 한쪽에 준비해 두고 필요한 대로 사용토록 했다. 그러나 근로자들은 필요 이상으로 담배를 피우거나 장갑 역시 한 켤레 이상은 사용하지 않았다.

오후 새참 때는 공사장 부근의 함바집에서 라면이나 국수를 대접하는 것이 관례처럼 되어 있었지만, 나는 마음이 편하지 않아 교문리 시장 안에 있는 식당에 부탁하여 오후 새참은 매번 닭이나 오리백숙으로 대접했다. 그 결과 인부들은 주변 공사장에서 버린 깨어진 벽돌 조각까지 모두 주워 와서 적당한 곳에 사용하곤 했다. 작은 것을 베풀었을 뿐인데 몇 배 더 많은 것으로 돌아온 셈이다.

거실과 방의 난방용 배관도 다른 사람들은 대부분 L사 PVC를 바닥에 깔았지만, 나는 P사 동파이프로 시공했다. 상대적으로 건축비는 다소 부담이 되었지만, 같은 블록에 건축한 동료들 4명의 집이 전세 계약도 하기 전이었음에도 내가 지은 집은 공사가 마무리되기 이전에 매각을 체결할 수 있었다.

참여한 인부들이 앞장서서 입소문을 내준 덕분이었다. 매각에 따른 이익금은 약 700만 원 정도였다. 첫 사업치고는 성공적인 셈이다. 나는 평범한 진리를 공사 현장에서 경험을 통해 배울 수 있었다. 2차는 좀 더 규모가 큰 대지를 물색하기로 작정하고 계획을 세우기로 마음먹었다.

참고 ───────────────────────────────────────

당시 주공아파트 3.3㎡(1평당) 분양가격은 875,000원이고 민간아파트는 1,050,000원 하던 때다.

───

° 처음 장만한 보금자리

1980년대 초 당시 주택 공사에서 분양하는 주택을 분양받기 위한 가장 용이한 방법은, 무주택자에게 불입 횟수와 납입 금액을 기준으로 우선적으로 분양하는 제도인 주택청약 부금에 가입하는 일이었다.

나는 제도가 시행되던 첫날인 1980년도 부금에 가입하여 월 10만 원씩을 2년 남짓 불입하여 1983년 주택 공사가 분양하는 분양 자격을 얻었다. 분양공고 내역을 살펴보니 강남구 개포지구와 강동구 고덕지구에서 동시분양을 했다. 개포동 쪽은 제일 큰 평수가 59.5㎡(18평형)이면서 연탄보일러만 갖추어진 데 반해, 고덕지구는 평수가 다양할 뿐 아니라 3개 단지는 중앙 집중 난방을 공급한다고 했다. 주거 입지는 개포동만큼 좋지 않더라도 연탄 난방 집에서 탈피하고 싶었다. 고덕동 중앙 집중난방 아파트 79.3㎡(24평형)를 신청하여 분양받았다.

1984년 1월, 꿈에 그리던 내 집에 입주했다. 염리동 제일 꼭대기 동네에서 100만 원짜리 전셋집을 얻어 신혼살림을 꾸린 지 6년 만이다. 1월이라 날씨가 추웠지만, 꿈만 같았다. 왜 그렇게 좋던지 나는 하나님께 기도를 드리지 않을 수 없었다.

전세를 살아본 많은 세입자가 느끼는 벅찬 감동, 우리 가족

역시 별다르지 않았다. 6년 동안 마음씨 좋은 주인집도 있었지만, 어떤 집에서는 집주인 눈치를 보는 생활도 해야 했다. 전세 계약기간 1년이 되면 다른 곳으로 이사 준비를 해야 하는 것도 부담이었다.

아이 셋을 데리고 방을 구하러 다녀보면 하나같이 첫마디가,

"아이들 있나요?"

"네, 있습니다."

"몇이나?"

"셋입니다만…" 말이 채 끝나기도 전에 손사래를 치며,

"우리는 신혼부부만 원해요, 애들 셋은 시끄러워서 안 되겠는데요. 하나면 몰라도."

"……."

돌아서 나오는 그 골목길은 왜 그리도 길던가? 그리고 옆에서 입을 다물고 걷던 집사람에게 얼마나 부끄럽고 미안했던가?

어떤 집에서는 애들이 조금만 뛰어도 잔소리를 하는가 하면, 문이라도 조금 큰소리가 나게 닫을라치면 "애들이 왜 그렇게 별나냐? 집 무너지겠다"라며 비아냥거리기까지 했다. 자기 집 애는 몇 배 더 별나면서….

나는 나중에 집주인이 되어 세를 주더라도 절대 올챙이 시절을 잊지 않을 거라고 마음속으로 몇 번을 다짐했다.

나는 부산에서 고등학교 다닐 때 연탄가스를 심하게 맡아 반 나절 가까이 의식을 찾지 못하고 큰 고통을 겪은 경험이 있다.

결혼 후 염리동에 전세로 거주할 때도 연탄가스를 맡아 죽을 고비를 넘긴 경험이 있는 터라, 중앙난방식 주택에 살아보는 것이 하나의 목표가 되다시피 했다. 작은 목표지만 꼭 달성하고 싶었다.

당시 주택 공사가 공급하는 분양가는 3.3㎡(평당)기준 875,000원이었고, 민간아파트는 1,050,000원이던 시대다. 내가 분양받은 24평 아파트 총분양가는 21,000,000원이었다. 현재의 분양가와 비교하면 개포동의 경우 평당 5,000만 원으로 가정할 때 57배 차이가 나는 금액이다. 전설 같은 이야기다.

입사 당시 아가월드 본사 위치는 종로구청 부근 거양빌딩 7층이었다. 약 1개월 정도 출퇴근해 본 결과 평균 한 시간(편도) 이상 소요되었다. 심신이 피로하고 시간도 아까웠다. 그렇다고 당장 회사를 그만둘 수도 없었다. 회사 가까운 동네로 이사를 하기로 마음먹고, 퇴근 시 이용하는 36번 버스 종점에 있는 공인중개사 사무실에 들러 집을 팔아달라고 부탁했다. 그런데 집에 도착하자마자 바로 전화가 왔다. 얘긴즉슨 시세는 3,300만 원 정도인데 100만 원만 가격을 낮춰주면 당장이라도 계약할 수 있다는 전화였다.

나는 단 1초의 망설임도 없이 매도하겠노라고 말하고 늦은 시간인데도 중개사무실로 나가서 매매 계약을 체결했다. 매수자는 K 은행 지점장이었다. 부부가 함께 나왔는데 부인이 화가라 1층에 화랑을 만들기 위해서 매입한다고 했다. 당시에도 24개월 이상 거주할 경우 양도소득세에 대한 혜택 제도가 있던 때다. 아

처음 장만한 고덕APT 623동(1984년)

파트를 분양받아 거주한 지 24개월에 며칠 부족하여 잔금 지급 날짜 기준으로는 2년을 맞출 수 있었다. 결국, 내 집 마련 2년 후 32,000,000원에 매각하고 사무실 출·퇴근이 용이한 이화여대 입구 염리동으로 이사했다. 사무실까지 소요 시간은 약 20분 내외로 마음에 부담이 없었다.

결혼 6년 만에 꿈 같은 내 집을 마련하는 행운을 얻었지만, 직장과 거리 관계로 오랫동안 거주하지는 못했다. 그러나 애당초 내 집 마련 1차 목표는 약 43㎡(13평형)의 주공아파트였는데 그보다 훨씬 큰 규모의 집에서 살아봤다. 거기다 운 좋게도 2년 만에 약 50%의 시세차익도 얻을 수 있었다.

° 두 번째 직장

교문리 1차 프로젝트(집짓기)를 성공리에 마치고 두 번째 집을 짓기 위해 대지 한 필지를 매입하여 설계 중일 때다. 그때 아가월드 이석호 대표의 법인설립 협조 요청을 받고 몇 개월 동안 작업에 참여한 것이 인연이 되어 26년간 재직하게 되었다.

1985년 10월 10일 당시 본사가 있던 서울시 종로구 종로구청 옆 거양빌딩 7층으로 출근했다. 출근 첫날 임직원과 상견례를 하고 총무과로 안내받아 업무를 시작했다. 당시 회사 조직은 내근직원 4명, 관리직원 7명, 영업직원 15명 정도가 근무하는 소규모 출판사였다.

특히 2000년 1월 1일 대표이사 취임 이후부터는 더욱 열심히 뛰었다. 임직원 중에는 기라성 같은 우수한 임직원도 많았지만, 대표께서는 아무 연고도 없고 야간고등학교 출신인 나에게 경영권을 맡겼다. 나는 직원들에게 본인이 직접 사업을 운영할 때보다도 더 열심히 일해야 한다는 근무 자세를 주문했다. 지금 생각해도 양심이 부끄럽지는 않다.

재직 동안 한때 임직원이 약 3,000명에 이르는 중견기업으로까지 성장했다. 특히 캐릭터 분야에서는 국내 내로라하는 대기업과 경쟁해서 계약을 따오기도 했다. 대표적인 브랜드로는 영국 BBC 방송이 저작권을 갖고 있던 '텔레토비'로, 우리나라 대표방송국의 하나인 K사와 또 다른 대기업과 경쟁하여 당당히 우리 팀이 국내 저작권 관리를 가져왔을 때 다른 회사로부터 부러움을 사기도 했다. 또 세계적인 캐릭터의 하나인 네덜란드 딕 브루너 작가의 '미피' 시리즈를 비롯해 세계 80여 개 회사와 계약을 채결하고 거래했다.

회사라면 어느 정도 돈을 벌면 장만하는 것이 사옥이다. 우리나라가 IMF 구제금융 요청(1997년 12월 3일~2001년 8월 23일)으로 국가 부도 위기에 처해 많은 기업이 부동산을 매각하여 구조조정을 단행하던 시기에, 우리 회사는 강남대로에 대형 빌딩을 매입하여 사세를 확장했다. 동아그룹이 소유하고 있던 경기도 안성 삼죽면에 자리 잡은 그림 같은 연수원도 경매받아 장만하는 등 그야말로 일취월장했다.

대표이사 재직 중 회사는 출판·미디어 분야에서 탄탄대로를 걸었다고 자부한다. 출판 인구의 저변 확대 및 성실하게 납세한 공로를 인정받아 성실납세 국세청장상, 국무총리상, 대통령상을 수상하는 등 출판 미디어 분야에서 정상을 누리기도 했다. 특히 캐릭터 사업 분야에서는 세계가 주목하는 기업으로 도약했다.

입사 후 약 15년 동안은 일 년 52주간 중 30주 이상은 일요일에도 출근해서 회사 일을 하기도 했다. 30대 초반에 입사하여 강산이 약 세 번 변하도록 인생의 황금기를 거의 보낸 아가월드는 내 인생의 전부라 해도 과언이 아니다.

아가월드 입사 시 임명장 수여식(1985년 10월)

　퇴직하기까지 고충도 많았지만 입사 때와 비교하여 50배 이상 매출이 신장한 것은 전 임직원과 함께 거둔 노력의 결실이자 보람이었다. 돌이켜보면 내가 설립한 기업이었다면 그렇게 혼신의 힘을 다해 일하지는 못했을 것 같은 생각이 든다. 지금 생각해도 후회는 없다.

　비록 퇴사 후 많은 세월이 흘렀지만, 회사 경영이 어렵다는 소식을 접하니 가슴이 아프다. 하루속히 옛 영광을 되찾기를 간절히 바랄 뿐이다. 26년간 혼을 다한 회사인데… 강남대로에 위치해 있는 매각된 사옥 앞을 지나갈 때면 가슴이 아프고 속이 상한다.

• 대표이사 취임

2000년 1월 1일, 강원도 화진포 바닷가에 있는 콘도 대강당에서 직원 3,000여 명이 근무하는 중견기업의 대표이사 취임식이 있었다. 500여 명의 간부 직원들이 강당을 가득 메웠고 나는 도열한 사이로 걸어가 단상에 올랐다. 1985년 10월 10일 입사이래 15년 만이다.

밀레니엄 원년이라 국내 기업이 저마다 의미를 부여하던 무렵이다. 전야제로 창립 20주년을 겸한 특별행사도 성대히 거행하였다. 행사 중 큰 북을 치는 이벤트가 있었는데 중역 한 분이 친 북채가 부러져 내 왼쪽 눈언저리에 튀어 피범벅이 되었다. 병원에 가서 응급 처치하고 행사를 마무리했다. 20년이 지난 지금도 상처가 남아있고 눈썹이 나지 않고 있다. 옛말에 "눈알이 빠져도 그만하면 다행"이라고 했던가? 시력을 잃지 않은 것에 감사할 뿐이다.

나는 취임사에서 아가월드 '제2의 창업'을 선언했다. 세상 어디에도 '쉽고 간단한 성공법칙은 존재하지 않는다'라는 전제하에 기업이 한 단계 더 도약하기 위해서 조직의 효율성을 최대한 높일 수 있는 결단이 중요하다고 생각했다.

세계와 경쟁해서 살아남기 위해서는 추구해야 할 확실한 방향이 설정되어야 한다.

이를 달성하기 위해서는 첫째, 수익경영에 박차를 가해야 하

대표이사 취임식 (2000년 1월)

고, 둘째, 공정하고 투명한 성과주의 문화를 정착시켜야 하며, 셋째, 개인과 조직의 경쟁력을 강화하여 핵심역량을 키워나가며, 마지막으로 우리에게 주어진 막중한 책임을 다하여 후배들에게 아름다운 기업을 물려주자고 강조했다. 그 무렵 우리나라는 IMF 영향에서 완전히 벗어난 상태가 아니었기에 나름대로 현 상황에 대한 내 판단에 따른 말이었다.

1980년도에 이석호 회장께서 회사를 창업하신 지 20년째 되던 해였다. 창업자가 일궈온 기업에 누가 되지 않도록 건전하게 기업을 발전시키기 위하여, 나는 매사에 공평하고 신상필벌을 분명히 적용하는 경영을 추구하겠노라고 임직원에게 약속하고 협조를 당부했다.

• 5000만 원의 특별 보너스

사옥구매 때도 순탄하지는 않았다. 매수하고자 했던 건물은 부채가 시세보다 많은 물건이었다. 일부 중역들은 못마땅하게 생각하고 다른 물건을 물색하자는 등 의견이 분분하였다. 하지만 약 5개월에 걸쳐 10여 개 이상의 건물을 답사한 결과 입지는 물론이고 투자개념으로도 탐나는 물건이었다. 나는 세 번에 걸쳐 건물주를 직접 면담했다. 건물주도 근저당 설정과 개인 부채 관계는 이상 없이 정리하고 매수자에게는 피해가 없도록 하겠다는 약속을 했다. 나는 회장님께 경과를 설명해드리고 잘못될 경우 그 책임을 지겠다는 다짐과 함께 매입을 추진했다.

회장님의 고향은 황해도 '재인'이다. 회장님은 1·4 후퇴 때 형들과 어린 나이에 어머님 손에 이끌려 피난 오신 분으로서, 숱한 고생을 하면서 기업을 일궈오셨다는 것을 나는 잘 알고 있었다. 따라서 건물은 회사 명의가 아닌 개인 명의로 계약할 것을 건의했다.

이는 회장님 가족의 노후 대비를 위한 하나의 방안이었다. 회사임직원 중 일부는 자체 사옥 매입을 반대한다는 말을 들었다. 사옥을 마련하면 융자금 상환 및 관리 등 자금 운용에 문제가 발생하여 직원들의 처우개선에 소홀할 수 있기 때문이라는 이유였다. 그러나 결국 매입을 결정하였고, 계획에 맞춰 잔금 등을 모두 정리하고 드디어 사옥에 입주하게 되었다. 300여 명 이상을 수용할 수 있는 대강당을 비롯하여 넓은 주차장 등 편리한 점이 한둘이 아니었다.

입주 후 사옥 이전 기념 축하 행사 때 10년 이상 장기 근속자에게 금일봉을 전달하고, 나에게는 사옥 마련에 이바지한 공로로 특별 포상금 5천만 원의 거금이 내려왔다. 당시로는 상당히 큰 금액이었다. 포상금을 어떻게 사용할지 고민한 결과 나 혼자 갖는 것은 마음이 허락하지 않았다. 아내에게 이 돈은 공금으로 생각하고 용처는 내가 알아서 지출하겠다고 하니, "당연히 십일조는 해야지요?" 딱 한마디 하더니 다른 말은 없었다. 그래도 내심 용돈이나 많이 주었으면 하는 눈치였다.

5,000만 원 중 교회 십일조를 우선 생각하다가 마음을 바꾸어 특별 헌금 300만 원을 우선 내고 남는 돈이 있으면 나머지 200만 원을 추가로 헌금하기로 생각했다. 어머님께는 50만 원을 드리면서 회사로부터 5,000만 원의 특별 보너스를 받았다고 말씀드렸더니 그 돈으로 부동산을 매입할 거냐고 물으셨다. 그냥 긴요하게 지출하겠다고만 말씀드렸다. 그리고 아내에게도 100만 원 수표 한 장을 흰 봉투에 넣어 특별 보너스라며 식탁 위에 두고 출근했다. 퇴근하니 내게 봉투에 든 돈이 얼마냐고 물었다. "왜, 돈이 없더냐"라고 물었더니 "아니 돈은 있긴 있

었는데….” 하며 말을 흐렸다. 짐작하건대 그래도 백만 원은 너무 적은 금액이 아니냐는 눈치였다.

나머지 4,550만 원 가운데 일부를 떼어 10년 이상 근속한 내근직원 16명에게 노트북 한 대씩을 사서 선물했다. 남은 돈은 지역복지관 등에 일정 금액을 기부할까 생각하다가 고급호텔에서 식사하려면 큰마음 먹어야 했던 당시에 직원들과 함께 이룬 성과를 호텔에서 축하하는 것도 의미 있다고 생각되었다. 내근직원과 간부 직원 150여 명을 강남 노보텔 뷔페식당에 초대하여 식사 회동을 성대히 마쳤다. 최종 정산을 하고 나니 오히려 20만 원이 모자랐다.

십일조 헌금 약속을 지키지 못한 점을 제외하고는 지금 생각해도 잘한 것 같았다. 당시 십일조 헌금 미납분은 후에 서초동 성전 신축 특별헌금에 추가하여 지각 납부했다.

° 떠날 때는 미련 없이

2011년 4월 18일, 나는 26년간의 세월을 뒤로하고 분신과 다름없었던 회사를 사직하기로 회장님과 최종 조율했다. 교문리에서 소위 집 장사를 하며 희망찬 미래를 설계하던 중, 법인설립 기초 작업 요청을 받고 회사에 발을 들여놓은 지 26년 만의 일이다. 그동안의 시간이 주마등처럼 스쳐 갔다. 세월의 흐름에 아랑곳없이 나는 오직 회사 일에만 온 힘을 다했던 것 같다.

26년 전 입사 당시, 회사를 떠날 시기가 언제가 될지는 모르지만, 조금이라도 내가 회사의 부담이 된다면 미련 없이 사표를 쓰고 등산 배낭 메고 산을 찾겠다고 자신과 약속했다. 나는 그 초심의 약속을 성실히 이행했다고 자부한다. 하지만, 여전히 몇 가지 궁금증은 쉽게 떠나지 않고 나의 뇌리에 계속 맴돈다.

나는 재직기간 동안 과연 한 치의 부끄러움 없이 맡겨진 역할을 다했는가?

나는 안다. 이는 내가 걱정할 문제가 아닌 남아있는 임직원들의 평가에 달린 문제임을….

사직 예정 날짜를 3일 앞두고 지난 26년간의 세월을 뒤로하고 허전함을 달래보려고 저녁 시간 남산타워에 올랐다. 전망대에서 내려다보이는 서울 야경은 마치 붉은 쇳물이 용틀임하는 것 같았다. 그 활기참을 바라보면서, 아직은 할 일이 남아있다는 다짐과 아울러 나의 존재를 확인할 수 있었다.

팔각정 낡은 의자에 앉아 커피 한 잔 마시며 지나간 26년 세월을 곰곰이 회고해 보았다. 이제는 잊을 건 잊고 떠날 때는 미련 없이 떠나야지 하고 생각에 잠겨있을 때 어린 꼬마의 큰 울음소리가 적막을 깬다.

다음 날 오후에도 아무 생각 없이 한강 선착장을 찾았다. 그날은 유난히 바람 한 점 없는 잔잔한 날이었다. 한강 유람선 한척이 하얀 물길을 가르며 달려온다. 유람선을 타고 있던 노신사한 분이 갑판 위에서 뿜어대는 하얀 담배 연기가 유난히 내 마음을 사로잡는다. 그 노신사도 나처럼 그 누구에게도 토해내지못하는 자신만의 속내를 하얀 담배 연기로 내뿜고 있는 것은 아닌가 하는 생각이 문득 들었다.

남산타워에서 바라본 서울 야경(2022년 9월 4일)

°퇴임에 붙여

옛 성현들의 말씀에 소매를 스쳐도 3대의 인연으로 이어진다고 했다. 하물며 나는 4반세기를 아가월드와 동고동락했다. 인연치고 대단한 인연임이 틀림없는 것 같다. 1985년 10월 10일 종로 거양빌딩 7층에 출근하던 첫날, 조주묵 대표님과 손순자 상무님, 총무실 직원 4명이 나를 맞아준 기억이 아직도 생생하다. 지난 26년의 세월을 돌이켜 보면 꿈만 같은데 오늘 이렇게 퇴임 인사를 하게 되니 나로서는 감회가 새로울 뿐이다.

그동안 함께 일하고, 함께 고민하고, 기쁨도 어려움도 함께 나누면서 큰 허물과 과오 없이 영광스러운 이임의 변을 할 수 있게 된 것은, 회장님을 비롯한 동료 중역진과 선·후배의 도움이 없이는 결코 불가능한 일이었다고 생각한다. 회사에 입사하면서 나는 매일 자신에게 3가지 질문을 하면서 생활해 왔다.

"나는 회사가 내게 부여한 자릿값을 부끄럽지 않게 수행하고 있는가?"

"나는 과연 이 조직에 없어서는 안 될 존재인가?"

"내 행동과 생각이 실제로 회사 발전에 보탬이 되고 있는가?"

나와 아내, 3남매와 사위, 며느리, 손주들 모두 행복한 생활을 할 수 있었던 것은 회장님의 무한한 신뢰, 임직원의 도움이 없었더라면 불가능했을 것이다. 인생사 자체를 되돌아보면 후회스럽지 않은 것이 없겠지만 오늘 이 시간 아쉬운 일들만 생각난다. 더욱더 고민하고 행동했더라면 현재보다 더 발전된 회사가 되었을 텐데 하는 아쉬움이 마음을 무겁게 한다.

비록 몸은 떠나지만, 회사 발전에 도움이 되는 일이 있다면 나름의 힘을 보태도록 하겠다. 이제부터 제2의 인생을 설계하고 준비해야 할 과제를 안고 그동안의 경험과 임직원들의 응원을 밑천 삼아 열심히 살아가도록 하겠다. 다시 한번 지난 26년 동안 나에게 보내준 성원에 감사드린다. 아가월드는 필시 멀지 않은 날에 세계 초일류 기업으로 우뚝 설 것을 확신한다. 회장님을 비롯하여 모든 임직원의 가정에 항상 행운이 넘치기를 빌면서…. 감사한 마음이다.

흔히들 정년퇴임을 두고 축하냐, 위로냐를 얘기하는데, 나는 평소에 퇴임할 땐 아쉽지만 축하받으며 떠나고 싶었다. 건강한 몸과 마음으로 과오 없이 근무하고 정년에 이르는 것은 축복이며 영광이다. 임직원들은 어떠한 평가를 할지 모르지만 나는 항상 그러한 마음으로 하루하루를 보낸 것 같다. 2000년 1월 1일 대표이사로 임명장을 받고부터는 직장생활로는 마지막이라는 마음가짐으로 직원 한 명 한 명에 대한 일과 결정 하나하나마다 신중히 처리하고 최선을 다했다. 문자 그대로 좌고우면(左顧右眄)하지 않고 오직 회사 발전에만 전념하겠다는 생각만 했다.

26년은 나에게는 자부심이었고 자랑이며 그리고 힘을 다한 시간이었다. 그러나 이 시간 이후부터는 남아있는 분들의 몫으로 돌리고 미련 없이 떠나고자 한다. 그러나 간접적으로라도 회사 발전을 위해서 도움이 된다면 마음을 다하겠다. 여러 가지 부족한 점이 많은 나에게 조건 없는 마음으로 지원하고 도와준 임직원 여러분께 다시 한번 감사한 마음을 전한다.

이제야 비로소 사직(辭職)이 실감 난다. (2011. 4)

제주도 한라산 정상 (2022년 3월 4일)

제2부

들메끈을
다시
매며

1 새로운 시작, 난관을 넘어

°늦깎이 대학생

2011년 지금까지 40년 가까운 회사생활을 마감하고 막상 정년퇴직하고 나니 만감이 교차했다.

전깃불도 없던 산골 마을에 태어나서 수도 서울에서 가정을 이루고 사는 것은 축복이고 행복임이 틀림없다.

주위에시는 세상 나이로 60대 중반까지 열심히 일해 왔으니 취미생활을 하거나 여행하면서 여생을 보내라는 권유가 있었다. 그러나 이 상태로 3~40년을 닥치는 대로 살아갈 수는 없다고 생각했다.

호랑이를 잡으려면 호랑이 굴로 들어가야 하듯, 뭔가 행동에 옮기는 것이 중요하다고 생각했다. 그렇다면, 어떤 분야 공부를 시작하는 것이 좋을지, 이런 생각 저런 생각을 해 보았다. 시대에는 맞지 않을지 모르지만, 사서오경을 배워, '서당'을 운영하며 개인주의가 팽배한 어린아이들에게 인성교육을 하는 것도 의미 있는 일 같았다. 아니면 악기를 한 가지 배워 양로원 등에 다니면서 봉사활동을 하는 것은 어떨까 하는 생각도 해보았다.

일단 하루하루가 소중한 시간이니 이틀 안에 결정하고 후회를 적게 하자고 마음먹었다. 하루를 고민한 후 결정했다. 대학에 입학하여 전문지식을 쌓기로 했다. 이 나이에 대학에 입학하여 공부한다는 것은 분명 쉽지는 않겠지만, 이왕 결정한 이상 뒤돌아보지 않기로 굳게 마음먹었다. 대학을 물색하던 중, 주간 잡지 하단에 실린 서울사이버대학교의 학생모집 광고를 접했다.

모집 요강을 살펴보니 여러모로 내게 제격인 것 같아 바로 결정하고 온라인으로 구비서류를 제출했다. 입학식 날 택시를 타고 서둘러 미아동 소재 학교에 도착했다. 추운 날씨인데도 불구하고 대강당 앞 운동장에서 학과별 선배들이 어깨띠를 두르고 열심히 그리고 친절하게 안내하고 있었다. 부스 앞에 안내받으러 가니 "혹시 입학식에 참석하려고 왔느냐"고 물었다. 그렇다고 대답했더니 커피 한 잔을 주면서 대강당으로 안내해 주었다. 아마 나이가 많이 들어 보여 학부모인 줄 알았던 것 같다.

추워서 몸도 녹일 겸 차를 마신 후 대강당으로 들어가니 학생들이 학과별 팻말을 들고 분주하게 안내하고 있었다. 부동산학과 팻말을 찾아 빈자리에 앉으려고 하는 순간 또 안내하는 학생이 찾아와서 학부모 좌석은 여기가 아니라며 다른 곳을 가리켰다! 약간 기분은 언짢았지만, 모두가 나이 탓이려니 체념할 수밖에 다른 도리가 없었다.

식순에 따라 입학식이 진행되었다. 축사는 정원식 전 국무총리께서 하셨다. "직장에 다니며 주경야독하는 사람이든지, 가족을 위해 열심히 일하다 늦게 공부를 시작한 만학도든지, 목숨이 다할 때까지 포기하지 않고 자기 계발을 하는 사람과 그렇지 않은 사람은 국가를 위해서도 많은 차이가 나는 법이니 여러분은

애국하는 마음으로 공부해라"라는 취지의 가슴에 와닿는 말씀
이었다. 이렇게 신·편입생 합동 입학식을 무사히 마쳤다.

　입학식이 끝나자 학과별로 신입생 오리엔테이션이 있다는 안
내를 하였다. 부동산학과는 대강당 2층으로 안내했다. 2층으로
올라가니 맨 앞자리에 좌석이 비어있길래 가서 앉았다. 그런데
교수님 한 분이 오셔서 혹시 입학생이냐고 물으셨다. 3번째다!
마음속으로 누구든지 한 번만 더 물으면 입학을 포기해야겠다
고 마음먹고 있었는데 다행히 더는 물어보지 않았다. 모든 입학
행사가 끝나자 선·후배 간 교류도 할 겸 신입생들은 식사에 빠
짐없이 참석하라는 당부가 있었다. 그러나 나는 이미 기분도 좀

학사졸업, 총장님과 함께 (2013년)

언짢고 하여 수업 진행 유인물만 받아 집으로 돌아왔다.

이렇게 시작한 대학 생활, 수업은 온라인으로 학습하지만, 행사도 많고 재미있었다. 한 학기는 무사히 마쳤다. 그러나 남은 3년 반을 생각하니 나에게는 너무 긴 시간으로 생각되었다. 한때 포기할까 하는 생각도 했는데 그때마다 동부지역 백서연 선배와 설용균 선배의 도움으로 학업을 계속할 수 있었다. 그 덕분에 '그래 나잇값을 하자. 입학식 날 3번이나 수모 아닌 수모를 당하기까지 하면서 시작한 공부인데 천재일우의 기회라 생각하자'라고 마음을 다잡았다.

젊은 사람들보다 체력과 능력은 좀 달릴지 모르지만, 경험과 끈기를 동원한 정신력만큼은 누구에게도 뒤지고 싶지 않았다. 또한, 사라호 태풍과 가혹한 하사관 학교 훈련도 이겨냈는데 이 정도쯤은 성공적으로 해낼 수 있다는 확신이 들었다.

학기가 지난 후 새로운 결심을 했다. 이왕지사 하는 공부인데 나잇값을 하자. '누구의 권유가 아니고 내가 스스로 선택하지 않았느냐? 1등을 해보자, 나이 들어 대학공부를 하는 것도 중요하지만, 내가 할 수 있는 최선이 어디인지 확인해 보는 것도 의미 있는 일이다.' 적어도 도중에 흐지부지해서는 가족들에게도 면목이 없고 특히 아내와 어머님께 우유부단한 남편이나 아들이 되고 싶지 않았다.

모든 시험은 동시 시험이거나 대부분 오픈북 형태의 시험이었다. 마음먹기 따라서는 동료들과 협력(?)하여 점수관리를 할 수도 있지만, 성격상 그렇게 하고 싶지는 않았다. 엄청난 수업 분량이지만 한 페이지도 보지 않고 지나친 적은 없다. 요령을 피워 1등 하기보다는 1등을 목표로 최선을 다한 뒤 2등이든 3등이든 담담히 결과를 받아들이자! 결국, 나보다 더 열심히 공부한 학우들이 1등과 우수한 성적으로 장학생이 되었지만, 최선을 다했기에 부끄럽지 않았다.

끝을 보고 말겠다는 마음으로 열심히 노력한 결과 한 학기를 앞당겨 조기 졸업했다. 대학 생활 3년 반 동안 이재웅 총장님을 비롯하여 김동환 교수님, 이태교 석좌교수님, 김용희 교수님, 홍선관 교수님, 김성수 교수님 외 많은 교수님의 따뜻한 조언과 응원도 큰 힘이 되었다. 감사할 따름이다.

°석사 과정 입학

석사졸업식, 아내와 큰딸(2016년)

학사과정을 마치고 나니 석사과정 공부를 더 해보고 싶은 욕심이 생겼다. 지난 3년 반 동안 고생한 시간이 아깝다는 생각이 들었다. 그렇지만 나이를 무시할 수는 없지 않은가 하는 생각도 들었다. 그때마다 굳이 나이를 따진다면 학사과정도 마찬가지가 아니었는가 하고 스스로 설득했다.

공부가 독립운동 하는 일은 아니지만, 내 나름대로 비장한 각오를 하고 대학원 진학을 결심했다. 서울시 내 3개 대학교에 원서를 접수하고 망설이던 중 김도은 선배의 권유로 교통편 등을 고려하여 상명대학교를 선택했다.

입학과 동시에 나는 학위논문 준비를 했다. 연구 분야는 시의 적절한 주제다 싶어 1인 가구에 관한 것으로 정하고, 논제는 지도교수님과 상의해서 '1인 가구 특성에 따른 주거유형 연구'로 정했다. 이 논문은 졸업식 때 우수논문으로 선정되어 졸업생을 대표해서 과분하게도 경영대학원장상을 받았다.

°박사 과정 입학

석사 과정 2년을 졸업하고 나니 내친김에 박사 과정까지 공부하고 싶은 충동이 생겼다. 학교는 2년간 정이 든 모교인 상명대학교로 결정했다.

박사 과정 원서를 접수하고 다소 설레는 마음으로 면접 장소에 들어서니 김형주 교수님과 순희자 교수께서 면접관으로 계셔서 다소 마음이 놓였다. 두 분은 내게 학문적으로나 실무차원에서 어떤 분야에 관심이 있는지를 질문했다. 당시 모친께서 98세이셨는데 2000년 가을, 시골 텃밭에서 뇌졸중으로 쓰러지신 후 서울에서 함께 생활하고 있을 때였다. 여건만 되면 어머님 같으신 환자를 돌보는 소규모의 복지시설을 내가 구상한 구조로 건축하여 직접 시설을 운영해 보고 싶다고 대답했다. 순희자 교수께서도 복지시설에 많은 관심을 두고 있다고 말씀하셨다.

석사과정을 가을학기에 졸업하고 3월 신학기까지는 6개월간 여유가 있다. 하지만 어차피 박사 과정에 지원하기로 마음먹은 이상 나이 등을 고려할 때 한가하게 시간을 보낼 수 있는 처지가 아니었다.

석사과정 2년 동안 학술지 논문에 대한 이야기를 많은 교수님과 선배로부터 귀가 닳도록 들었다. 현 우리 사회의 중요한 이

슈 중의 하나인 1인 가구에 대해 연구하기로 마음먹고 많은 선행논문과 관련 도서를 준비해서 6개월 동안 학술지 논문을 작성했다.

합격자 발표 후 등록과정을 마치고 2017년 3월 4일(토) 드디어 박사과정 첫 강의가 시작되었다. 3월 둘째 주인 3월 11일 시험 삼아 등재 학술지에 투고한 논문에 대하여 해당 학회 심사위원 세 분이 '수정 후 게재'로 의견을 일치하였음을 알리는 메일이 왔다. 내 논문이 시대에 부합하는 시의적절한 주제를 다루고 있으며, 학문적으로도 기여도가 높은 연구라는 평가를 해주었다. 정말 기쁘지 않을 수 없었다. 오직 경험해 본 사람만 느낄 수 있는 감정이리라.

다음 날 학교에 일찍 등교하여 김형주 학과장님 연구실로 직행해 자초지종을 말씀드렸다. 게재되리란 생각은 하지 않고 학술 논문의 흐름을 익히기 위해 투고했다고 양해 말씀을 드렸더니, 꾸중은커녕 수고했다고 오히려 격려를 해주셨다. 나로서는 4학기 졸업을 내심 생각하고 있던 터에 1차 관문을 쉽사리 통과한 셈이었다.

내친김에 한 편을 추가 투고하여 유수한 등재지에 발표했다. 그러자 주위 분들이 모두 지금까지 일반대학원 박사 과정에서 첫 학기에 논문 두 편을 학술지에 발표한 일은 부동산학과에서는 처음 있는 일이라며 격려를 아끼지 않았다.

°고난의 길(박사 논문준비)

　박사 학위 본 논문을 쓰기 위해서는 3단계의 기본 관문을 통과해야 공개 프로포절에 응시할 수 있는 자격이 주어진다. 공개 프로포절은 박사 학위 논문을 쓸 수 있는 자격 여부를 심사하는 단계다. 이 과정을 통과해야만 비로소 박사 학위 논문을 본격적으로 작성할 수 있다. 첫 번째는 학술지 논문 게재이고, 두 번째 관문은 외국어 시험이다. 세 번째 단계는 종합시험을 통과하는 것이다. 외국어는 여러 외국어 가운데 하나를 택해 100점 기준 70점 이상 성적이면 통과하게 된다. 나는 8월 시험에 대비하기 위해 7월 20일경 영어와 일본어 중에서 선택하기로 마음먹고 서점에 갔다. 어느 과목이 내가 좀 더 쉽게 접근할 수 있을지 교재와 범위를 확인해 본 결과, '히라가나(ひらがな)' 정도만 읽을 수 있는 실력이지만 일본어를 선택하고 남은 30여 일 동안 집중적으로 준비했다. 10일 후 합격자 발표 게시판에서 확인해 보니 Pass라는 표시가 떴다. 두 번째 관문까지 무사히 통과했으니 2018년 3월 22일 치를 마지막 관문인 종합시험을 통과하면 학위논문 예비 심사에 참여할 수 있는 자격을 얻게 된다. 석사 과정에 이어 박사 과정에서도 원우회장을 맡아 나름대로 졸업을

위해 한 발짝씩 순조롭게 1년간 학교생활을 할 즈음 예기치 않았던 돌발 사고가 발생했다.

논문작성 시 참고자료

°두 번의 망막박리 수술

2018년 1월 30일, 부산에 계시는 어머님을 뵈러 가기 위해 기차표를 예매해 놓은 날이다. 아침에 눈을 떠보니 사물의 반 정도가 보이지 않는다. 눈을 비비고 다시 봐도 마찬가지였다. 손으로 왼쪽 눈을 가리고 사물을 보니 거의 보이지 않았다. 순간 '아! 이렇게 장애인이 되는구나' 하는 불길한 생각이 들었다. 그럼에도 시간이 지나면 괜찮겠지, 생각하고 새벽에 아내와 함께 수서역에서 KTX 편으로 출발했다.

택시를 타고 가면서 눈이 안 보인다고 하자 아내는 병원부터 가자고 했다. 우스갯소리로 "살 만큼 살았는데 이왕 나선 김에 다녀오자"라고 우겼는데 결국, 이 고집이 화를 자초하고 말았다.

눈이 불편한 상태에서 어머님을 뵙고 서둘러 집에 도착해서 사물을 보니 90% 이상이 보이지 않았다. 거의 실명 상태다. 이 튿날 병원을 찾아가서 수술하기 전 채혈, 혈압, X-Ray 등 기초 검사 결과 의사 선생님의 소견으로 수술을 할 수 없다고 한다.

또 무슨 날벼락인가? 이유인즉 소화기 기능이 좋지 않은 상태에서 전신마취를 하고 수술할 수 없다는 것이다. 종합병원에 가서 해당 의사의 소견서를 받아오라고 한다. 사물은 거의 보이지 않고 한시가 급한 상황인데 엎친 데 덮친 격이다. 그러나 수술받기 위해서는 방법이 없었다. 이튿날 국립의료원에 가서 소화기 기능을 확인한 결과 전혀 이상이 없다는 담당 의사 선생님 말씀을 들었다. 오진이었다. 그나마 수술을 할 수 있으니 불행 중 다행이 아닌가! 발생 당일 바로 병원에 가서 수술을 받았더라면 최악의 경우는 피할 수 있었다는 것이 의사 선생님의 진단이다. 그러나 이미 엎질러진 물이다. 병명은 '망막박리'로 나로서는 이름도 처음 듣는 병명이었다. 때에 따라서는 완전히 실명할 수도 있다고 한다.

수술 날이다. 이동 침대에 올라 수술실에 들어가자마자 간호사는 지금부터 마취를 시작하겠다며 주사를 놓았다. 순간 주위가 어지럽고 정신이 점점 혼미해지기 시작했다. 마음속으로 하나, 둘, 셋, 넷, 다섯, 여섯을 센 이후부터는 기억이 나지 않았는데 깨어보니 입원실 침대 위였다. 오후 3시에 수술실에 들어갔는데 수술이 끝난 시간은 6시가 넘었다. 아내의 말인즉 3시간 넘게 수술했다고 한다. 한참 시간이 흘러 집도한 의사 선생님이 오시더니 주의사항을 말씀해 주시며 꼭 지켜야 하고 실행에 옮기지 않으면 실명한다는 경고를 덧붙였다.

이틀 후 담당 의사 선생님은 내가 이미 수술 시기를 놓쳤기 때문에 완치는 불가능하다고 했다. 또 지금부터 최소한 20일 이상은 엎드려서 지내야 한다는 것이다. 첫날밤 엎드려서 잠을 청했는데 5분이 멀다고 고개를 돌리고 싶고, 전신이 움직일 수 없을 정도로 고통스러웠다. 거의 뜬눈으로 하룻밤을 보내고 나니 전신이 몽둥이로 얻어맞은 것처럼 아팠다. 1주일 간격으로 통원 치료하기로 하고 3일 만에 퇴원했다. 엎드려 보내는 침대 생활은, 아마 지옥이 이럴 테지 싶은 생각이 들 정도로 고통스러웠다.

3주 차 내원하여 수술 경과를 체크하던 중 담당 의사 선생께서 하는 말씀이 1차 수술은 거의 실패했으니 재수술해야 한다는 것이다. 연령 등을 고려할 때 바로 수술은 할 수 없고 1차 수술 30일 후에 2차 수술을 하자고 했다. 지옥 같은 생활이 한 달 연장된다는 것은 끔찍한 일이다. 청천벽력도 유분수지… 나에게 이런 일이 일어날 줄을 어찌 꿈에라도 상상했으랴. 그러나 현실로 일어나고 말았다.

나로서는 중대한 결심을 해야 하는 갈림길에 서게 되었다. 학업을 계속하느냐, 여기서 멈추느냐이다. 나름의 꿈을 가지고 시작한 공부인데 여기서 포기할 수는 없지 않은가? 나는 의사 선생님께 생명에 지장이 없다면 바로 2차 수술을 하자고 제의했다. 의사 선생님께서는 생명보다 더 중요한 일이 있느냐며 만류했다(일반적으로 60대 이후에는 한 달 내에 전신마취를 하고 대수술을 두 번 하는 것은 무리고 특별한 경우가 아니면 피하는 것이 정석이라는 말이었다).

지도 교수님과 주위에서는 한 학기를 휴학하도록 권유했다. 그러나 한 학기를 휴학한 뒤 다시 공부를 계속할 수 있을지는 불투명했다. 내가 처한 사정을 의사 선생님께 말씀드린 이틀 후, 1차 수술과 같은 방법으로 2차 수술을 했다. 통증은 이루 말할 수 없이 고통스러웠다. 그보다 더 괴로운 것은 망막박리 환자는 수술 후 완치까지 최소한 20일 이상은 앉지도, 서지도, 바로 눕지도, 고개를 들거나 옆으로 돌리지도 못하고 엎드려서 시간과 싸움을 해야 한다는 것이다.

2차 수술 후 일주일 정도 지나서야 사물이 20% 정도 보이기 시작하더니 하루하루 조금씩 좋아졌다. 그렇다고 수술 이전의 시력으로 회복되는 것은 아니다. 완치 후에도 사물은 10% 정도 좁게 보이고 굴절되어 보이지만, 완전히 실명한 것도 아니고 생명에도 지장 없으니 그나마 불행 중 다행이 아닌가?

종합시험 날짜가 2018년 3월 23일로 정해져 있었다. 정확히 53일 남았다. 나로서는 걱정만 하고 있을 수 없었다. 하지만 책상이나 거실에 앉거나 바로 누워서도 책을 볼 수 없었다. 해결 방안이라고 찾아낸 것이 바로 안마받을 때 사용하는 침대를 구입해서 구멍이 뚫린 곳을 이용해 침대 밑에 예상 문제를 펼쳐놓

종합시험 준비 시 활용한 구멍 뚫린 안마 침대

고 공부하는 방법이었다. 둘째 딸이 우연히 이 모습을 보게 되었는데 창피스럽기도 하고 민망하기도 했다. 종합시험 당일 안대를 하고 돋보기 두 개를 준비해서 비틀어진 글씨를 바로잡아 가며 시험을 겨우 마쳤다.

혹시 이 글을 읽으시는 독자나 주위 사람들은 망막박리가 되었을 때 절대로 뛰거나 빠른 걸음으로 걷지 말고 발생 즉시 안과의 치료를 받길 권하고 싶다. 즉시 수술하고 초기 관리만 잘하면 원래의 시력을 거의 회복할 수 있다고 한다. 시력을 완전히 잃으면 세상이 아무리 아름다워도 아무것도 볼 수 없다.

그나마 나는 반쯤은 볼 수 있다. 다행으로 생각하고 나머지 눈은 맑게 유지 관리해야 한다. 사후에 다른 사람에게 기증해야 하기 때문이다.

°운명의 날들

병원치료 등 우여곡절 끝에 본 논문을 쓸 수 있는 공개 프로포절 날이 다가왔다. 2018년 6월 15일 지도교수 포함 4명의 심사위원 앞에서, 다른 선배 한 분과 이 논문 주제가 박사 학위 논문으로 학술적인 면과 실무적인 면에서 타당한지를 평가받는 공개발표를 했다. 발표 4일 후 학과장으로부터 본 논문 예비 심사준비를 하라는 전달을 받았다. 다행히 공개 프로포절은 통과되었으나 당시 심정은 기쁨 반 두려움 반이었다.

11월 9일 예비 심사와 11월 30일 본심사를 통과해야 하기 때문이다. 망막박리 수술의 후유증으로 작은 글자는 볼 수 없을 뿐만 아니라 컴퓨터 화면이나 활자를 10분 이상 볼 수도 없었다. 심사 날짜가 정해져 있는 터라 그날 이후 나는 배수의 진을 치고 정신력으로 버텨야만 했다. 거기다 예심을 두 달 앞두고 2학기 시작과 함께 석사과정부터 지도하시던 교수님께서 개인 사정으로 학교를 사직한 관계로 지도교수가 바뀌고 말았다. 나로서는 대단히 난감한 일이 발생했으나 받아들일 수밖에 다른 방도가 없었다.

2018년 11월 9일 운명의 날이 다가왔다. 선배 3명과 함께 예비 심사를 받는 날이었다. 나는 총대상자 4명 중 제일 나중 시

110

간을 배정받았다. 먼저 심사받고 나오며 깊은 한숨을 내쉬는 선배 세 분의 표정은 불안 그 자체였다. 내 차례가 되어 긴장된 마음으로 예심에 응했다. 오후 5시부터 심사가 시작되었다. 무려 2시간 50분간 다섯 분의 심사위원께서 6~70항목에 걸친 질문을 쏟아내셨다. 입술이 타고 목이 말랐다. 시간이 예상외로 많이 흐르자 심사위원장께서 잠시 나가 대기실에서 기다리라고 했다.

대기실에서 기다리는 5~6분의 시간은 생애 가장 긴장된 긴 시간이 아니었을까 싶다. 조교의 안내를 받아 다시 심사위원 앞에 섰다. 심사위원장의 최종 말 한마디에 따라 6개월 후에 다시 심사받을지 당일 지적사항을 보완하여 3주 후 최종 심사에 응할지가 결정되는 순간이다. 심사위원장께서 평이하지 않은 논문 준비에 수고 많았다며, 오늘 심사위원의 지적 내용을 정리해서 본심사에 응하라는 말씀을 하셨다. 아직 11월 30일 최종 심사가 남았지만 큰 고비는 넘긴 것 같아서 다소 안심이 되었다.

시간은 흘러 2018년 11월 30일 오전 9시, 드디어 최종 심사 날이다. 그날도 예심의 순서대로 나는 제일 마지막 시간을 배정받았다. 발표 장소에 들어가니 예심 때와 동일하게 6명의 심사위원 교수님이 계셨다. 심사위원장께서 5분 이내로 예비 심사 때 지적받은 내용을 종합해서 설명해 보라고 했다. 설명했더니, 최종 수정된 논문을 확인했다면서 그동안 연구하느라 고생이 많았다는 격려의 말씀과 덕담을 해주었다.

드디어 그동안 노력의 결실인 박사 학위를 취득하게 된 것이다! 모든 심사를 마치고 함께 심사받은 선배들과 중식 회동을 하면서 반주로 마신 맥주 한잔의 맛은 여느 때와는 다른 느낌이었다. 연구실로 돌아와서 산더미처럼 쌓인 책을 보니 감회가 새로웠다. 집에 와 가벼운 마음으로 TV 시청을 하고 있자니 밤 11시가 넘어 한 통의 전화가 걸려 왔다. 다름 아닌 지도교수님이신 홍은표 교수님이었다. "김 박사님 축하드립니다!"라는 음성에서 제자를 지도한 분으로서의 흥분과 무게가 전화기로 오롯이 느껴졌다.

이제 남은 일은 내 논문을 보게 될 독자를 위해 오탈자 등 마무리를 하고 완성된 논문을 제본하여, 국회도서관 및 국립중앙도서관 등에 제출하는 것이다. 내가 연구한 논문이 널리 활용되고 사회에 이바지할 수 있기를 기대한다.

정부의 인사 시즌이 되면, 논문표절 시비로 항상 세상이 시끄럽다. 특히 총리, 장관 등 고위공직자 자질검증청문회 때 약방감초처럼 등장하는 메뉴가 바로 논문표절 시비이다. 그래서인지 사람들은, 누구나 다 남의 논문을 표절하는구나! 라고 당연한 것처럼 생각하기도 한다.

난 늦깎이 만학도로서, 짧은 기간 내에 학사, 석사, 박사를 끝낸 경험자로서, 감히 한마디 하고 싶다. 일정 자격을 갖춘 사람은 누구나 박사 학위 논문을 쓸 수 있다. 그렇다고 모두가 박사 학위를 받는 것은 아니다. 학위논문은 자신과의 처절한 투쟁 없이 결코 얻어질 수 없는 결과이기 때문이다. 산모의 산고에 비교하는 것은 지나친 비약일까?

먼저 학위를 받은 선배들이 후배에게 꼭 남기는 덕담 겸 충고 하나가 있다. 학위 취득 후 2년까지는 특히 건강에 주의하라는 말이다.

축령산 남이 바위 (2020.9.16)

나도 그러한 조언을 들었고 선배들의 권고대로 건강을 챙김과 동시에 긴장의 끈을 놓지 않는 방법의 하나로 대한민국 산림청이 선정한 100대 명산 등반계획을 세웠다. 주 1~2회 산에 오른 결과 애초 계획한 2년보다 앞당긴 1년 7개월 만에 100대 명산을 정복할 수 있어 산행기를 작성 중이며 올가을쯤 『대한민국 산림청이 선정한 100대 명산 이야기』란 제목(가제)으로 산행기 한 권을 남기고 싶어 마무리 중이다.

세속에 쉽게 출세할 명리로, 목숨 같은 귀중한 타인의 연구물들을 표절하거나 복제하여 입신의 욕망을 충족시키려는 염치없는 사람, 양심을 저버리고 남의 산고의 결실인 작품을 슬쩍하는 사람, 이들은 엄중한 질타를 받아야 한다.

그리고 오늘도 묵묵히 대학의 열악한 연구실 모퉁이, 도서관에서 오로지 나만의 최고, 최초의 결과물을 도출하고자 1초, 1분의 시간을 쪼개 정진하고 있는 박사 후보생, 특히 주경야독하면서 졸음과 싸우며 연구에 몰두하는 직장인에게 이 자리를 빌려 격려와 용기를 보낸다. 파이팅!

°학위 수여식

2019년 2월 22일, 학위 수여식 날이다. 큰딸 가족은 부산에 있는 터라 아쉽게도 참석을 못 하고, 연구에 열중할 수 있도록 뒷바라지에 성심을 다해준 아내를 비롯하여 둘째 딸, 막내아들과 며느리, 손주들이 졸업식에 참석해 축하해 주었다. 홍은표 지도교수님께서 식장 앞에서 기다리시다 반가이 맞아주셨다. 7.2 동지회 정은미 총무와 김도은 선배도 축하해 주기 위해 시간을 냈다. 후배들이 건네준 꽃다발의 향기는 어느 고급 향수보다 진했다.

박사 학위 수여자는 식장 제일 앞줄에 개인별 명찰을 붙여놓았다. 총장님 축사 말씀에 이어 축가가 울려 퍼지고 학위 수여식이 이어졌다. 박사 학위자 총 34명에게 총장님과 대학원장님께서 일일이 악수와 함께 축하의 말씀을 해주셨다. 학위기를 받고 자리에 돌아와서 다시 한번 이름과 논문 제목을 확인하는 순간 비로소 실감이 났다. 오늘을 기해서 정식으로 세계가 인정하는 공인 박사가 된 것이다. 뜻이 있는 곳에 길이 있다고 했던가?

막상 학위를 받고 보니 무엇을 어떻게 하는 것이 내가 받은 혜택을 사회에 조금이라도 환원하는 길이 될지가 고민이었다. 잘못하면 '장롱 속 면허증'이 될 수도 있기 때문이다. 당장은 직

총장님으로부터 박사학위를 받음 (2019년 2월 22일)

장 생활 포함 40여 년간 앞뒤 안 보고 달려온 세월을 뒤로하고 쉬면서 천천히 생각하기로 했다. 그러나 무작정 시간을 보내는 것은 성격상 용납이 되지 않았다.

이제부터는 자유로운 사고로 자신의 지식과 지견(知見)을 더욱 넓혀야겠다. "학문하는 이는 날마다 보태고, 도를 닦는 이는 날마다 덜어낸다."라는 노자(老子)의 말처럼 보태는 일은 '학문의 운명'이라 하겠다. 불가에서는 이 보탬을 지견(알음알이)이라고 하며 지혜(반야)와는 다른 차원의 앎으로 보고, 오히려 걸림돌이 될 때가 많다고 함은 다 아는 바이다. 그렇다면 보탬과 동시에, 보탬을 통해 덜고 비우려면 어떻게 살아야 할 것인가? 이것은 정녕 쉬운 문제가 아닌 것 같다.

그동안 내가 겪은 경험을 기초로 더욱 다양한 내용의 연구를 통해 몇 편의 논문이라도 학술지에 발표해 사회에 이바지해야 겠다는 작은 욕심과 함께 자각심(自覺心)이 우러난다.

대수술을 받고 우여곡절 끝에 드디어 박사과정 4학기 만에 코스웍을 마치고 동시에 학위를 받는 영광을 안았다. 또한, 꿈만 같았던 교수 직분으로 대학원에서 후배들을 지도하는 과분한 경험도 했다. 학위를 받은 이후 참석한 전문가 포럼과 외부 강의는 종전과 다른 느낌으로 다가왔다.

더 알아가기 ─────────────

박사(博士)란 석사 학위를 소지하고, 대학원에서 소정의 과정을 이수하고 일정한 시험에 합격한 사람에게 수여하는 학위이다. 박사 학위는 영어로 닥터(Doctorate)라고 한다.

대개 좁은 의미로서 Ph. D.(Philosophy Doctor, Doctor of Philosophy)를 가리킨다.

학위논문의 심사는 교원 또는 학계의 권위자 중에서 대학원위원회의 심의를 거쳐 선정된 5인 이상의 심사위원이 실시한다. 그 결과 심사위원 3분의 2 이상의 찬성표를 얻으면 합격이 되고, 대학원장을 거쳐 대학 총장이 학위를 수여한다.

우리나라 최초의 박사는 1904년 미국 워싱턴대학에서 세균학을 전공하여 학위를 받은 서재필(徐載弼)이다.

─────────────────────

°조부모님, 부모님 영전에 바치다

나는 가능하면 어머님 생전에 박사모 씌워드리고 가족과 함께 사진 한 장 기념으로 남기는 것이 작은 소망이었기에 어려움도 견디며 연구에 전력을 다했다. 허나 졸업 5개월을 앞두고 소천하시는 관계로 이루지 못했다. 그래서 영전에라도 빨리 박사 학위 논문과 꽃을 바치고 싶었다.

박사 학위를 받은 후 며칠 지나지 않아 완성된 논문을 들고 아내와 큰딸, 사위와 함께 맨 처음 찾아간 2018년 8월에 소천하신 어머님을 모셔둔 곳. 운명하신 당일까지 서울의 둘째는 언제 오느냐고 병실 창문만 바라보시던 어머님. 허겁지겁 병원에 도착해서 "저 누군지 알겠어요?" 하고 인사를 올리자 미소 띤 얼굴과 작은 목소리로 "왔구나" 하며 손을 꼭 잡아주시던 모습이 지금도 눈에 선하다.

부산에 가서 어머님께 먼저 예의를 표하고 곧바로 조부모님과 아버님 산소가 있는 고향 영덕으로 향했다. 마당에 들어서자 형님께서 잘 왔다며 반가이 맞아주시면서 조상님께 인사를 드리는 것이 도리라는 말씀도 덧붙였다. 집 뒤편에 할아버님 산소를 찾아가 인사를 올렸다. 만약, 할아버님께서 생전에 계셨다면 박사가 뭔지 모르셔도 손자에게 칭찬의 말씀을 해주셨을 것 같다. 이어서 아버님 산소로 향했다. 준비해 온 논문집을 펴서 바람결에 날아가지 않게 작은 돌멩이로 눌러 펴놓고 예를 올렸다.

생전 말씀이 없으셨던 아버님이시지만 오늘만큼은 "그래, 참 잘했다. 고생 많았다"라는 한마디 말씀쯤은 무난하게 들었을 것 같았다. 할머님 산소까지 다녀오려는 계획이었으나 날이 어두워져 가지 못했다. 생전 끔찍이도 손자들을 사랑하셨던 할머님이셨는데 인사 올리지 못하고 발길을 돌린 것이 너무나 죄스러운 마음이 들었다.

학위논문집

할머님께 받은 사랑을 생각하면 밤중에 전등을 켜서라도 찾아가 인사를 올렸어야 했는데….

2

강단에 서다

...

    나는 짧지 않은 직장 생활을 통해 많은 강의를 할 기회가 있었다. 특히 사내 강의는 생활의 일부처럼 여겨왔다. 사내 강의는 마음의 부담이 적지만 신뢰성이 있어야 하고, 외부 강의는 어느 정도의 부담감이 따르고 많은 준비가 필요하다. 그러나 힘든 반면 보람도 느낀다.

    2019년 2월 학위를 취득하고 3월부터 시작한 강의는 기업체 강의와 그 성격이 사뭇 다르다. 이는 고도의 전문성이 필요하기 때문이다. 특히 대학원생을 대상으로 하는 강의는 교과목 목표에 부합해야 한다. 학사, 석사, 박사 과정을 거치면서 선배 교수님으로부터 많은 강의를 들었고 발표도 해왔지만, 교수의 입장에서 강의를 해보니 다가오는 느낌이 새롭고 완전히 달랐다. 교수 입장에서 가르칠 때의 최우선 목표는 실무지식을 겸비한 전문성을 전달하는 것에 두었다. 또 강의가 지루하지 않아야 하고 학생들이 몰입할 수 있도록 해야 하며 경청할 만한 가치가 있어야 한다고 생각했다.

    강의는 철저한 준비가 필요하다. 예컨대 3시간 강의를 위해서는 최소한 10시간 이상은 준비해야 한다. 강의내용은 수업목적과 관련이 있어야 하고, 강의 시엔 일방적인 지식 전달이 아닌 격의 없는 토론과 다양성, 자율성이 담보되어야 한다.

    2019년 3월 4일 교수로서 첫 강의 날이었다. 언젠가 한번은 해보고 싶은 직업이었는데 그날이 온 것이다. 사람들은 흔한 직업이 외래교수인데 뭘 그렇게 유난을 떠느냐고 생각할지 모르지만 내가 느끼는 감정은 남달랐다. 나는 평소에 교수의 신분이 되면 학생들로부터 존경받는 선생님은 되지 못하더라도 적어도 스승으로서 역할을 다한다는 평가는 받고 싶었다. 누구나 어떠한 일을 할 때 잘 해내고자 마음먹지만, 막상 결과는 반대인 경우가 많은 것이 또 현실이다. 스승은 학문적으로 완벽을 지나치게 추구하기보다는 학생들의 필요를 파악하고 채워주는 것이 중요하다고 생각했다.

한 학기 동안 승용차로 내 출퇴근을 도와준 박사 과정 고영아 선생과 함께 강의 시작 두 시간 전에 외래교수실에 도착하여 선배 교수님들과 차 한잔하고, 20분 전에 강의실에 도착해서 컴퓨터와 파워포인트 작동 여부를 확인하고 강의 준비를 끝냈다. 나에게는 새로운 희망이 부풀어 오르는 중요한 날이다. 서당에서부터 지금까지 수십 년 동안 많은 선생님과 교수님에게 학문적으로 신세를 졌다. 부족하지만 이제부터는 그 신세를 내가 갚을 차례다.

일반적으로 첫 시간에는 상견례를 겸한 개인별 소개와 한 학기 동안 강의계획서에 대한 의견 조율 등으로 마무리하는 것이 통례다. 그러나 나는 학생들에게 양해를 구한 후 첫날부터 정상적인 수업을 진행했다. 15주 동안 후회 없는 강의를 하고 싶은 욕망도 있었지만 내가 석·박사 과정을 경험하면서 아쉬웠던 점

...

　꿈에 그리던 박사 학위를 취득한 지도 벌써 3년이 지났다. 학위를 받은 즉시 운 좋게도 모교에서 강의를 할 수 있어 보람은 배가 되었다. 길지 않은 시간 동안 연구자로서 역할을 다하기 위해 학술지 논문 작성에 열중했다. 1년에 최소한 4편 이상은 등재지에 발표하는 것을 목표로 세우고 덤벼들었다. 무리한 목표지만 논문투고는 자신과의 약속이자 학위 논문을 심사해 주신 교수님에 대한 최소한의 도리라 생각했다.

　내가 작성한 논문을 통해 누군가에게 유익을 주는 일은 보람인 동시에 학문적으로 한 단계 성숙하는 기회이기도 하다. 3개월마다 한 편의 논문을 등재지에 투고한다는 것은 분명 쉬운 일은 아니다. 그러나 쇠뿔도 단김에 빼라는 말이 있지 않은가? 설문을 받아 코딩부터 시작해서 통계 작업을 하고 해석하려면 최소한 수개월의 시간이 필요하다. 생각했던 대로 진행되지 않을 때는 수십 번 수정과 반복을 되풀이해야 어느 정도 만족할 만한 결과를 얻을 수 있다. 게다가 학술지를 선정해서 투고한다고 해서 100% 등재지에 실리는 것도 아니고 심사위원의 수정 지시가 있으면 원하는 대로 만족시켜야 통과된다.

　나는 상대적으로 비용은 다소 들지만, 2차 자료를 활용하지 않고 설문지를 통한 연구를 주로 선호하는 편이다. 내가 작성하는 논문은 주로 사람과 관련이 있기도 하고, 행동과학과 연계하여 사람의 일상에서 일어난 일을 연구해 보고 싶었기 때문이다. 특히 응답자가 현재 어떤 생각을 하고 있는지 알고 싶었다.

얼마 전 존경하는 교수님과 식사 회동을 하던 중 그분이 하신 말씀이 생각난다. "자기가 좋아하고, 하고 싶은 것이 있다는 것은 축복이다. 좋아한다는 것은 흥미가 있다는 뜻이고 흥미가 있다는 것은 보람을 느낄 수 있는 일이기 때문이다."

내가 투고한 논문을 참고하여 후배들이나 연구를 하는 사람들에게 도움을 줄 수 있어야 한다. 논문이 다른 사람의 연구에 참고가 되지 않는다면 헛고생일뿐더러 시간 낭비가 아닌가? 지식이란 모름지기 많은 사람과 공유하는 데 큰 의미가 있다. 목표와 희망이 있는 삶은 세포를 젊게 할 것이다. 매일매일 설렘을 안고 연구실로 출근하여 향기 나는 커피 한 잔을 앞에 두고 생각한다. 지금까지 살아온 삶을 밑천 삼아, 낙담하지 말고, 남에게 의지하거나 기대하기보다는 스스로 거룩한 파장의 물결이 일도록 하자. 생각해 보면 내가 하고 싶고, 해야 할 숙제가 아직도 많이 남아있는 것 같다.

'충북영동 민주지산' 물한계곡 장독대(2021년 4월 20일)

제3부

가족과
신앙

1 가족 이야기

°어머님 찬가

세상에서 어머니가 되는 것보다 더 위대한 사건이 있을까? 세상의 모든 어머니는 가장 소중하고, 가장 아름답고, 가장 신비한 생명을 탄생시키는 분이다. 어느 생명인들 귀하지 않은 생명이 있을까마는 그중 인간의 생명이야말로 단연 으뜸일 것이다.

어머니의 자식 사랑은 자기의 생명보다 자식을 앞세울 정도로 더 희생적이다. 한 예로 한국전쟁 발발 시의 실화다. 홀로 울고 있는 어린아이 옆에 아이의 어머니가 흉탄에 맞아 피범벅이 되어 쓰러져 있는 모습을 기록물을 통해 볼 수 있었다. 피난길 중 적기의 공습을 받자 등에 업힌 아이를 가슴팍에 안고 자신은 적의 흉탄막이가 되어 자식의 생명을 살린 것은 어머니의 사랑이 아니고는 불가능한 것이다.

어머님의 고향은 경북 영덕군 지품면 '식율'이라는 동네이다. 어머님은 1918년 1월 27일 외할아버지와 외할머니 사이에서 5남매 중 셋째로 출생하셨다. 어머님은 문화 류씨(文化 柳氏)로 미인의 자태가 역력하셨다.

증조부님 지인의 중매로 얼굴도 모른 채 혼사가 성사되었다 한다. 열여덟 살 새아씨 적에 면 소재지까지 버스 타고 와서 4명의 가마꾼이 멘 가마를 타고 신작로도 없는 이십 리가 넘는

어머님 98회 생신 기념 (S 음식점/2013년)

첩첩산중 꼬부랑길을 지나 생판 낯선 사람을 지아비로 맞아 강촌에 시집와서 101세를 일기로 소천하셨다. 당시 층층시하 시조부님과 시부모님 모시고 뒷바라지하시면서 살아갈 세월을 앞에 둔 그 마음 또한 첩첩산중이었으리라.

부모님의 명에 못 이겨 시집을 와보니 당신보다 한 살 어린 지아비는 철이 없으나 마음씨는 고와 그럭저럭 시집살이를 할 만했지만, 세 분의 시어른들 수발과 농사일은 열여덟 살의 신부로서는 감당하기 힘들었을 것이다.

자식이 잘되는 길이라면 세상의 어떠한 고난이나 고통을 마다하지 않고 감당하셨던 내 어머니, 유분연 님! 내가 부산에서 고등학교에 입학하여 범일동 철길 옆 루핑 판잣집 한 칸을 얻어 자취생활을 시작할 때 무거운 쌀자루와 갖가지 밑반찬을 준비해 오셔서 3일간을 함께한 시간, 그 기억은 지금도 잊을 수 없다.

어머님의 의무는 무겁고 어머님의 사랑은 컸다. 내가 어머님의 아들로 태어난 것은 행운이고 축복이다. 그래서 나는 어머님이 존경스럽다. 나를 세상에 태어나게 해 주신 분이다. 오래도록 사시면서 언덕이 되어 주실 줄 알았는데 양친이 모두 세상을 떠나고 나니 이제는 완전한 고아(?)의 신분이 되었다. 얼마 전까지만 해도 친구들을 만나면 큰소리쳤는데 이제는 꿈에서밖에 뵐 길이 없으니….

˚내 어머님

내가 어릴 때 어머님은 무서울 정도로 철저한 분이셨다.

어머님은 주무시는 시간을 빼놓고는 쉼 없이 일하셨다. 음식 솜씨도 뛰어나서 대충 장만해도 어느 일류요릿집 음식보다 맛이 있었다. 아들, 딸, 사위, 며느리, 손주들과 모여 맛있는 음식을 대하노라면 어머님 생각으로 숟가락 들기가 망설여진다.

베틀에서 명주와 베를 짰으며 직접 만든 메주로 간장을 담가서 가족에게 먹였다. 우리 집 살림꾼이었고 엄격한 가정교사였다.

부지런함이 무엇인지를 설명하지 않고 몸으로 솔선수범하신 분이다.

대소가의 어른이셨고 대단한 여장부였다. 당신이 땡볕 아래서 땀 흘리시며 사용하시던 호미, 작두에 잘린 불편한 손으로도 남들보다 두 배 이상 빠른 속도로 보리며 밀, 벼를 베셨다.

명주를 만드는 데 필요한 누에고치에서 풀어낸 실을 뽑아내기 위해 꼭지마리(물레의 손잡이)를 잡고 손이 부르트도록 돌리시던 물레…. 자식들이 힘들어하는 모습을 힐끗 보시고 머리에 쓴 땀수건을 다시 동여매시고 땀이 비 오듯 흐르도록 땅을 파는 손에 쥐어진 곡괭이, 살을 에는 한겨울 그 흔한 고무장갑도 없이 맨손으로 대식구의 빨래를 빨던 방망이, 누에의 먹이를 장만하기 위해 깊은 산속에서 채취한 뽕잎을 나르던 지게, 호롱불 아래서 끊어진 매듭을 침으로 이어가며 삼베를 짜시던 베틀, 다른 사람이 쉴 때도 혼자 쉬지 않으시고 힘차게 밟던 탈곡기, 방학 때 자식들 해 먹이려고 장독 속에 아껴두었던 찹쌀을 꺼내어 떡을 만드시던 떡판과 떡메, 콩이랑 메밀, 수수를 털던 도리깨.

어머님이 타작하시던 종류의 탈곡기, 2020년 9월 25일

아버지가 계셨고, 아들이 있었지만, 겨울철 땔감 걱정하시던 어머님. 손녀와 손녀사위가 공연할 때 휠체어에 앉으신 채 한 손으로 치시던 축하 박수 소리는 수백 명의 박수보다 우렁찼다.

밑반찬이 없어도 순식간에 마술처럼 만들어 주시던 겉절이가 먹고 싶다. 비 내리는 날 수제비가 먹고 싶다면 맷돌에 밀을 갈아 '어레미'로 걸러 반죽하여 애호박을 숭숭 썰어 넣고 마당 한

구석에 있는 양은솥에서 끓여주시던 그 수제비 맛을 지금도 잊을 수 없다.

배가 아플 때면 내 손이 약손이라며 만져주시던 부드러운 손길도 그립다.

상명대학교 석사과정 첫 수강 날, 학교에 다녀오겠다고 인사 올리자 아직도 더 배울 것이 있느냐는 말씀과 함께 불편한 손으로 지갑에서 30만 원을 꺼내 주시면서 책 사는 데 보태라며 웃으시던 그 모습이 지금도 눈에 선하다.

소천하실 때까지 강건하게 곁에 계실 줄 바랐는데 18년이라는 긴 세월 동안 불편한 몸으로 고생하시다 세상을 하직하셨다.

오늘도 연구실의 창가에 우두커니 서서 생전 어머님의 휠체어 흔적이 남아있는 아파트 마당을 바라보노라면 그리움이 더해진다.

˚ 우리 어머님

어머님은 오직 우리 가족과 자식들을 위해서 희생하시다 소천하신 것 같다.

내가 할 수 있었던 일이라고는 고작 퇴근 후 몇 마디 말대꾸와 의례적인 인사 등이 전부였던 것 같아 더욱더 후회스럽다. 어머님께서는 가끔 큰손녀에게 "너희 아버지는 말을 잘 하지 않아서 답답하다"라고 말씀하셨다는 말을 듣고 자상해지려고 마음먹었으나 성격상 작심삼일에 그쳤던 것 같다.

어머님께서는 2018년 8월 26일 오후 1시 47분 형님을 비롯한 우리 남매들이 지켜보는 가운데 이 세상을 하직하셨다. 시골 영덕 집 앞 밭에서 일하시다 쓰러지신 후 반신불수로 불구가 된 지 18년 되던 해다. 영덕은 어머님께서 시집오신 이래 평생 살아오신 곳이다.

이 세상을 하직하시던 날.

어머님의 마지막 모습은 어린아이처럼 천진스러우셨다.

의사 선생님에 의해 심정지라는 말을 듣는 순간 우리 어머님은 절대 숨을 멈출 분이 아니라는 생각이 들었다. 젊으실 때 억척같은 모습이 필름의 한 장면처럼 지나간다. 정신을 차린 후 어머님 가슴에 엎드려 한 통곡은 이미 때늦은 몸부림이었다. 숨을 거두신 후에도 어머님의 체온은 따뜻했으며 눈가에는 한동안 물기가 어려 있었다. 마지막 인사로 어머님 귀에 대고 다짐했다. 저의 남은 인생, 당신의 아들로서 부끄럽지 않게 살겠노라고…. 낳아주시고, 그동안 보살펴주심에 감사드립니다. 어머님!

이제는 편히 눈 감으시고 고통 없는 천국에서 쉬십시오. 나중에 천국에서 큰절 올리겠습니다….

불효 가운데서도 자식으로서 어머님께 잘한 일 중 한 가지는 2011년 봄 어느 날 사랑의 교회 정성록 목사님을 집으로 모시고 와서 세례를 받으시게 한 일이다. 따라서 어머님은 지금 천국에 계심을 확신한다.

나는 어머님의 온기를 만분의 일이라도 느끼고 싶어 어머님께서 평소 즐겨 사용하시던 실크 목도리를 겨울이면 늘 목에 걸치고 다닌다. 어느 비싼 명품보다 따듯함을 느낀다. 그리고 어머님의 유품이라고 자랑한다.

나는 오늘도 어머님께 마지막 한 약속을 지키려고 노력한다.

어머님! 내 어머님! 우리 어머님!

° 어머님의 휠체어

어머님은 101세를 일기로 소천하셨다. 18살에 김씨 가문에 시집와서 83년 동안 시조부모님과 시부모님을 모셨고, 우리 8남매를 키우신 억척같은 분이시다. 2000년 가을 어느 날 아침 일찍 시골집 앞 고추밭에서 일하시다가 쓰러진 후 약 18년 동안 휠체어 신세를 지고 생활하다 돌아가셨다. 뇌출혈로 쓰러지시기 전까지는 허리도 굽지 않으셨고 지팡이 없이도 걸어 다니셨다.

사고 소식을 듣고 영해 아산병원 응급실로 갔을 때 어머님은 인사 불능 상태였다. 해당 의사 선생님은 병원의 의료시설 등을 고려하여 규모가 큰 병원으로 즉시 모시는 것이 좋겠다는 소견을 내셨다. 앰뷸런스를 이용하여 포항 기독병원 응급실로 모셨다. 응급실 입원 5일이 지나도 식물인간으로 겨우 숨만 쉬는 정도였다. 의사 선생님 말씀은 연세가 많으시기 때문에 회복되려면 많은 시간이 필요할 것이고 회복되더라도 반신은 사용할 수 없을 것이라 했다. 청천벽력 같은 비보였다. 그동안은 우리 어머님은 초인이라고 생각했었는데 쓰러지시다니….

우리 자식들은 그래도 의술이 좋으니 치료를 잘 받으면 정상으로 돌아올 거라는 기대를 하고 각자가 믿는 종교에 매달려 정성을 다하기로 했다. 일주일 후 겨우 의식은 되찾았으나 몸의 우측이 완전히 마비되어 팔다리가 축 처지고 힘이 없었다.

어머님께서는 자신이 반신불수 상태인 것을 인지하지 못하셨다. 우리 자식들은 어머님을 안심시키기 위해 그냥 좋아지실 거라는 위로밖에는 드릴 말씀이 없었다. 의식을 되찾은 후 18년 동안 당신의 의지로는 10cm도 움직이지 못한 상태에서 돌아가실 때까지 침대나 휠체어에 몸을 의지해 시간을 보내셨다. 성질이 급하신 어머님께서 얼마나 갑갑함을 느끼셨는지 나로서는 짐작도 할 수 없는 일이다.

나는 2013년 6월 사회복지사 현장실습 때 뇌졸중과 뇌성마비, 시각장애 등으로 재활 서비스가 필요한 경우 이용할 수 있는 시설인 '국립재활원'에서 장애인 휠체어 체험을 경험해 봤다. 굴곡이나 경사도가 있는 곳에서는 각별한 주의가 요구된다. 고령자가 오랫동안 침대 생활을 하고 휠체어를 이용하다 보면 뼈가 몹시 약해지므로 이동할 때 세심한 주의를 해야 한다. 특히 화장실 문턱이나 모서리에 부딪히지 않도록 주의해야 하며 휠체어에서 앉을 때나 일어설 때 떨어지거나 넘어지지 않도록 하는 일도 중요하다. 화장실에 갈 때는 한쪽에는 지팡이를 짚고 한쪽 팔과 바지의 뒷부분을 단단히 잡은 후 변기에 앉히고 일어서도록 조심스럽게 간호해야 한다.

어머님께서는 휠체어를 의지하지 않고는 외출이 불가능한지라 가능하면 바람도 쐴 겸 식당에 자주 모시고 가곤 했다. 식당 앞에 차를 세우고 트렁크에서 휠체어를 분명히 내리고 있음에도 차를 빨리 빼라는 주차요원들의 아름답지 못한 태도는 지금 생각해도 아쉬움이 남는다. 장애인에 대한 시민의식이 좀 더 성숙해졌으면 하는 바람이다.

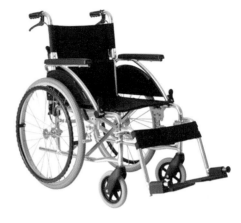

어머님이 타시던 휠체어

자존심이 강한 어머님께서는 화장실에 가실 때 아내 혼자서 모셔가기가 너무 힘에 부쳐 아들인 내가 모시고 갈 때면 상당히 부담스러워 하시는 반응을 보이셨다. 아들보다는 며느리가 수발들어 주는 것이 마음이 편하신 것 같았다. 아내도 되도록 본인이 도와주기를 원했지만 오래 모시다 보니 인대가 늘어져 힘들어하는 것을 곁에서 보았기 때문에, 조금이나마 수고를 덜어 주고 싶어서 가끔 부축해 드리려고 했는데 지나고 보니 조금 더 살갑게 모시지 못한 점이 후회스럽다. 어머님이 계시던 공간은 건축한 지 40년이 넘은 아파트로 별도로 휠체어 이동 공간이 없는 계단식 건물이었다. 적어도 두 사람 이상 앞뒤에서 휠체어를 들고 다섯 계단을 이동해야 하는 구조다. 자식으로서 좀 더 편한 환경에서 모셨더라면 바람이라도 한 번 더 쐬도록 해드렸을 텐데 하는 아쉬움이 남는다.

°예비 며느리의 운동화

나중에 처고모님 되실 분의 소개를 받아 알게 된 아가씨와 사귄 지 3여 년이 흐른 후 1977년 11월, 시골에 계시는 조부님과 부모님께 결혼 허락을 받기 위해 고향으로 향했다. 서울 고속버스 터미널에서 버스를 타고 안동을 경유하여 다시 영덕행 버스를 타고 약 5시간 후에 면(面) 소재지인 지품면 신안동에 도착하니 오후 3시가 넘었다.

그곳에서 부모님이 계시는 집까지 가려면 꼬불꼬불한 시골길로 약 두 시간(약 8km)을 걸어야 하는 거리다. 아가씨가 굽이 높은 힐(heel)을 신고 왔기 때문에 운동화를 신지 않고는 갈 수 없다고 하자 처음에는 농담인 줄 알고 괜찮다고 했으나 결국 운동화 한 켤레를 사서 바꾸어 신어야 했다. 그렇게 집에 도착하니 오후 5시가 넘었다.

할아버님과 부모님께 큰절 올리고 마당에 나와서 사방을 둘러보니 산 외에는 아무것도 보이지 않았다. 어머님께서 정성껏 지어주신 저녁을 맛있게 먹고 이런저런 이야기를 나누다 보니 주위가 금방 어두워지기 시작했다. 아버님께서는 예비 며느리가 편히 쉬도록 별채 방에 아까시나무 장작으로 군불을 때어 따뜻하게 해 놓으셨다.

그 당시에는 전기가 들어오지 않았기 때문에 호롱불을 켜놓고 잠시 대화를 나눈 후 편히 쉬도록 잠자리를 마련해 주고 나는 부모님과 오랜 시간 대화를 나누다 아침 일찍 일어나 보니 아가씨는 벌써 깨어 마당에서 서성이고 있었다. 산장(?)에서 하룻밤을 보낸 소감을 묻자 별다른 말이 없이 웃기만 했다.

조반 후 할아버님께서 언제 결혼식을 올리는지 물으셨다. 내년 중으로 할 예정이라고 말씀드렸더니 하루라도 빨리 하라는 말씀이었다. 부모님께서 아가씨 쪽 어른들께는 허락받았느냐고 물어보셨다. 아가씨 조모님이 결정권이 있고 부모님들께도 예의를 표했다고 말씀드렸다. 부모님께서도 아들이 혼자 오래도록 살았으니 가능하면 빨리 가정을 꾸리라는 말씀이 있었다.

양가 어른들께서 특별히 반대가 없기에 우리 두 사람은 이듬해 4~5월경 예식을 올리기로 했다. 주례는 신부 될 사람이 출석하는 이대 입구 신현교회 담임 목사님께 부탁드리기로 했다. 예식장은 퇴계로에 위치한 행복예식장으로 하고 적당한 날짜를 우리끼리 상의해서 정했다.

부모님께서, 신혼살림은 어디에 차리며 전세 얻을 돈은 있느냐고 걱정하셨다. 실은 결혼하려고 곗돈을 3년간 불입했는데 내가 탈 차례를 2개월 앞두고 계주의 말인즉 사고가 났다며 돈을 주지 않았기 때문에 수중에는 돈이 거의 없는 상태였다. 그러나 부모님께 부담을 드리기 싫어 내가 알아서 해결하겠다고 말씀드렸다. 아버님께서 결혼 비용으로 100만 원을 마련해 줄 테니

집 얻는 데 보태라고 하셨다. 내심 안심이 되었다. 안정된 직장에 다니고 있던 터라 넉넉하지는 않더라도 가정을 꾸려나가는 데 크게 걱정은 되지 않았다. 당시 아현동 제일 꼭대기 단칸방 전셋값이 100만 원이었다.

°마음 자락을 들추어

°아내에게 쓰는 편지

연애편지를 쓴 지가 얼마나 오래되었는지? 1975년 3월 어느 날 꽃다운 아가씨를 만나서 1978년 5월 결혼식을 올린 후 같은 이불을 덮은 시간이 어느덧 40년이 훌쩍 지났네요. 그동안 성미 급한 신랑 뒷바라지하며, 3남매를 반듯하게 키워 시집, 장가보내고 손주들까지 얻었으니 우리 부부가 해야 할 숙제를 당신이 도맡아 해줘서 고마울 뿐이라오….

43년 전 20대 중반 꽃다운 나이에 빈털터리 신랑 만나 단칸 방에 미닫이 장롱 하나, 양재기, 밥그릇 몇 개, 연탄 30장으로 신접살림 차린 지 어저께 같은데 어느덧 할배, 할미 되어 검은 머리 하얘지고, 서울에서 분에 넘치는 집에서 좋은 옷 입고 좋은 자동차에 멋진 코트 걸쳤어도 이마에 주름살과 허허로운 마음은 뉘라서 알까마는, 천사 같은 마음씨 고운 당신이 옆에 있어 늘 하나님께 감사를 드립니다.

부모님을 비롯하여 처조모님을 살뜰히 살펴준 그 아름다운 마음에 감사할 뿐! 무슨 다른 말로 표현해야 할지 모르겠답니다.

당신을 만난 것은 내게는 축복이고 행운이었지요. 삼 남매를 출산할 때 공적 일을 우선한답시고 한 번도 곁을 지켜주지 못해서 송구합니다.

염리동으로 이사하던 날! 모든 것을 당신에게 맡겨두고 퇴근 후 어느 집으로 이사를 하였는지 찾지 못해 엉뚱한 집에 가서 초인종을 눌러 "잘못 찾아왔다"라며 무안을 받았지요. 한참을 바장이다가 찾아갔더니 애들 둘 데리고 막내를 임신한 상태에서 이사하는 일이 간단치 않았을 텐데도, 저녁상을 차려주었을 때, 마음속에 있는 진심을 겉으로 표현하지 못한 일도 후회가 됩니다.

특히 반신불수이신 어머님 병시중을 십여 년 넘게 드는 동안 인대가 늘어져 고통받는 가운데서도, 단 한 번도 짜증스러운 표정을 짓거나 원망스러운 말 한마디 없이 보살펴 드린 결과 어머님께서 그리 장수하실 수 있었다고 생각합니다. 나이 60이 훨씬 넘어 공부를 시작해서 무난히 학위를 받고 강의를 할 수 있었던 것도 마음 편히 연구에만 집중할 수 있도록 배려해 준 덕분이었답니다.

20년 전 당신에게 약속한 세계 일주는 아직 지키지 못해서 면목이 없고, 2010년 가을 설악산 단풍놀이 가자고 했을 때, "올해는 단풍이 곱지 않다니 내년에 가자"고 약속해 놓고 10년이 넘도록 약속을 지키지 못했는데 올가을에는 꼭 약속을 지킬까 합니다.

지금 우리가 누리고 있는 이 모든 것은 당신의 따뜻한 심성과 희생에서 비롯되었음을 잘 알고 있답니다. 그래서 더욱 고맙고 감사하지만, 미안하기도 하답니다.

　　아직도 사랑이란 말이 쑥스럽고 부끄러움은 왜일까요? 그렇지만 점잖은 분들이 사방에서 혀를 차는 소리가 들리는 듯하여 낯이 뜨거운데도 이만큼 쓰는 내 마음만은 알아주리라 믿습니다.

칠순 기념, 가족사진 (2017년 9월)

° 자식에게 쓰는 편지

사랑하는 큰딸과 사위에게!

효주는 아빠, 엄마가 결혼한 지 1년 후 아현동 굴레방 다리 부근 C 산부인과에서 건강하게 태어났지. 태어난 지 3일 만에 염리동 꼭대기 단칸방에서 너의 인생은 시작되었단다.

1980년 3월 토요일 나는 최대한 일찍 퇴근했다. 아현동 시장 입구의 과일가게에 입에 침을 고이게 하는 딸기가 눈에 확 띄었다. 딸에게 먹이면 좋을 것 같아, 제일 싱싱한 것 두 박스를 골라서 숨 가쁘게 집을 향했다. 좋은 아빠 노릇 해 보려고 했는데 네 엄마가 하는 말이 아기가 어떻게 먹느냐며 당신이나 맛있게(?) 먹으라고 했단다.

세 살 때 엄마와 시장 갔다가 네가 없어졌다는 연락을 받고 허겁지겁 집에 오니 다행히 파출소에서 보호하고 있더군! 가슴을 쓸어내렸다.

네가 갓난아기일 때 우리 집은 방 안에 둔 그릇에 물이 얼 만큼 추운 집이었단다. 생각할 때마다 너에게 미안하구나.

너는 어릴 때부터 노래를 잘해서 초등학교 때는 교장 선생님이 중학교, 고등학교 때는 음악 선생님께서 집으로 연락을 해서 음대를 보냈으면 좋겠다는 말씀을 하셨지. 하지만 나는 탐탁하게 생각하지 않았다. 야구든, 축구든, 음악이든, 예능인으로 성공하기 위해서는 노력도 중요하지만, 선천적인 재능 없이는 분명 한계가 있다는 것이 아빠 생각이었기 때문이었다. 대학입시가 1년 정도 남은 고등학교 2학년 때가 기억나는구나.

"효주야! 정말 성악 공부를 하고 싶니?"

"네, 꼭 하고 싶어요."

"그렇다면 조건이 하나 있다."

"뭔데요 아빠?"

"네가……"

"알겠습니다. 아빠."

네가 성악을 공부하려는 생각이 너무나 간절하기에 소질이 있는지 전문가에게 평가를 받아보고 결정하기로 했지.

지인의 소개로 당시 '국립오페라 단장님'께 전화를 드리고 약속 시각에 엄마와 함께 너를 데리고 단장님께 방문했다. 엄마와 아빠는 거실에서 기다리고, 조금 시간이 흘렀을까. 연습실에서 두 곡을 들어보신 후 나오신 단장님은 빙그레 웃으시며 별말씀 하지 않으셨다. 나는 네가 소질이 없는 아이인가 보다 하고 "살펴봐 주셔서 고맙다"라는 인사를 드리고 일어나려니까, 좋은 소질을 지닌 아이니, 교수님께서는 당신이 봉직하는 학교로 오면 좋겠다는 말씀을 해주셨다. 속으로 얼마나 기쁘던지! 나는 그날 이후부터는 네가 성악가로 성공하기를 바랐단다.

네가 사위와 결혼식을 올린 뒤 독일 유학 5년을 끝으로 귀국하여 가까이 살다가 부산으로 이사한 후에 든 아비의 심정은 너를 시집보낼 때 못지않게 허전하였단다. 자연의 섭리 앞에 주눅

든 세월 때문일까?

매주 강의를 위해서 서울에 오가는 길, 건강 조심하거라….

한 가지 더… 이제는 시댁 가문의 며느리로서 '단단히' 처신하거라.

사위 최 교수는 일에 너무 욕심이 많은지라 젊기는 해도 가끔은 건강도 되돌아보면서 잘 관리해 줬으면 하네. 후학 지도로, 지휘자로, 오페라 기획 연출로 눈코 뜰 새 없이 바쁜 시간이지만, 인생은 단거리가 아닌 "마라톤 경주란 것을!" 명심해 줬으면 하는 것이 장인의 바람이네.

힘이 되는 둘째 딸과 사위에게!

둘째 네 이름은 아빠가 작명할 때 주위 사람에게 베풀고 효도하며, 베풂도 받는 사람으로 세상을 살아가기를 바라는 마음에서 지은 이름이란다. 태어난 지 8개월 만에 장염으로 대학병원에 입원하는 등 어릴 때 병치레를 많이 해서 키가 작은 게 아닌가 싶어 항상 아빠의 마음이 아팠단다. 두 평 남짓한 단칸방에서 네 명이 살다 보니 생활이 너무 불편하여 조금 큰 집으로 이사했는데 네 덕에 냉장고와 세탁기를 처음으로 마련했지.

대학을 지원할 때 애초에 미대(美大)에 가고 싶다고 했을 때 "무슨 미술이냐? 언니도 예능을 했으니 너는 상대에 가서 경영학과 무역학을 전공하고 취업을 하든지, 아니면 외국어를 확실히 익혀 소위 보따리 장사를 하더라도 그쪽 방면 공부를 하여

라" 조언한 것이 오히려 너를 힘들게 하고 말았지. 적성이 맞지 않는다며 졸업 후 다시 다른 대학에서 실내디자인 공부를 하게 한 것도 늘 미안한 마음이 들었다.

너희들 결혼 날짜 받아 놓고 송 서방이 찾아와, "결혼식은 최대한 간소하게 치르고 패물은 싼 '커플링'이면 된다."라고 하던, 꾸밈없고 심지가 굳은 모습에 흐뭇해지더구나. "대기업에 다니고 있으니 끼니 걱정은 염려하지 않으셔도 됩니다."하던 말마따나 그럭저럭 꾸려 나가니 대견하다만, 이사하는 것을 걱정해야 하는 딸의 모습을 바라보는 아비의 마음이 이따금 가볍지 않을 때가 있다. 그렇지만 너희들은 잘해 나가리라 믿는다.

많은 사람으로부터 너의 모습이 아빠와 '국화빵'이라는 말을 들을 때 왠지 미안한 마음이 든단다. 어쩌겠느냐, 우리 딸?

아들과 며느리에게!

결혼식을 올리고 폐백이 끝난 후 신혼여행을 위해 금일봉을 건네며 가문을 이어 갈 무거운 짐을 지게 한 지도 벌써 10년이 넘었구나.

"건강하고 정직하며 항상 꿈을 잃지 말며 이웃에게 도움을 주는 사람이 되자"는 '가훈'에 따라 후손의 안녕과 번영을 위해 꿈을 설계해 주기를 바란다.

막내 네가 태어날 때 너의 큰누나와 둘째 누나가 네 살, 두 살 때라 어머님께서 산후조리를 돕기 위해 서울에 오셨다. 예정일에 맞춰 오셨는데 10일 이상 늦게 태어난 관계로 삼칠까지 근 달포간 비좁은 공간에서 함께 보냈다.

1983년 2월 25일 금요일, TV를 보고 있는데 갑자기 사이렌이 울렸다. 처음에는 민방위 훈련이려니 생각했는데 정규 TV 중계방송은 중단되고 "국민 여러분 실제 상황입니다. 경계경보를 발령합니다. 이것은 실제 상황입니다." 하는 뉴스가 나오는 것이 아니냐. 아나운서의 목소리는 다급하고 떨렸다. 일부 시민들은 전쟁을 우려해서 생필품 사재기에 들어갔다고 했다. 대형 신문사에서는 사건 진상을 알리는 호외가 뿌려졌다.

저놈들이 또 사고를 치는구나! 하는 불길한 생각이 들었다.

실제 상황으로 공습경보가 발령되었으니 전투 상태로 들어간 것이다.

나는 문득 전쟁이 일어날 수도 있겠다는 생각이 들었다. 딸아이 둘과 배냇저고리를 입고 있는 막내아들인 네가 걱정되었다. 예비군복과 군화를 찾아놓고 기다렸다. 예비군복을 보시던 어머님께서는 "군대에 다시 입대해야 하느냐? 전쟁이 나면 이 어린것들이 불쌍해서 어떻게 하느냐"며 걱정을 하셨다. "영덕으로 가는 것이 더 안전하지 않겠느냐?"

일단 어머님을 안심시키고 TV를 시청하면서 한 시간여를 기다렸다. 관할 예비군 중대에 문의한 결과 당국으로부터 특별한 지시가 없으니 일상생활을 하라는 대답을 듣고서야 마음이 놓였다. 사건의 주인공은 북한 조선인민군 공군 조종사 이웅평 대

위로 그가 미그 19기를 몰고 38선을 넘어와 벌어진 사단이었다.

그렇게 조마조마하던 순간도 이제 지났구나.

너는 아들이지만 막내로 위에 두 명의 누나가 있다 보니 고등학교를 졸업할 때까지 누나들을 언니라는 호칭으로 불렀단다.

훌륭한 자식 뒤에는 꼭 훌륭한 어머니가 있어 자식들이 그 영향을 받는다는 성현(聖賢)의 말씀을 익히고 기억해 주기 바란다. 며느리는 두 손주의 훌륭한 어머니가 될 자격이 충분하고도 남음이 있다. 아이들이 알아들을 수 있는 말을 하고, 모범을 보이려면 말로만 하지 말고 행동으로 솔선해라. 꼭 매를 들 때는 가혹하리만큼 따끔하게 꾸짖고, 항상 손주의 장래를 생각하며 언행을 해주기를 부탁한다. 살다 보면 예기치 않은 시간이 도래할 것이고 때로는 시련도 닥치겠지만 이런 것들을 슬기롭게 이겨내는 일이 하나님의 자녀 된 도리임도 명심해 주었으면 싶구나. 살림살이를 알뜰하고 야무지게 꾸려가는 것도 소중하게 생각하고 살아가야 한다. 행복은 마음먹기 달렸다. 며늘아 고맙다.

2

소박한 믿음

° 신앙 충전소

나는 1977년부터 친구(김남중) 어머님의 권유로 부산 초량교회에서 종교 생활을 시작했다. 직장 따라 서울에 와서 가정을 꾸린 후 대현동 소재 신현교회에 몇 년간 다니다가 강남으로 이사 오면서 회사와 가까운 교회를 알아보던 중 명성이 높은 '사랑의 교회'에 다니기로 결심하고 1995년부터 출석했다.

나는 한동안 '선데이 크리스천'으로 겨우 주일만 지킬 정도였다. 그 기간 중 지금의 순장님이신 임영수 안수집사님으로부터 여러 번 다락방 참석 요청을 받았으나 회사 업무가 바쁘다는 핑계로 출석을 계속 미루었다. 급기야 회사까지 방문하신 압력(?)의 영향으로 마지못해 한두 번만 참석해 보고 지속 여부는 그때 가서 결정하기로 했다.

2006년 3월 4일부터 다락방이란 곳에 처음 출석했다. 시작 시각은 오후 7시부터다. 나는 20분 전에 순장님 댁에 먼저 도착했다. 다락방에 처음 출석하던 날 이 권사님께서도 따뜻하게 맞아주셨다. 9명의 순원과 인사를 나누고 다과도 함께 나누고, 찬양하고, 정해진 다락방교재를 가지고 2시간 가까이 화기애애한 분위기 가운데 모임이 진행되었다. 생각보다는 진지했고, 깊이가 있는 말씀을 나눈 첫날이었던 것 같다. 말씀에 대한 이해

사랑의교회 종탑(2022년8월)

가 절대적으로 부족한 나에게 선뜻 다가오지는 않았지만, 정답이 없는 성경 말씀이라 부담 없이 부딪혀 보자는 결론을 내렸다. 순원 모두가 가능하면 내게 부담을 주지 않으려고 애를 많이 쓰는 것 같았다.

다락방 출석을 계기로 필수 과정이라 할 수 있는 새 가족 모임, 성경 대학, 제자 훈련, 사역훈련 과정을 마치고 지금에 이르렀다. 다락방 출석 이래 나는 16년이 넘도록 박리수술 때를 제외하고는 결석 없이 열심히 참석하고 있다. 다락방에 출석하면서 순원들 모두 믿음 가운데 서로 의지하며 희로애락을 함께한다. 개인은 물론 가족들을 위한 기도를 드릴 때 더욱 보람을 느낀다. 다락방에서 결국 머리가 아닌 말씀을 대하는 마음가짐이 믿음에 있어 중요함을 배울 수 있었다.

매주 한 번 다락방에 출석하여 교제하면서 느낀 순장님의 온유한 성품과 한결같은 배려심, 그리고 순원들과 수평적인 관계를 형성하며 서로의 길흉사가 닥칠 때 기쁨도 슬픔도 함께하는 시간은 오래도록 잊지 못할 것 같다.

두 번의 망막박리 수술로 적지 않은 고통을 겪었지만, 순원들의 뜨거운 중보 기도가 큰 힘이 된 것 같다.

내가 처음 출석하고부터 7년간은 매주 순원 집을 가정방문을 하면서 교제를 나누다가, 그 이후부터는 순원들 거주지와 가까운 내가 사용하는 사무실에서 주일 1부 예배 후 오전 9시 30분부터 2시간가량 모임을 실시한다. 매번 간식은 아내가 수고해 줘서 고맙게 생각한다. 우리 다락방은 중년 이상 나이의 순원들로 구성되어 있다. 공통적 관심사로 말씀 묵상 외에도 건강 문제를 빼놓을 수 없다. 말씀을 통해 서로를 위로하고 의지하며 믿음 가운데 오래도록 두터운 정이 지속하기를 소망한다. 코로나에서 하루속히 벗어나고 싶은 마음 간절하다.

°나의 신앙관(God is Love)

1977년 3월 부산에서 직장생활을 하던 어느 주일날 아침, 친구 어머님께서 아침이나 함께하자며 전갈이 왔다. 친구 집에 가서 부모님들과 아침 식사를 한 내게, 특별한 선약이 없으면 교회에 함께 가자는 말씀을 하셨다. 내가 중학교 2학년 때 통일교회 1주일 다니면서 금식의 영향으로 시험을 망친 경험을 말씀드렸더니, 초량교회는 장로교회로 최동진 목사님이 담임 목사님이신데 설교 말씀도 훌륭하시고 금식을 하지 않아도 은혜를 받을 수 있다고 하셨다.

우리 집안은 딱히 종교는 갖고 있지 않았다. 무슨 일이 있을 때마다 참빗으로 머리 빗으시고 뒤뜰 장독소래기(독의 덮개) 위에 정화수 떠 놓고, 두 손 모아 손주 자식들 잘되기를 신령님께 손이 닳도록 비시는 할머니와 어머님 모습을 종종 접해온지라 선뜻 교회에 가고 싶다는 생각이 내키지 않았다. 그러나 친구 어머님의 말씀이고 밥값(?)도 해야 할 것 같은 마음에 교회에 출석하는 것이 최소한의 도리라고 생각해서 교회에 따라갔다. 교회 입구에서부터 친절히 맞아주셨고 나는 10명 정도가 앉을 수 있는 긴 나무 의자에 앉아 담임목사님의 설교 말씀을 들었다. 무슨 뜻인지 정확한 이해는 할 수 없었지만, 거부감은 없었다. 이

날을 계기로 주일마다 열심히 출석하여 2년 만에 학습을 마치고 세례를 받았다. 그 기간에 아내 될 사람과 사귀면서 교회 출석을 적극적으로 권유한 아내의 묵시적 압력(?)의 영향도 작용했다.

그 후 나는 1978년 5월 신현교회 담임 목사님의 주례로 가정을 이룬 후 흔히 얘기하는 '선데이 크리스천'으로 주일에만 출석하다가 5년 이상 장기 방학(?)에 들어갔다. 가장 직접적인 이유로는 목사님의 헌금 말씀이 부담을 주었기 때문이었다. 헌금 강조를 하지 않더라도 작정한 헌금을 양심껏 낼 텐데 하는 생각이 들었다. 지금 생각하면 부끄럽기도 하고 게으른 나 자신의 핑계였던 것 같다.

그 후 2006년 3월 4일부터 다락방에 출석하면서 새가족모임, 성경대학, 제자훈련, 사역훈련 등의 기본 프로그램 과정을 이수하고 다락방 소그룹은 16년 동안 지속되고 있다.

현재 우리 가족은 우리 부부를 비롯한 세 자녀 모두 크리스천 가족이다. 심지어 사돈댁 세 가정도 목사님과 장로님 집안이다.

2011년 봄 '사랑의 교회' 정성록 목사님께서 집에까지 오셔서 어머님께도 말씀과 함께 세례식을 주관해 주셨다. 여간 고마운 일이 아니다. 어머님께서는 지금 천국에서 고통 없는 시간을 보내시리라 확신한다. 생전에 가끔은 불경도 외우시고 성경 말씀도 펴 놓고 보시던 기억이 지금도 생생하다.

종교의 자유를 굳이 들먹이지 않더라도 어느 종교를 믿든지 서로 존중해야 하겠지만, 욕심 같아서는 가족 모두가 기독교로 통일했으면 좋겠는데 여동생이 주지 스님으로 지역에서 나름대로 봉사를 열심히 하므로 가족 간의 종교를 존중할 수밖에 없다. 종교는 세상이 혼란스럽고 불투명할수록 중심을 잡는 데 중요한 역할을 한다고 생각한다.

지금도 세계에서 가장 많이 읽히는 베스트셀러는 단연 성경이다. 성경을 펴면 "태초에 하나님이 천지를 창조하시니라"는 말씀에서부터 우주가 존재하게 되었고, 인간이 탄생하게 되었음을 기록하고 있다. 하나님은 철학이나 사상의 관념도 아니고, 유물사관적인 인물도 아니다. 지금 글을 쓰고 있는 이 장소에서 나를 보호해 주시고 용기를 주고 계신 분이다. 그뿐만 아니라 나는 하나님을 만남으로써 아내와 결혼했고, 무엇과도 비교할 수 없는 세 남매를 선물 받았다.

지금 내가 믿는 하나님은 고달플 때 힘 주시고, 두려울 때 용기 주신다. 상처 입을 때 치유해 주시고, 고통스러울 때 기쁨을 주신다. 세상의 어느 것과도 비교 불가능하고 인간의 사랑까지 초월하신 분이며, 희망의 참 빛이다.

나는 오늘도 이렇게 기도한다.

사랑이 크신 하나님 아버지! 지금까지 칠십 평생 살아온 것에 감사드립니다. 이름 없는 깡촌에서 태어나 청년이 된 후 하나님을 알았지만, 훌륭하신 부모님과 형제자매 주심에 감사합니다. 건강과 성실함을 달란트로 주신 덕분에 다소의 굴곡은 있었지만, 분에 넘치는 행복한 길을 걸어왔다고 생각합니다. 착하고 효성 깊은 아내 만나게 해주심에 감사드립니다. 삼 남매 모두 본인들이 짝을 만나 사랑스럽고 귀여운 손주까지 안겨 주셨습니다.

사랑의 주님! 한때는 하나님을 멀리하기도 하고, 전적으로 의탁하지 않은 순간도 있었지만, 지금까지 걸어온 길에 항상 하나님이 곁에서 과하거나 넘치지 않게 조절하고 계심도 이제야 알 듯합니다. "시온의 자녀들아 너희는 너희 하나님 여호와로 말미암아 기뻐하며 즐거워할지어다. 그가 너희를 위하여 비를 내리시되 이른 비를 너희에게 적당하게 주시리니 이른 비와 늦은 비가 예전과 같을 것이라"(요엘 2장 23절) 라는 말씀을 믿으며 이른 비를 내려주시길 소원하며 살도록 하겠습니다.

사라호 태풍 때 운 좋게 살아남아 우여곡절을 겪으며 야간고등학교를 거쳐 중견기업의 대표이사와 정년퇴직 후 60이 훨씬 지난 나이에 대학의 공부를 시작하여 박사 학위와 교수라는 신분으로 강의를 할 수 있었던 것도 하나님이 주신 인내의 결과라 생각합니다. 서산대사의 답설시 내용처럼 내가 오늘 걸어가는 길에 어지러운 발자국을 남기지 않기 위해 하나님 말씀을 청종하며 살아가려고 힘쓰고 있습니다. 70대 중반의 나이지만 아직도 갈 길이 조금은 남아 있는 것 같아 욕심을 부리고 있습니다.

하나님, 매일 출근해서 드리는 기도를 들어 주옵소서, 우리 가족은 물론, 형제자매들, 제가 알고 있는 모든 사람에게 자비와 은혜를 베풀어 주옵소서!

즐겁고 은혜로운 시간이 많지만 때로는 나의 감정을 제어할 수 없는 심한 아픔 가운데 처할 때도 있습니다. 하나님 앞에 솔직한 감정을 다 내려놓게 하시고, 모든 것을 하나님께 맡기며 양도하는 믿음의 고백이 있게 하여 주옵소서, 예수님의 이름으로 기도했습니다. 아멘! God is Love![1]

필자가 출석하는 서울 사랑의교회(2022년 7월)

---

1 God is Love(하나님은 사랑이시라), 사랑의 교회 단상에 쓰인 글씨임.

남한산성 성곽 (2020년 12월 24일 촬영)

제4부

단상斷想과
소묘素描

1

잊을 수 없는 사람들

°그토록 소중한 만남이

인간의 삶은 만남에서 출발한다고 해도 과언이 아니다. 마르틴 부버[1]는『나와 너』에서 인간은 본성적으로 '나-너'의 관계를 원하고 그 속에서 비로소 편안함을 느낀다고 했다. 또한, 나와 너를 통하여 관계, 대화, 만남의 철학을 전개하며 나는 너로 인하여 내가 된다며 관계성을 특별히 강조한다. 그는 또 '삶에서 가장 참된 것은 만남이다.'라는 명언을 남기기도 했다. 사람은 언제 어느 때 '너'를 만나느냐에 따라 인생의 방향과 성패가 결정되기 십상이다. 특히 청소년기나 결정적인 순간에 어떤 '너'를 만나느냐는 매우 중요하다. 우리는 먼저 '나'로 있다가 '너'를 만나는 게 아니라, '너'를 통해 '나'로 되어 '나'의 존재 이유가 생기는 까닭이다.

심지어 누구의 위인전을 읽었느냐에 따라 진로가 달라질 수도 있다. 특별히 본인이 좋아하고 존경하는 사람의 사상과 정신

---

1 [Buber, Martin, 1878.2.8~1965.6.13] 독일의 유대인 사상가, 유대교 종교철학자. 오스트리아의 빈에서 태어났고, 어린 시절은 당시 유명한 랍비 문학자요 사업가였던 그의 할아버지 솔로몬 부버의 집에서 보냈다. 1896년부터 1900년까지 그는 비엔나, 라이프치히, 취리히, 베를린 대학 등에서 미술사와 철학을 공부하였다. 젊어서부터 유대인들의 시온주의 운동에 적극적으로 가담하여 1901년에는 그 운동의 기관지였던 〈세계〉를 창간하여 1924년 폐간될 때까지 독일 유대인들의 가장 중요한 대변인 역할을 하였다. 1924년에서 33년까지 부버는 프랑크푸르트 대학에서 유대교 철학과 윤리학 교수로 재직하였고, 1920년에는 또 다른 유대교 철학자였던 로젠쯔바이크와 함께 〈자유 유대인 학교〉를 설립하여 히틀러의 박해 밑에서 신음하는 유대인들의 정신적인 저항력을 키우는 데 전력하였다. 문예출판사, 2001.

을 본받으려 노력하기 때문이다. 어떤 사람들은 부모님의 사진을 걸어 놓고 존경을 표하며 생활하기도 한다.

나는 70년 이상 살아오면서 직업상 국내외의 많은 사람을 만났다. 만난 사람 중 정말 본받고 싶은 사람들도 많았고 극히 일부이긴 하나 만남이 오히려 해를 가져다준 사람도 있었다. 내 경우 특히 대학 입학 이후에 만난 교수님들이 지금의 나를 있게 하는 데 크나큰 영향을 끼쳤다. 지금 내가 이 졸필을 쓰기까지 큰 영향을 준 분 중 몇몇 분을 이 지면을 통해 상기해 보고자 한다.

우선 부모님에 대한 고마움을 꼽을 수 있다. 세상에서 어떤 자식이 자기 부모님을 존경하지 않을까만 나 역시 누구보다도 부모님을 자랑스럽게 생각하며 존경한다. 아버님 17세, 어머님 18세 때 결혼하여 넉넉지 않은 살림으로 우리 8남매를 키우기 위해 억척같이 길쌈을 매고 살림을 일구어서 키워주신 어머님과 아버님에 대한 고마움을 무슨 말로써 설명하랴. 아버님께서는 농사뿐 아니라 오랫동안 문중 일과 동장 소임에 진력하시다가 85세를 일기로 2002년 소천하셨다. 어머님께서는 101세까지 사시다가 2018년 소천하셨다. 부모님께는 글로 다할 수 없는 존경과 고마움을 느낀다. 내 어머님은 18년 동안 반신불수의 몸이지만 굳은 의지 하나로 생활하신 분이다. 눈을 감는 순간까지 자식들을 위해 눈물 흘리시던 어머님의 마지막 야윈 얼굴이 지금도 눈에 선하다. 우리 어머님은 환갑이 지나서야 겨우 한글을 깨치시고 큰 글자로 된 성경 말씀을 더듬더듬 읽으실 정도였다.

부모님들의 한평생은 희생과 땀의 삶이었다.

나의 영원한 동반자인 아내와의 만남은 운명적이고 단연 가장 값진 인연이다. 1978년 가정을 이룬 후 40년 이상 살면서 1남 2녀의 자녀를 모두 시집, 장가를 보내는 데 일등 공신이다. 처조모님, 장인어른도 소천하실 때까지 우리 집에서 모셨고, 반신불수의 몸이 되신 어머님도 십 년 이상 정성을 다하여 보살핀 아름다운 마음은 아무리 칭찬해도 부족하다 싶은 게 솔직한 내 심정이다.

많은 분 중에서도 특히 내가 큰 은혜를 입은 사람을 들자면 지금은 어려움을 겪고 있지만 26년간 모든 것을 바쳐 전력을 다했던 아가월드의 이석호 회장님을 잊을 수 없다. 재직 중 아이들 3명의 교육을 모두 마치게 해준 분이다. 비단 그뿐만 아니다. 한때는 형제 같은 마음으로 서로를 의지하고 생활했으며 그러한 마음은 지금도 변함이 없다. 빠른 기간내에 경영이 정상화되기를 기회 있을 때마다 기도드린다.

내가 아가월드 입사 이전에 이미 경리 책임자로 입사하여 내부 살림을 맡아왔던 손순자 상무님 또한 잊을 수 없다. 전라도 광주에서 여자상고를 졸업하고 농협에서 근무한 경력을 지닌 분이다. 비록 회사를 통해 인연이 된 분이지만, 정말 공적 업무를 위해서는 모든 사적 일을 희생하는 인격의 소유자다. 컴퓨터가 도입되지 않았을 때는 연 52주 중 30주 이상은 주일까지 반납하며 회사 일을 처리하던 맹렬여성이었다. 30년 이상 근속하다 건강상 이유로 사퇴했다. 급기야는 신경성 등의 병을 얻어 경희대학교에서 뇌수술을 받고 입원가료 중이라는 연락을 받았다. 아내와 함께 면회 가는 날, 마침 남편이 간호하고 있었다. 정신이 온전치 않다는 남편의 말에 순간 눈앞이 캄캄했다. 아내가 환자의 손을 꼭 잡고, 하나님의 피 묻은 손길로 어루만지사 환자의 병을 말끔히 고쳐주길 기도하고 돌아오는데 발길이 가볍지 않았다.

내가 26년간 전문경영인으로 무사히 업무를 수행할 수 있었던 것도 손순자라는 걸출한 멋진 일꾼이 옆에서 보좌를 잘해 주었기 때문에 가능했다고 생각한다. 뇌이상이 재발하지 않기를 기도할 뿐이다. 남편 역시 촉망받는 기업가로 목조주택 분야의 선구자로 활동하고 있다.

지금 아가월드 몬테소리 대표를 맡은 권경숙 대표도 나와 가볍지 않은 인연을 가진 분이다. 1986년 3월경 대학 졸업과 동시에 편집부 신입사원으로 입사 이래 35년 이상 아직도 회사를 지키고 있다. 특히 권 대표와는 수십 번의 해외 출장 시 좋은 작품을 확보하기 위해 머리를 맞대고 고민한 시간도 쉽게 잊히지 않는다. 석·박사 논문을 작성할 때 설문지 작성에도 많은 도움을 준 아름다운 기억을 갖게 한 분이다.

대학 공부를 위해 서울사이버대학교에 입학하면서 많은 교수님의 사랑을 분에 넘치도록 받았다. 이재웅 총장님, 이태교 석좌교수님, 김동환 교수님을 비롯한 많은 교수님을 잊을 수 없다. 특히 김동환 교수님은 내가 대학원에서 석사 논문을 쓸 때 통계에 대해 눈을 뜨게 해주시고 박사 논문을 쓸 때도 공동 지도교수님으로 참여해서 지도해 주신 스승님이다. 바쁜 학사일정과 건강이 불편하실 때도 마다하지 않으시고 늘 자상하게 지도해 주신, 가족처럼 마음이 편한 존경하는 스승님이다. 김동환 교수님과는 연구도 함께하여 학술지 논문 세 편을 공동으로 연구하여 등재 학술지에 게재하기도 했다.

거슬러 올라가 초등학교 1학년 담임이셨던 김송희 선생님도 시골뜨기인 나에게 학급회장을 맡기면서 자신감을 심어주신 선생님이시다. 또 6학년 담임이셨던 권민 선생님의 제자 사랑이 각별하셨다. 6학년 1학기 때 6·25 관련 대통령 배 전국 웅변대회에 학교 대표로 선발되어 지역 예선을 영덕극장에서 개최했는데 나는 3등을 했다. 군(郡) 단위에서 1등에게만 경상북도(道) 대회에 참가할 자격이 주어졌다. 1등을 하지 못해 송구하다는 말씀을 드렸더니 3등 한 것도 잘한 거라며 위로해 주시면서 점심을 먹자고 하셨다. 소고기국밥이나 짜장면을 권하셨다. 소고기국밥은 명절 때 어머님께서 지어주신 것을 먹어봤으나 그날까지 짜장면은 먹어보지 못했다.

나는 잠시 망설이다가 짜장면이 어떤 음식인지 여쭈어보았다. 빙그레 웃으시며 먹어보지 않았으면 맛있다고 하시면서 짜장면을 사 주셨다. 당시 영덕 버스 정류소 옆 중국집에 갔는데 하얀 가운을 입고 머리에 흰 수건을 쓰고 힘차게 내리치는 밀가루 반죽도 처음 보는 광경이라 신기했다. 먹어보니 너무 맛있었다. 군만두도 그날 처음 먹어봤다. 세상에서 제일 맛있는 음식 같았다. 생전 처음 짜장면을 먹게 해주신 스승님을 잊을 수 없다. 고등학교까지는 안부를 여쭈다가 소식이 끊겼다. 결혼 후 인사드리려고 수소문했으나 연락처를 알 수 없었다. 지금도 너무 보고 싶은데 소식인즉 수년 전 소천하셨다는 이야기를 듣고 가슴을 쓸어내린 기억이 있다. 지금도 짜장면을 먹을 때 선생님 얼굴이 떠오른다. 선생님 보고 싶습니다!

용기를 내어 늦은 나이에 대학교에 입학했으나 3개월 정도 지났을 때 회의감이 들어 학업을 포기할까 하고 망설이고 있을 때 멘토인 백서연 선배께서 사무실에 여러 번 방문해서 어려움이 있으면 최대한 도와줄 테니 끝까지 해보자고 많은 용기를 주었다. 설용균 선배도 학사과정을 무사히 마칠 수 있도록 많은 조언과 도움을 주었다. 대학원 석사과정을 김도은 선배의 적극적인 추천으로 입학한 것도 나에게는 가볍지 않은 인연으로 늘 고마운 마음이다. 공부뿐만 아니라 사업이나 직장생활을 할 때도 누구를 만나느냐에 따라 삶의 방향이 완전히 바뀔 수도 있음을 경험했다.

석박사 과정에서 또 존경하는 분 중 김형주 교수님을 빼놓을 수 없다. 학자로서 가져야 할 기초를 잡아주신 스승이다. 특히 학문은 열심히 하는 것보다 잘하는 것이 중요함을 깨우쳐주신 스승님이다.

또 지금은 호서대학교 교수님이신 이재순 교수님도 제자 사랑이 각별하신 스승이다. 필자가 두 번의 눈 망막박리 수술로 글씨가 잘 보이지 않을 때 각종 과제의 글씨 크기를 확대해서 제공해 주셨다. 교수님의 세심한 사랑을 잊을 수 없다. 세상은 필자가 이 교수님보다 오래 살았지만, 늘 감사하고 존경하는 마음을 가지고 있다. 이 글도 바쁜 학사일정에도 불구하고 두 번이나 읽으시며 교정을 봐주셨다.

내가 학문적으로 한 단계 성숙하는 데 큰 영향을 끼치신 분은 박사 학위 논문을 지도해 주신 홍은표 교수님이다. 나에게는 인격적으로도 본받을 점이 큰 분이다. 내가 홍 교수님을 존경하는 또 다른 이유는 공과 사가 분명하기 때문이다. 어쩌면 홍 교수님의 자극과 관심이 내 속에 잠재되어 있을지도 모르는 소질을 밖으로 드러나게 해주신 게 아닌가 싶다. 홍 교수님의 무언의 인정이 학자로서 연구를 게을리하지 않는 계기가 된 것 같다. 남녀노소를 막론하고 자기를 인정해 주는 사람에게 실망감을 안겨 드리고 싶지 않은 것이 인지상정(人之常情)이 아닌가 싶다.

동국대학교 김은자 교수님, 명지대학교 순희자 교수님도 마음속의 참스승님으로 자리하고 있어 늘 감사하는 마음이다. 흔히들 선생님은 많으나 참스승은 드물다는 작금의 시대에 내 주위에는 이토록 참스승이 많이 계신 것도 큰 복이요 행운이다.

또 10년 이상 한결같은 마음으로 가족처럼 응원해 주는 7·2 동지들도 빼놓을 수 없는 귀한 분들이다. 지금도 매월 한 번씩 만나는데도 시간이 언제 가는지 모를 정도로 서로에게 믿음과 친밀감을 느낀다. 자기보다 동료를 우선 배려하는 아름다운 마음씨와 인성을 지닌 분들로 이 시대에 보기 드문 은혜로운 구성원들이다. 2011년 10명이 모임을 결성한 후 한 회원은 사정상 얼굴을 볼 수 없지만, 나머지 9명은 10년 이상 유대 관계를 맺고 있다.

수년간 허물없이 만남을 지속하는 박사클럽 멤버들과의 만남도 행운이고 축복이다. 추기평 대표는 교통사고로 신체적 어려움이 있음에도 늘 한결같은 따뜻한 마음과 부담을 주지 않는 점이 매력이라고 할 수 있다. 주경야독하기 어렵더라도 언젠가는 꼭 학위를 취득해서 본인이 계획하고 있는 사업에 도움이 되기를 기대한다.

최창훈 선생은 경찰 간부로 공직 업무가 바쁨에도 박사과정 2년간 등하굣길에 수고해 준 고마운 분이다. 항상 모나지 않은 그의 성품은 주위 사람에게 친밀감을 준다. 회원 중 막내인 고영아 선생은 궂은일을 도맡아 하는 살림꾼이다. 순수함과 활력이 넘치는 분위기 메이커다. 항상 의욕 넘치는 삶을 위해 부단히 노력하는 모습은 여성으로서 멋스럽다. 또 내가 상명대학교에서 강의할 때 하루도 빠짐없이 출퇴근을 도와주는 수고를 아끼지 않은 고마운 분이다.

사람은 출생해서 일생을 다할 때까지 인간관계 속에서 살아간다. 이는 서로 간의 신뢰에서 비롯된다. 사람을 믿는다는 것은 쉬운 일이 아니다. 자기희생과 부단한 노력이 필요하다. 특히 기업의 성패는 사람이 전부라 해도 지나침이 없다. 이 글을 읽으시는 독자께서도 마음을 같이할 수 있는 많은 사람을 만나시길 소망해 본다.

°내 인생의 벤치마킹

'벤치마킹(benchmarking)'은 지형탐사를 하거나 위도를 측정하려고 할 때 수평 기준점이라는 의미로 사용되는 용어다. 어떤 지역의 측량 시 이 기준점과의 비교를 통해 다른 지점의 높낮이를 표시할 수 있게 된다. 원래는 측량학에서 사용되는 이 용어가 다른 영역으로 전용되면서, 해당 분야의 기준이나 표준이 될 만한 대상을 찾아내어 자기의 부족한 점을 확인하고 극복하는 과정 전반을 의미하기도 한다. 그 후 기업경영에 도입되어 업무수행의 개선을 위해 우수한 사례를 적용하는 프로세스로 인식되면서 경영성과를 개선하기 위한 혁신기법으로 널리 알려져 있다. 따라서 벤치마킹은 경쟁력 분석 차원에서 조직에 대한 자료 수집이나 분석을 목적으로 단순한 비교연구나 다른 조직의 업무 관행을 모방하는 전략이 아니라, 최고의 조직으로부터 우수한 실무를 창조적으로 학습·응용하여 업무성과나 품질을 개선하는 진보된 경영기법이라 할 수 있다.[2]

지금까지 살아오면서 내성적 성격인 나 자신의 개인적 경쟁력을 높이는 데 많은 영향력을 끼친 사람들이 있다. 경영학적으로 풀이해 보면, 내 인생의 제1 벤치마킹 대상은 유명한 경영서

---

2 이상복, '벤치마킹 기법의 도서관 활용에 관한 연구', 대한도서관·정보학회, 제35권 제2호, 2014, p.4.

도 아니요, 저명한 경영학자도 아니다. 그렇다고 성공한 경영인은 더더군다나 아니다. 바로 내 가족들이다. 흰 것은 종이요 검은 것은 글자라는 것밖에 구분 못 하시는 조부님에게는 4형제의 맏이로서 가문을 지키는 책임감을 배웠다. 천사가 울고 갈 정도로 인심 좋으신 할머님에게는 따뜻한 성품을, 8남매 자식들에게 큰소리 한 번 치지 않으신 아버님께는 인자함을 배웠다. 열여덟 살에 김씨 가문에 시집와서 대소가의 큰살림 꾸려 가시고 집안을 일으키신 어머님께는 부지런함을 학습한 것이 청소년기 제1단계 벤치마킹한 사례이다.

두 번째 직장인 아가월드에서의 26년 세월은 우물 안 개구리가 눈을 뜰 수 있게 해준 시기였다. 창업주이신 이석호 회장의 사업에 대한 추진력은 나에게 큰 울림을 주고도 남음이 있었다. 세계 80여 회사들과 라이선스를 계약하면서 세계시장의 높은 벽도 실감했다. 예컨대 영국 BBC가 저작권을 가진 '텔레토비'의 국내 권리 선점을 둘러싸고 국내 K 방송사를 비롯하여 내로라하는 캐릭터 업체들과 경쟁하여 우리가 권리를 확보할 수 있었던 것은 상대방의 전략을 잘 파악하고 그에 걸맞은 대응을 했기때문에 가능한 일이었다. 이와 같은 일이 성공하려면 세계 굴지의 유사 회사들의 캐릭터 사업의 성공사례를 정확히 벤치마킹할 수 있어야 한다. 성공한 캐릭터 회사에 대한 벤치마킹 보고서가 완비되었더라도 세계시장에서 우리 회사의 네임밸류와 로열티 조건이 맞아야 비로소 계약을 성사시킬 수 있다.

초창기 몇 년 동안은 세계 각종 전시회에서 저작권 계약을 하고 싶다고 직접 찾아갔으나 문전박대당한 경우가 비일비재했다. 그러나 열 번 찍어 안 넘어가는 나무 없다는 평범한 진리를 믿고 싶었다. 담당자의 집요한 상대방 설득으로 우리가 원하는 작품을 모두 계약할 수 있었던 것은 1987년 저작권 시행 이전부터 월트디즈니와 거래한 경험 등 사전에 철저한 벤치마킹이 있었기에 가능했다. 이처럼 국제관계 업무를 하면서 신뢰 및 인간관계 중요성을 벤치마킹한 경험이 오늘의 나를 있게 하는 데 다소나마 자양분이 되었다는 생각이 든다. 어떻게 보면 내 인생 후반기의 벤치마킹 대상은 26년 직장생활을 하면서 만났던 모든 사람이자 그들의 삶과 태도, 지혜였던 것 같다. 그건 바로 신뢰의 가치, 인간관계의 소중함이었으며, 나는 이를 현대 기업의 성공 DNA라고 말하고 싶다.

정년퇴직 후 늦은 나이에 대학공부를 하기 위해 서울사이버대학교에 입학했을 때 많은 교수님의 열정적인 강의도 내가 벤치마킹하기에 충분한 가치가 있었다. 특히 부동산 경제학 과목을 강의하신 김동환 교수님은 학사, 석사, 박사과정을 거치는 내내 큰 영향을 끼친 분이다. 내가 대학원에서 후배이자 제자들에게 한 가지라도 더 가르쳐 주려고 한 것도 교수님께 받은 사랑에 대한 보은의 열의가 밑바탕이 되었기 때문 아닌가 싶다.

돌이켜보면 나는 퇴임 후 억세게도 운 좋게 여러 벤치마킹 대상을 찾을 수 있었다. 바로 학사, 석사, 박사 과정을 하면서 만났던 존경스러운 스승과 주위 분들이다. 그분들을 통해 나는 전문성과 책임감이라는 새로운 가치를 익힐 수 있었고, 그분들이 응원해 주었기에 실명 수준의 건강 악화에도 이를 극복하고 작지만 내가 목표한 바를 얻을 수 있었다.

° 딸기와 깻잎

　나는 만 13세 때인 중학교 1학년부터 자취를 시작해서 결혼할 때까지 20년 가까이 자취 및 하숙 생활을 했다. 결혼 전까지 손으로 꼽을 수 없을 정도로 많은 사람이 제공한 거처에서 생활했다. 집뿐만 아니라 한동안은 사무실에서 야전침대 하나를 두고 숙박을 할 때도 있었다. 결혼 이후 6년 동안은 전셋집에서 살았다. 전셋집에 살면서 3남매도 얻었다.

　처음 마련한 상일동 고덕 아파트로 이사 가는 날 너무도 기분이 좋아서 밤새도록 청소를 한 기억이 난다. 시골 촌놈에게 이런 복도 있구나 싶었다. 중앙 집중난방이다 보니 더운물도 마음대로 쓸 수 있었고, 한밤중에 일어나서 연탄불 가는 일도 하지 않아서 좋았다.

　처음 내 집을 마련할 때까지 우리 가정이 거처할 공간을 제공해 준 집주인들에게 정말 고마운 생각이 들었다. 이분들에게 조금이라도 고마운 마음을 전해야겠다는 생각으로 딸기 4박스를 준비해서 아내와 함께 집을 나섰다. 그동안 전세를 살았던 네 집 중 한 집은 주택을 매각하고 거처를 옮긴 까닭에 인사를 드리지 못했으나, 나머지 집주인에게는 딸기를 전달할 수 있었다. 주인집 어른들께서 이구동성으로 이렇게 찾아줘서 오히려 본인들이 고맙다는 말씀으로 우리를 위로해 주었다. 다시 한번 이 자리를 빌려 그분들에게 따듯한 마음을 전한다.

특히 마포구 염리동 심 씨(청송 심씨) 아주머니께서 특별히 반갑게 맞이해 주었다. 지금까지 이런 경우는 처음이라며 아내의 두 손을 잡고 눈물을 흘리셨다. 아주머니 말씀인즉 15년 이상 문간방 두 가구를 여러 사람에게 세를 놓는 동안 이사 갈 때 고맙다는 인사도 변변히 들어본 적이 없었는데, 어찌 이렇게 딸기까지 준비해서 찾아왔느냐며 반가워하셨다. 점심때가 되었으니 식사라도 같이하자며 새로 지은 밥과 3년 동안 장독에서 숙성시킨 깻잎을 반찬으로 내놓으셨다. 나는 깻잎이 어찌나 맛이 있던지 염치를 무릅쓰고, 밥을 두 공기나 먹었다. 내가 워낙 밥을 맛있게 먹는 것을 보더니 주인아주머니께서 가져가라며 깻잎을 큰 그릇에 듬뿍 담아 주셨다. 내 생애 가장 맛있게 먹은 밑반찬이었다. 집에 오자마자 아내에게 우리도 깻잎을 좀 담가 먹어 보자고 졸라 먹어봤는데 그 맛이 나지 않았다.

지금도 깻잎을 먹을 때마다 염리동 주인아주머니가 챙겨주신 깻잎 맛이 그립다. 아주머니의 집은 막내가 태어났을 때 어머님께서 아내의 산후조리를 위해 오셔서 20여 일간 함께 시간을 보낸 추억 어린 곳이기도 하다. 오래도록 건강하게 살아 계셨으면 좋겠다. 모두 소중한 인연이 아니랴.

°끝이 좋은 인연

우리 인간은 태어나서 죽을 때까지 많은 사람과 좋든 싫든 인연을 맺고 살아야 한다. 부모님, 가족, 친지, 친구, 내가 속한 조직 등 이루 말할 수 없을 정도로 많은 사람과 수직적 또는 수평적 연결고리를 갖는다. 흔히들 사람은 누구와 인연을 맺느냐에 따라 인생이 달라진다고 한다.

지구상에 살고 있는 약 65억 인구 중 내가 오늘 만나는 이 사람은 분명 특별하고 소중하다. 그래서 감사하다. 간혹 나에게 피해를 준다고 해도 틀림없이 인연이 있어서 만나는 것이다. 범위를 좁혀서 우리나라 5천만 인구 중 오늘 나와 만나서 대화하고 시간을 보내는 것은 필시 어떤 이유가 있기 때문이 아니겠는가?…

어디 인연이 사람 관계뿐이겠는가. 위로는 신(神)과의 관계도 있겠고, 아래로는 물(物)과의 관계도 가볍지 않은 인연이라 생각한다. 그중 신(神)과의 관계는 부모님의 영향을 받는 경우가 많은 것 같다. 내 경우야 성인이 되어서 종교를 선택했지만, 우리 아들, 딸은 부모의 영향으로 갓난아기 때 이미 유아세례를 받고 본인의 의사와 무관하게 종교를 '선택한' 경우이다.

인연을 운명과 결부하는 경우가 종종 있다. 예를 들면 지구상

박태옥 화백과 함께, 평택 화실에서 (1999년)

65억이 넘는 사람 중에 아내와 남편으로 만남은 인연을 넘어 운명이라 해도 누가 부인할 수 있겠는가?

내가 매일 출근하는 연구실의 책상과 컴퓨터도 인연이 있어서 서로 만나는 것이다. 그래서 애착이 가고 애지중지한다. 내연구실 책상 뒤에는 조선족 화가인 박태옥 화백이 그린 대작 유화 '밤에 뜬 태양'이 걸려 있다. 작가는 1941년 중국 요녕성에서 출생하여 나무로 숯을 만들어 일곱 살 때부터 그림을 그렸다고 한다. 그는 백의민족의 타국살이 삶을 목격하고 체험하면서 가난과 굶주림에 허덕이는 그들의 고통스러운 삶과 민족혼을 예술로 승화시키고 싶었다고 했다.

1991년 4월 어느 날 저녁, TV에 작가가 출현하여 예술의 전당에서 전시회를 한다는 인터뷰를 보고 만나 뵙게 된 것이 인연이 되어 예술의 전당, 인사동 등 서울에서 전시할 때마다 초대되어 그의 작품을 감상할 기회가 있었다. 아침에 출근하면 제일먼저 그림과 마주한다. 서로 친구처럼 인사를 한다. 내 나름대로 많은 의미를 부여한 그림이라 접할 때마다 기분이 좋다. 이그림과의 인연은 각별하다.

1999년 5월 작가가 평택 바닷가 부근으로 이사를 했는데 주위에 주꾸미를 맛있게 하는 식당이 있으니 대접하고 싶다는 전화가 와서 아내와 함께 갔다. 거실에서 차를 한잔하고 식사하러가기 전 화실 구경을 하고 싶다고 하자 안내를 받았는데 그곳에서 이 그림이 눈에 확 들어왔다. 마침 회사 사옥을 마련한 후라대강당에 걸어두면 좋겠다는 생각이 들어 이 작품을 구매해서회사에 선물하였다.

아가월드 사직 10년이 되던 해 애석하게도 회사에 사정이 생겨 사옥을 매각하고 이전하게 되어 걸어 둘 곳이 마땅치 않아도로 내게 선물을 하겠다며 회장님께서 몸소 가져오셨다. 18년만에 다시 나와 인연이 된 것이다. 불교에서는 인연도 윤회로설명하지 않는가, 그래서인지 어느 날 다시 이 그림이 내게 인연이 되어 돌아온 것이란 생각이 들었다. 이 그림도 내가 영원히 가질 수는 없다. 여러 가지 인연으로 내게 다시 왔지만 나와인연이 다하면 헤어질 수밖에 없다. 어느 유행가 가사처럼 가까

박태옥 화백 '밤에 뜬 태양'

이 있을 때 즐겁게 감상하기로 했다. 사람과의 인연도 다르지 않으리라!

지나온 세월을 되돌아볼 때 우선 부모님과의 천륜은 굳이 인연을 운운하는 일조차 구차하다 하겠다. 가족이라는 인연의 테두리 안에서 기초적인 질서와 인성을 배웠다. 어린 시절 동네 친구들과의 인연으로 소꿉장난하면서 우정과 함께 다른 친구보다 더 잘해야지 하는 마음으로 선의의 경쟁을 하는 법도 배웠다. 초등학교 입학부터는 질서를, 중학교 3년간은 자취생활을 통하여 독립심을 기를 수 있었고 그때그때 상황마다 맺어진 인연은 오늘까지 이어져 안부를 전하곤 한다.

회사 재직 중에는 외국 회사와 거래를 하면서 많은 사건이 있었는데 그중 색다른 경험 하나를 소개한다. 네덜란드 출생으로

딕브루너사 마야 케리코프 대표와 함께

세계적인 동화 작가인 딕 브루너 씨가 창작한 미피(Miffy) 그림책을 세계시장에 공급하는 회사의 대표이사인 '마야 케리코프'(여) 씨의 결혼식에 초대받았을 때의 일이다. 결혼식의 절차는 이러했다. 먼저 우리나라의 구청에 해당하는 지역 행정기관에 가서 혼인신고를 하고, 다음에는 성당에 가서 약식 결혼식을 올리고, 이동 중에 점심을 먹은 후 연회장소로 간다. 도착한 연회장소는 조성한 지 200년이 훨씬 지난 고성(古城) 안에 자리 잡은 5층 규모의 고풍스러운 건물로, 건물 하나를 통째로 빌려 1박 2일간 결혼 축하 행사를 했다. 축하객은 세계 각국에서 초청받은 소수 인원과 가족 및 친구 등 100여 명이 참석했다.

축하객들은 연회장으로 가서 밤새도록 춤추고 즐기는 것이 신랑·신부에 대한 예의라 한다. 참석자 대부분과 교대로 사교춤을 추며 밤을 거의 새우다시피 했다.

신랑의 기타 솜씨가 워낙 출중하여 지루할 틈이 없었다. 하객들 중에는 오페라 가수도 있었고, 배우도 있었고, 대학교수도 있었고, 초등학교에 다니는 학생도 있었다. 연령대도 10대에서 90대에 이르기까지 여러 계층이었고, 직업도 다양했다. 그러나 모두가 신랑·신부를 축하하는 장소라 춤의 종류와 형식은 중요하지 않았다.

음악을 즐길 뿐, 국적이 어디며, 연령이 얼마인지는 물어볼 필요가 없었다. 생전 처음 듣는 네덜란드 전통음악 연주에 맞추어 춤을 추면서 서로 가까워졌고, 한쪽에 가지런히 준비된 와인과 허기를 달래주는 맛있는 음식을 먹으면서 인종과 성향이 다른 사람들과 스스럼없이 어울려 밤새도록 파티를 즐겼다. 이 모든 과정이 나에게는 약간의 부담도 되었지만 색다른 경험이었다.

스위스 여행 때 경험담이다. 유럽의 최고봉이라고 불리는 스위스 융프라우(4,158m) 정상에 오르기 위해 '오스트 역'에서 출발하여 해발 3,454m에 있는 '요흐역'까지 산악열차를 타고 긴 터널을 통과하여 정상에 도착하였다. 요흐역은 알프스에서 가장 높은 기차역이라고 한다.

종착역에서 정상까지 다시 엘리베이터를 타고 올라가 전망대에 도착하니 함께 간 동료 여직원은 산소 부족으로 주저앉았다. 나도 잠시 산소 부족 상태를 순간적으로 느꼈으나, 2~3분이 지나니 정상으로 돌아왔다. 산 정상은 사방이 만년설로 덮여 있었고 바람도 다소 강하게 불었지만, 관광하는 데는 지장이 없었다. 일행 4명이 몸을 녹이기 위해서 전망대 내부 휴게실로 들어가니 갖가지 차와 음료수가 진열돼 있었다. 그 가운데 유독 눈에 띄고 반가운 음식이 있었다. 'S라면'이었다. 라면 봉지를 만지작거리니 60대 중반쯤으로 보이는 여종업원이 와서 최고 인기 상품이라며 먹어보기를 권해서 네 명이 '라면' 네 개를 주문하여 먹으려고 하는데, 산소 부족을 느낀 여직원이 속이 불편해서 먹을 수 없다기에 마침 옆 테이블의 다른 나라에서 온 연인으로 보이는 여행객에게 대신 권하자 반가운 인사와 함께 맛있게 먹었다.

후에 기차를 타고 하산했는데 정상에서 라면을 나눠 먹던 남녀와 역에서 다시 만났다. 이번에는 그분들이 가방에서 과자 몇 봉지를 꺼내더니 우리에게 건넨다. 서로가 즐거운 여행시간 보내라는 인사를 나누고 헤어졌다. 산 위에 머무는 두 시간 여행

스위스 오스트역 앞(1993년 3월)

을 끝으로 헤어진 지 27년의 세월이 흘렀지만, 유럽 여행길에 만난 사람 중 아직도 유독 기억에 남는 이는 라면을 끓여주던 중년의 여종업원이다. 기회가 되면 그곳에서 라면 한 그릇 더 먹고 싶다.

아가월드 이석호 회장님과의 26년간의 만남은 젊음을 송두리째 보낸 값진 인연이었다고 생각한다. 1985년 10월 10일 종로구청 옆 거양빌딩 7층 총무과에 들어서니 고장 난 컴퓨터 1대와 남자 직원 2명, 여자 직원 2명이 보르네오 책상을 마주하고 업무를 보고 있었다. 내일부터 이곳으로 출근하라기에 머뭇거리고 있자니 영업팀과 관리팀은 따로 있다며 옆방으로 데리고 가서 차 한잔을 권했다. 집으로 오던 도중 고민도 되었으나 이것도 인연이라 생각하고 이튿날부터 출근한 것이 이어져 26년이란 세월이 흘러갔다. 그동안 숱한 우여곡절도 있었지만, 그래도 3남매 모두 공부시켰고 거처할 집도 마련했으니 그만하면 값지고 아름다운 인연이 아닌가 싶다. 회사 재직 중 국내외를 막론하고 수많은 사람과 맺은 인연으로 지금도 그들과 교제할 수 있는 것은 내가 특별해서가 아니라 회사라는 테두리와 기댈 언덕이 있었기에 가능한 일이었다.

특히 외국 회사와의 거래를 위해 80여 회의 출장을 겸한 여행은 회사가 아니었더라면 불가능했을 것이다. 미팅 때마다 언어의 소통이 원활하지 못해 불편을 겪었기에 영어를 공부해야 겠다는 욕심이 생긴 순간이 많았지만, 정작 귀국해서는 바쁜 업무를 핑계로 작심 3일이 된 경우가 허다했다. 그러나 나 자신을 다시 한번 되돌아보는 계기가 된 것은 분명하다. 소중한 인연이 기억력의 한계로 잊힐까 간혹 걱정할 때도 있다.

나는 회사 재직 때 여러 번에 걸쳐 부동산을 거래한 경험이 있다. 다만 공과 사는 분명히 구분하여 처리하려고 애를 썼다. 사적 이익 때문에 근무시간에 부동산을 알아보기 위해서 자리를 비울 수는 없었다. 다만 신뢰할 수 있는 두 명의 여성이 주변에서 도와주었다. 이미연 대표와 박준아 선생이 그들이다. 박준아 선생은 경제학도로 1987년 내가 근무하던 회사에 영업 간부로 입사한 것이 인연이 되어 30년 이상 그 연을 이어오고 있고, 이미연 선생은 공학도로 1988년경 회사가 이대 앞 제품 전시숍을 구할 때 인연이 되어 지금까지 관계를 지속하고 있다.

박준아 선생은 안성에 있는 회사연수원을 매입할 때 큰 역할을 해주었고, 문경시 석항리 소재 임야 123만여 평(4,066,134㎡) 등을 매입하도록 주선한 분이다. 매도는 이미연 선생이 맡아서 해주었다. 다만 수수료는 두 분이 요구하는 대로 지급함을 원칙으로 했다. 내 재산을 증식해 준 분들에게 내 나름대로 고마움을 보상하는 방식이다. 지금은 시가에 따라 각종 세금을 납부하지만, 당시는 공시 지가대로 납부하면 해결되던 때였다.

　대부분 사람은 오늘보다는 내일 더 발전하고 만족스럽게 변화된 사람이 되는 것을 목표로 할 것이다. 사상혁명으로 인간을 개조하여 10억 이상 인구를 통치한 마오쩌뚱(모택동)의 사상적 토대는 어떻게 생긴 것이겠는가? 호남성립제일사범에서 교편을 잡고 있던 그의 첫 스승인 양창제(후일 모택동의 장인)를 만나면서부터 시작된 것이다. 양창제는 1918년 북경대학의 초빙을 받아 북경으로 갔는데, 그는 북경에 가자마자 자기가 마음에 두었던 모택동을 불러들이고 자신의 집에 머물게 하면서 북경대 도서관 조리(助理)연구원으로 취직시켰다. 양창제는 모택동을 북경대학교 도서관장인 제자 이대쇠(李大釗)에게 보낸다. 이 인연으로 이대쇠는 모택동의 사상적 스승이 된다. 모택동은 여기서 마르크스주의를 배웠다. 모택동은 이대쇠라는 스승 한 분과의 인연으로 세계적인 지도자가 되었다.

　뿌려진 씨는 언젠가는 열매를 맺는 것 같다. 인연이 되었을 때 어떤 마음으로 대하느냐가 중요하다. 인연이 개인의 사특한 목적이나 수단이 되었을 때는 악연으로 변하지만, 정성과 사랑스러운 마음일 때는 성공을 잇는 다리가 될 수 있다.

　혜민 스님의 '좋은 인연이란?' 시 한 편을 공유하고자 한다.

시작이 좋은 인연이 아닌 끝이 좋은 인연입니다

시작은 나와 상관없이 시작되었어도

인연을 어떻게 마무리하는가는 나 자신에게 달렸기 때문입니다

담백하면서도 깊은 뜻이 있는 것 같다.

°사소함의 미덕

나는 강남역 지하철을 자주 이용한다. 출퇴근 시간의 지하철은 혼잡하기 이를 데 없다. 좀 과장하자면 아우성치는 전쟁터를 방불케 한다. 오죽하면 지옥철이라는 말까지 나왔을까? 전철 내에서 다른 사람에게 발을 밟히는 것은 허다한 일이다. 어떤 사람은 즉시 짜증을 낸다. 그러나 조금만 다른 입장에서 생각하면 오늘 이 시간 내 발이 밟히는 것은 살맛 나는 일인지도 모른다. 왜냐고? 살아있다는 그 자체가 축복이요, 행복한 일이기 때문이다.

출근 시간 때 엘리베이터에 먼저 탄 사람이 1~2초간 기다려주는 것 자체도 얼마나 고마운 일인가? 버스를 탈 때도 양보의 미덕이 기쁨을 준다. 옆 사무실에서 권하는 커피 한 잔도 기분이 좋다. 어디에서든지 사람 냄새가 나는 생활은 신나고 즐겁다. 부동산을 매매할 때 대접한 커피향기가 계약 체결에 결정적 역할을 할 수도 있다. 반대로 '깨진 유리창의 법칙'[3]에서 말하듯 무심히 지나치는 사소한 일이 큰 탈을 가져올 수도 있는 것이다.

사소한 실수 하나가 기업의 성패를 좌우하기도 한다. 식당의 화장실 청결 상태가 단골을 확보하는 데 큰 역할을 할 수도 있

---

3 필립 짐바르도(미), 스탠퍼드대학, '깨진 창문 이론(Broken Windows Theory)': 깨진 유리창처럼 사소한 것들을 내버려 두면 나중에 큰 범죄로 이어질 가능성이 높다는 범죄 심리학적인 이론, 깨진 유리창이 방치된 것을 보고 돌을 던져 남은 유리창까지 모두 깨뜨릴 수 있다는 이론.

으며 반대로 밥줄을 끊기게 할 수도 있다. 기업의 운명은 경영진보다 현장에서 활동하는 직원에 의해서 좌우된다. 더 나아가 기업의 성패 결정권은 고객에게 달려있다. 그 직원이 고객을 상대하기 때문이다.

내가 석사과정 2학기 때인 2012년 추석 전날이다. 나는 논문 작성에 대한 기초 정보를 얻고 논문 작성 지도를 받기 위해 우리 학교 중앙도서관에서 실무를 맡고 있던 '이은희' 차장께 혹시나 하고 개별지도가 가능한지 전화했다. 대답인즉 추석 명절 전날이라도 본인이 해야 할 일이라며 부담감 느끼지 말고 방문하라는 것이었다. 이튿날 나는 9시 무렵 도서관에 도착했다. 이 차장은 9시부터 시간을 비워 두었다며 오후 4시가 넘도록 개인지도를 해주었다. 진심으로 고마운 마음에 점심을 같이하자고 했으나 직원들과 함께하기로 선약이 되어있다며 정중히 사양했다. 친절한 교직원도 많겠지만 교직원 대부분은 학생들에게는 그다지 상냥하지 않다는 것이 일반적인 평이다. 그러나 이은희 차장은 달랐다. 이 차장의 친절함에 대해 은사 한 분께 이야기했더니 천성적으로 그러한 분이라는 말씀이었다. 지금은 인사이동으로 신규 부서로 자리를 옮기셨다. 내 생각으로는 이 차장과 같은 친절한 분이 도서관 정보실에서 버팀목이 되면 많은 후배가 마음 편히 도움을 받을 수 있을 것 같다. 부디 그러한 인사 조처가 이루어졌으면 하는 바람이다. 나는 지금도 그때의 인연으로 자주는 아니더라도 고마움의 안부를 전하곤 한다.

사소함의 가치는 대개 '친절'에서 비롯되는 것 같다. 친절을 베푸는 사람은 마음씨가 아름답고 지혜로운 사람이다. 친절한 사람은 남을 욕하지 않는다. 친절의 베풂을 입은 사람은 친절을 베푼 사람을 쉽게 잊지 않는다. 사람들은 친절한 사람을 좋아하고 그 사람과 친해지기를 희망한다. 친절한 사람은 대부분 예의가 바르기 때문이다. 작은 친절이라도 베풀고 나면 마음이 풍요로워진다. 성경에서도 "그러므로 무엇이든지 남에게 대접을 받고자 하는 대로 너희도 남을 대접하라 이것이 율법이요 선지자니라(마태복음 7장 12절)"라고 기록하고 있다. 영국 격언에도 "부드럽고 친절한 언동은 성공한다."라고 했다.

°국립서울현충원

서울현충원 충혼탑 (22년 7월 11일)

국립서울현충원은 한국전쟁이 발발한 지 5년 뒤인 1955년 7
월 15일 국가유공자의 유골 또는 유해를 안장하고, 그 충의와 유훈을 추앙하기 위해서 설립되었다. 규모가 144만㎡(약 44만 평)인 대지에 조성되었고, 2018년 현재 무명용사 11만여 위를 비롯하여 모두 17만 9천여 위의 순국선열과 호국영령들이 잠들어 있다. 민족적 수난인 6·25 전쟁으로 전몰한 국군 장병들이 이름 없는 넋이 되어 전국에 산재해 있던 것을 한곳에 안장하기 위하여 설치된 국군묘지이다. 특히 6·25전쟁은 동족끼리 총부리를 겨누고 싸운 전쟁으로 1950년 6월 25일 새벽 4시 북한의 남침으로 시작해서 1953년 7월 27일 휴전이 되기까지 만 3년 1개월 2일(1950.6.25~1953.7.27)간 계속된 비극적인 전쟁인 동시에 인적·물적 손실이 막심했던 전쟁이다.

국가보훈처 등 여러 자료에 의하면 전쟁 기간 사망자만 150만여 명이고 500만 명 이상 사상자가 발생했다. 우리나라의 경우 군인 사망자 227,748명, 부상자 717,083명, 실종자 43,752명을 비롯하여 민간인의 경우 사망자가 373,599명, 부상자는 229,652명, 실종자 387,744명 등 누계 인명 피해가 1,979,398명에 달했다. 유엔군은 사망자 36,813명을 비롯하여 부상자 114,816명, 실종자 6,198명 등 누계 157,827명이다. 북한은 민간인 사망자 406,000명, 군인 294,151명 포함 민간인, 군인 부상·실종자 누계 4,291,206명이다. 우리나라의 배 이상의 사상자가 발생했다.

중국군은 사망자 184,128명을 비롯하여 부상 실종자 누계 921,836명 등의 피해를 보았다. 교전국을 통틀어 6,350,267명의 사상자를 낸 비극적인 전쟁이다.[4] 오늘날 어떤 사람들은 나름대로 애국한답시고 광화문광장에서, 법원 앞에서, 시청 앞에서 각각의 진영 논리에 갇혀 내 편이 아니면 적으로 몰아가고 있다. 위선과 권모술수가 판치는 세상을 만들어 가라고 조상들이 그 아까운 목숨을 초개처럼 버렸던 것인가. 기껏 6월이나 아니면 자기들끼리 무슨 일이 있을 때, 마치 독립운동이라도 하듯 떼거리로 몰려가서 '보여 주기 식' 형식적인 참배가 예사다. 일 년에 몇 번이라도 진정으로 나라와 겨레를 위해 목숨을 바친 선열들이 잠들어 있는 현장에 가서 되새겨야 하지 않겠는가. 그들이 마지막까지 피를 토하며 생을 마감할 때 가슴에 품었던 절규가 무엇이었는지를….

현충원은 1965년 3월 30일 국립묘지로 승격되었다. 국가원수, 애국지사, 국가유공자, 군인·군무원 순국선열을 비롯하여 경찰관, 전투에 참여한 향토예비군, 국가 또는 사회에 공헌한 공로가 현저한 자 및 대한민국에 공로가 현저한 외국인 사망자 등이 안장되었다. 1996년 6월 1일 명칭이 국립현충원으로 변경되었고, 2006년에는 국립서울현충원으로 변경되었다.

한국전쟁은 군인보다 민간인 사망자가 더 많았던 전쟁으로도 기억되고 있다. 숱한 사연을 안고 잠들어 있는 무명용사의 묘역을 걷다 보면 전쟁의 결과가 얼마나 비참한지를 느낄 수 있다.

4 이동재, '소설의 화법과 한국전쟁(6. 25)의 소설적 해석', Journal of Korean Culture 31, 2015, p. 112.

서울현충원 일반 병사의 묘역, 2022년 7월 11일 촬영.

전장에서 쓰러져간 그들의 목숨 바친 절규가 없었다면 과연 나는 지금 어디에서 어떻게 시간을 보내고 있을지를 생각하면 정신이 번쩍 들고 저절로 고개가 숙여진다. 나는 평범한 한 사람의 시민이지만, IMF 기간 중 구조조정을 통해 직원을 퇴사시켜야 할 때, 지혜를 얻기 위해 가끔 현충원을 찾았다. 수많은 무명용사의 묘비 앞에 서면 숙연한 마음이 듦과 동시에 용기를 얻곤 했다. 직원을 해고한다는 것은 괴로운 일이고, 구조조정 역시 부득이한 경우를 제외하고는 최소화해야 한다. 국가와 민족을 위해 목숨을 바친 선열들의 넋을 생각하면 내가 겪는 심적 고통은 비교 대상이 되지 않음을 깨닫고 답을 안고 돌아오곤 했다. 불가피하게 그때 회사를 떠나게 된 분들께 다시 한번 미안함과 위로의 말을 전하고 싶다.

두 번의 망막박리 수술로 학문을 포기할까 할 때도 무명용사의 묘역에 가서 해답을 얻고 왔다. 한 번 참배하고 오면 최소한 3개월 이상은 게으름을 피울 수 없을 정도로 좋은 감정을 유지하며 생활할 수 있다.

일상에서 죽을 정도로 힘들고 고통받는 분이 계신다면 현충원 참배를 권하고 싶다. 조국을 지키다 먼저 생을 마감하신 무명용사의 정신을 되새기면서 용기를 잃지 않고 생활해 나갈 기회로 삼기를 소망한다. 지난 2년 동안은 100대 명산 산행으로 참배를 미루다 오늘(22년 7월 11일)은 특별히 아내와 함께 노량진 사육신묘와 현충원을 참배키로 하고 이른 시간에 집을 나섰다. 사육신 공원에 도착하자 참배 시간이 09시부터 가능하여 기다리다가 의절사(義節祠) 앞에 비치된 방명록에 다짐을 남기고 후면에 자리한 7충신 묘에 예의를 표한 후 국립현충원으로 향했다. 현충원 충혼탑 앞에 서자 비가 내리기 시작한다. 예를 표하고 4분의 대통령 묘역을 차례로 참배하고, 마지막으로 무명용사의 묘역에서 예를 표하고 나니 우중임에도 마음이 홀가분했다.

° 사육신 정신[5]

국립서울현충원을 지나 영등포 쪽으로 조금 가다 보면 우측 노량진 언덕에 사육신공원이 조성되어 있다. 이곳은 조선시대 계유정난(1452년)으로 김종서 등 원로대신들을 살육한 뒤 어린 조카인 단종을 폐위시키고 정권을 찬탈한 세조(수양대군)에게 항거하다 무참히 처형된 충신들의 묘가 있는 곳이다. 그 당시 사지가 찢어지는 참혹한 거열형(車裂刑)을 당하고 새남터에 버려진 시신을 매월당 김시습 선생이 몰래 수습하여 강 건너 노량진언덕에 매장하였다고 전해진다.

2019년은 사육신 순의 563주년 되는 해, 노량진 사육신 공원에서 거행된 추모제에 참석할 기회가 있었다. 때마침 1926년 제정된 한글날과 겹쳐 공원 한쪽에서 초등학생들의 사육신 백일장이 열리고 있어 더욱 의미 있는 날이었다. 2019년 10월 9일 9시부터 노량진 사육신 공원 의절사(義節祠)에서 각 문중의 후손들과 문중을 대표하는 인사들이 참석해서 3시간 넘게 엄숙한 제향 의식이 진행되었다.

필자는 1부 행사가 끝난 후 점심시간을 이용하여 의절사 옆문을 통과하여 언덕에 조성되어 있는 성삼문, 박팽년, 하위지, 이

---

5 본 글에서 숫자 표기 등은 2019년 10월 9일 행사일 기준으로 작성되었음.

서울특별시 동작구 노량진 사육신 묘역 (2022년 7월 11일)

개, 유성원, 유응부, 김문기 등 7충신의 묘 앞에서 잠시 예의를
표했다.

사육신 선열들의 순절은 충신의 기개가 무엇인지를 알려준
숭고한 정신적 지표요, 거룩하고 위대한 죽음이었다. 의절사 계
단 양쪽에 진열된 국화 향기가 오늘따라 더욱 진하게 느껴진다.
참석 자체로 숭고한 정신을 기리기에는 형편없이 부족하지만,
마음만이라도 전해지길 바랐다. 육신[6] 선조들의 숭고한 뜻을 계
승하는 것뿐만 아니라 민족의 올바른 역사발전을 위해서도 많
은 사람의 관심으로 뜻을 기리는 일이 필요할 것 같다. 원근 각
지에서 7충신 후손들 300여 명이 참석한 가운데 문중을 대표하

---

6 육신의 의의: 세조가 왕위를 찬탈하는 과정에서 많은 사람이 목숨을 빼앗긴 사건으로, 당시 명망 높은 고위
신하들은 장래가 보장되었음에도 생명을 초개같이 버리고, 왕위찬탈이라는 불의를 과하고 정통의 옛 임금을 다시
모시는 반정으로 충과 의라는 대의를 세우려다가 사지를 찢기는 참혹한 형과 삼족을 멸하고 전 가산을 몰수당하는
멸문지화를 당한 데 육신의 의의가 있다.

는 제관들이 추모 제향 의식을 집전했다. 사육신의 거룩한 충절을 추모 현창하고 올곧은 선비정신을 받들어 후대에 길이 전승하는 데 온 국민이 함께 정성을 모아나가는 일은 역사를 바로 세우는 데 매우 중요한 일이다. 563년이 지난 시점에서 우리는 사육신에게 무엇을 배우고, 어떤 정신을 계승해야 하는가?

1부 행사가 끝나고 2부 헌작의식을 거행했는데 원래 초헌관은 서울특별시장님이 맡기로 예정되어 있었으나 끝까지 모습을 볼 수 없었다. 시장을 대신해 서울시 의회 한 분이 대리 참석하여 초헌관 역할을 담당했다. 시정이 바쁘겠지만 이처럼 숭고한 행사에는 직접 참석하여 위로해 줌으로써 후손들이 수백 년 동안 당한 고초를 조금이라도 위로받을 수 있었을 텐데 하는 아쉬운 생각이 들었다.

세종실록과 김진우[7] 등에 의하면 사육신의 명예 회복은 거사로부터 200년이 지난 숙종 7년 신유년(1681년)에 서야 복권이 된 셈이다. 사육신의 관작이 복구된 데 이어 숙종 24년 무인년(1698년)에 이르러서야 단종의 복위도 이루어졌다. 단종이 최후를 맞은 영월에는 청령포와 장릉, 관풍헌 외에도 자규루(子規樓), 낙화암(落花岩), 창절사(彰節祠), 영모전(永慕殿), 금봉암(禁夢庵) 같은 단종의 한 서린 유적이 많이 남아있다. 비록 실패로 끝난 반정운동(反正運動)이었지만 충신들은 모진 고문을 받으면서도 불의에 항

---

7 김진우, "사육신의 진실", 통천문화사, 2009

거하다가 사지가 찢기는 참사를 당했다. 불에 달군 쇳덩이로 가슴을 지지니 기름이 지글거렸으나 안색도 변하지 않고 쇠가 식기를 기다려 쇳덩이를 내팽개치면서, "이 쇳덩이가 식었으니 다시 달구어 오라"고 호통치면서도 굴복하지 않은 충신의 기개가 아쉬운 세상이다[8].

사육신의 삶과 죽음은 인간이 어떻게 그리고 왜 정의롭고 바르게 살아야 하는가를 분명히 일러준 역사적 교훈이다. 세조의 불의와 폭력에 맞서 꿋꿋이 싸우다 죽은 이들 사육신의 충절은 시대를 초월하여 사람들의 심금을 울리고도 남음이 있다. 500년 이상의 세월이 흘렀지만, 후손의 한 사람으로서 사육신공원에 모셔진 묘비 앞에서 당시를 생각하면 온몸에 식은땀이 흐르고 눈시울이 뜨거워진다. 어찌하여 하나같이 그 모진 고문에도 굴하지 않고 끝까지 기개를 지켰을까? 그 원동력은 어디에서 비롯되었을까? 아마 올곧은 선비정신과 진정한 용기가 있었기에 가능한 일이었을 것이다.

노량진 사육신 공원에는 서울특별시 유형문화재 제8호인 7인의 사육신묘(死六臣墓)[9]를 비롯하여 의절사, 신도비각(神道碑閣) 등

---

8 김진우, 앞의 책, p.52.

9 사육신묘: 조선 제6대 단종의 복위를 꾀하다 목숨을 바친 사육신을 모신 곳으로, 단종 3년 음력 윤 6월(1455) 단종의 숙부인 수양대군이 왕위를 찬탈하고 즉위하매 이에 의분을 품은 충신들이 단종의 복위를 꾀하다 탄로되어 참혹한 최후를 마치니 이들을 훗날 사육신이라 부르고 있다. 사육신의 충성심과 장렬한 의기를 추모하고자 숙종 7년(1681) 이 산기슭에 민절서원을 세웠고, 정조 6년(1782)에는 신도비가 세워져 전해오다가, 1955년 5월에 육각의 사육신비를 세웠다. 1978년 서울특별시에서는 이 의로운 충혼들을 위로하고 불굴의 충의 정신을 널리 현창하고자

204

의 시설물이 있다.

세상이 아무리 변했어도 우리는 선열들의 거룩한 정신을 계승하고 기억해야 한다. 단순히 형식적인 의식이나 치르자는 것이 아니라 그 뜻을 계승하고 유지, 발전시키고 올바른 역사 교육을 해야 한다. 개인주의가 팽배하고 좌우 진영 논리가 판치고 있는 작금에 양심과 정의를 바로 세우는 것

노량진 사육신 김문기 선생 묘소

은 국가의 백년대계를 위해서도 필요한 일이다. 진영과 세대를 초월하여 우리가 모두 해결해야 할 과제로 생각하고 방안을 찾았으면 하는 바람이다.

나라가 어려울수록 많은 충신이 나타나야 하는데 입을 다물고 있지는 않은지 걱정이다. 500년 전이나 지금이나 입바른 소신을 얘기하면 포용하지 못하고 철퇴를 가하는 짓은 청산되어

3,240평이었던 묘역을 9,370평으로 확장하고 의절사, 불이문, 홍살문, 비각을 새로 지어 충효사상의 실천 도장으로 정화하였다. 본래 이 묘역에는 박팽년, 성삼문, 유응부, 이개의 묘만 있었으나 그 후 하위지, 유성원, 김문기의 허묘도 함께 추봉하였다. 사육신공원 현지 글 내용.

야 할 역사적 망령이 아니겠는지….

정의로운 사회는 이루기 힘들고 고통스럽지만, 선조들의 기개와 충정을 바르게 이해하고 계승하는 데 힘을 모으는 것이 필요할 것 같다.

참고

필자는 사육신 백춘 김문기 선생의 직계 19대손이다.
국사편찬위원회에서 1977년 9월 결의 후, 1982년 11월 합의 사항으로 백촌 김문기 선생을 사육신으로 헌창해야 한다는 것을 근거로 보고 노량진 사육신 공원 내 자료를 참고하였다

삼성동 '별마당 도서관' 2020년 5월 23일 촬영

2

이런저런 생각들

°끊임없는 도전

정년퇴직 후 60이 훨씬 지난 나이에 대학에 입학한다고 하니까 일부 지인이나 친구들은, "지금 와서 새삼스럽게 그걸 해서 무엇하냐? 수명 단축하지 말고 여행이나 다니며 세월을 보내라"라고 조언하는 사람이 공부하는 데 동의하는 사람보다 훨씬 많았다. 그러나 아내를 포함한 가족들은 내 결정에 묵시적 동조를 해줘서 용기를 얻어 공부를 시작했다.

지금까지 약 40여 년 가까이 직장생활을 통해 보고서와 유인물을 늘 접한지라 책이 그다지 낯설지는 않았다. 인과관계가 반드시 성립되는 것은 아니지만 대개 학습효과는 시간과 비례하는 경우가 많다.

나는 석사과정부터는 생활의 중점을 연구에 두었다. 친구가 사무실을 방문할 경우 식사와 차 대접은 하되 가능하면 2시간은 넘지 않도록 양해를 구했다.

많은 사람이 인생을 항해에 비유한다. 인생 여정에서 순풍에 돛을 단 것처럼 아무런 장애불 없이 목적지에 도달하는 사람이 있는지 모르지만, 대부분은 검푸른 파도와 싸우며 혈혈단신 노를 저어 목적지에 도달한다. 경험으로 보건대 박사 학위를 취득하기 위해서는 아무리 재능을 지닌 사람이라도 시간과 꾸준한 노력과 인내가 필요함을 경험했다. 철저한 자기 관리와 강인한 의지력이 뒷받침되어야 한다. 더군다나 나이 들어 공부한다는 것은 쉬운 일이 아니었다.

지난 세월을 되돌아보니 눈코 뜰 새 없이 앞만 보고 달음질해 온 것 같다. 야간고등학교를 나와 중견기업의 대표이사를 거쳐 사이버대학교를 졸업하고 일반대학원에 진학하여 박사 학위 취득과 동시에 교수로서 후학을 지도한 경험을 했다.

지금까지 사는 동안 결과보다는 과정을 항상 중요시하며, 스스로 가치가 있다고 생각하는 일에는 필사적으로 도전해 왔다. 명문 학교 출신이 아니기 때문에 '학력 세탁'을 위해 대학원 공부를 한 것은 더더욱 아니다.

박상철 교수는 '세계 최고 장수과학자가 말하는 100세까지 사는 법'이라는 글에서 "나이가 먹었다고 포기하지 않는 마음가짐을 가져야 한다."라고 강조했다. 영어 에이징(aging)은 나이 듦과 노화, 두 가지 단어의 의미로 해석할 수 있다. 나이가 드는 건 보통 성장, 더 잘함을 의미하는 데 반해 노화는 퇴보, 더 못함을 뜻한다. 이런 상반된 의미를 어떻게 aging이라는 같은 단어로 표현하게 되었을까? 이에 대해 박상철 교수는, "나는 한 살 더 먹으면 더 잘해야지" 하고 마음먹는다고 한다. 그가 최근 3년간 발표한 논문이 20편쯤 된다. 노화로 기능이 일부 떨어질 수는 있지만, 더 열심히 하면 된다. 젊을 때 한 번만 읽어도 이해되던 책 내용을 잘 모르겠으면 열 번 읽으면 된다. 그렇게 포기하지 않으면 사는 동안 젊고 건강한 삶을 누릴 수 있다고 강조했다. 말하자면 피할 수 없는 노화나 퇴보를 성숙한 마음, 풍부한 경험의 나이 듦을 통해 극복하자는 얘기가 되겠다.

바야흐로 적절한 의료적 도움을 받으면 여든이 돼도 젊을 때와 크게 다르지 않은 정도로 신체 기능을 유지할 수 있는 세상이다. 중요한 건 '늙어서 못 해' 하는 마음가짐을 버리는 것이다.[1] 모세는 80대에 민족을 위해 새 출발을 하였고, 괴테도 여든이 넘어서 『파우스트』를 완성했다. 세계 역사상 최대 업적의 35%는 60세부터 70세 노인들에 의하여 이루어졌고 23%는 70~80세 노인, 그리고 6%는 80대에 의하여 성취되었다고 하는 주장도 있다.[2] 결국, 역사적 업적의 약 64%가 60세 이상 사람들에 의하여 성취되었다는 이야기다. 이제 내 나이는 겨우 칠십 중반이지 않은가?

---

[1] 박상철(1949), 대구경북과학기술원 석좌교수, 국제백신연구소 한국후원회 '세계 최고 장수과학자가 말하는 100세까지 사는 법' 신동아 2019년 1월호 게재.

[2] 신성범, '사람답게 늙는 것', 실버넷 뉴스.

° 결혼하는 이유(?)

결혼은 왜 하는가? 나는 열네 살부터 자취와 하숙 생활을 했다. 20년 이상 손수 먹거리를 해결하든지, 아니면 돈을 지불하고 끼니를 구하지 않으면 굶을 수밖에 없었다. 밥을 먹기 위해 식당 문을 열고 들어가는 것이 너무 싫었고 고통스러웠다. 경험해 보지 않은 사람은 이해가 어려울 것이다. 가장 쉬운 해결 방법은 결혼하는 것으로 생각했다. 물론 단순하게 식사 문제 해결을 위해 결혼했다면 아내에 대한 예의가 아니다. 다만, 그런 '불순한' 동기도 전혀 없지는 않다는 말이다.

결혼하고부터는 가장으로서 가정의 행복과 평화를 위해 혼신의 노력을 기울이지 않으면 안 된다. 결혼은 하나의 공동체 집단으로 가정을 이루게 되는 것이다. 가정에서 인간관계를 배우게 되고 가정에서 상대를 대접하고 배려하는 것을 공부하게 된다. 가정이 건강해야 건강한 사회생활을 할 수 있기 때문이다. 또한, 부모의 의무도 중요하다. 부모는 자식들에게 모델이 되어야 한다. 자식들이 닮고 싶은 부모가 되어야 할 의무가 있다.

동시에 행복한 가정을 위해서 노력해야 한다.

필자는 적잖은 신혼부부의 주례를 섰다. 내가 빼놓지 않고 당부하는 말이 있다. 결혼은 사랑의 시작이다. 결혼은 행복하기 위해서 하는 것이다. 행복해지기 위해서 하는 것이 아니고 거룩해지기 위해서 한다는 사람도 있기는 하지만….

경제적 어려움이 다소 있더라도, 명예와 권력이 없더라도 진정한 사랑만 있으면 행복할 수 있다. 부부는 서로 사랑하되, 사랑하기 힘들 때도 사랑하는 것이 중요하다.

결혼 후에는 상대의 부족한 점을 덮어주어야 한다. 행복한 가정을 위해서 필요한 것이 희생이다. 희생 없는 사랑은 알맹이가 없기 때문이다.

특히 결혼 이후부터는 상대의 약점과 상대방 가정에 대한 약점을 무기로 마음을 아프게 해서는 안 된다.

부부는 서로 사랑하면서 살아야 하고 또한 서로 사랑받으면서 생활해야 한다. 특히 결혼은 장거리 경주로 양편 모두가 승리해야 아름답고 멋이 있다.

성경에서는 사랑을 다음과 같이 말하고 있다.

"사랑은 오래 참고 사랑은 온유하며 투기하는 자가 되지 아니하며 자랑하지 아니하며 교만하지 아니하며 무례히 행치 아니하며 성내지 아니하며 악한 것을 생각지 아니하며 불의를 기뻐하지 아니하며 진리와 함께 기뻐하고 모든 것을 참으며 모든 것을 믿으며 모든 것을 바라며 모든 것을 견디느니라(고린도전서 제13장 : 4~7절)."

°직장인의 도리

나는 정확히 두 곳의 직장에서 35년간 근무했다. 재직기간 동안 훌륭한 오너, 좋은 상사와 좋은 직원을 만났는가 하면, 극히 일부지만 그렇지 않은 사람들도 경험했다.

약육강식과 먹이사슬이 복잡하게 얽혀 있는 것이 자연의 이치다. 숲에서 우는 뻐꾸기 소리는 봄이 지나고 여름이 시작됨을 알린다. 그런데 뻐꾸기는 다른 새의 둥지에 가서 알을 낳기로 유명하다. 우선 뻐꾸기는 높은 나무 위에서 호시탐탐 자기 알을 낳을 둥지를 살핀다. 붉은머리오목눈이(뱁새)가 잠깐 자리를 비운 틈을 타서 뱁새의 둥지에 침입하여, 뱁새가 낳아 놓은 알 하나를 부리로 밀어서 밖으로 밀어뜨리고 자기의 알을 낳는다. 실제로 뻐꾸기알은 분간이 안 될 정도로 뱁새알과 거의 비슷하며 뻐꾸기가 뱁새의 둥지로 와서 알을 낳는 시간은 10초 정도라고 한다.

아무것도 모르는 뱁새는 자신의 알이나 뻐꾸기의 알이나 지성으로 품어 부화시킨다. 하지만 먼저 알에서 깨어나는 것은 언제나 뻐꾸기다. 그 뻐꾸기 새끼가 제일 먼저 하는 행동은 뱁새 알을 등에 얹어 밖으로 밀어 떨어뜨리는 일이다. 뱁새 역시 둥지에 뻐꾸기 알이 있는 것을 알아채면 가차 없이 둥지 밖으로 버린다. 뻐꾸기는 뱁새알을 흉내 내고 뱁새는 다시 새로운 무늬의 알을 생산해 내는 공방을 벌인다. 뻐꾸기알은 뱁새의 알과 닮을수록 생존확률이 높아지고, 뱁새의 알이 뻐꾸기알과 구별될 수록 탁란을 당할 가능성이 그만큼 낮아진다.

뱁새 처지에서 볼 때 뻐꾸기는 은혜를 원수로 갚는 격이다. 자연계에서 일어나는 '짝퉁'과 진품의 전쟁이라 할 만하다. 비단 뻐꾸기와 뱁새 사이에서만 일어나는 것이 아니라 자연계의 거의 모든 곳에서 발생하는 현상이지 싶다.

사회도 적자생존 원칙만으로 굴러가는 것인가? 자신이 낳은 알이라도 경쟁에서 탈락하면 돌볼 수가 없다. 그래서 사회생물학에서 사람의 본질을 '이기적 유전자'로 설명하는, 겉보기에 그럴싸한 이론을 내놓기도 하고 그로 인해 명성을 얻기도 한다.

그렇지만 만물의 영장이라고 하는 인간은 서로가 어려울 때 '역지사지(易地思之)'해야 한다. 우리가 동물보다 못해서는 안 되지 않겠는가? 직장과 직장인의 관계를 한번 생각해 보자. 어떤 직장이 좋고, 어떤 직장이 나쁘다고 딱히 구분하기 어렵듯이, 직장인의 경우도 그럴 것이다. 회사의 임원이나 상사는 상대방의 말을 잘 경청하는 자세가 필요하다. 자기와 직접 연관이 적으면 건성으로 듣는 경우가 많지만, 회사의 정보나 주요한 정책은 함께 공유하는 것도 중요하다.

경험상 개인 생활이 복잡한 사람은 조직원으로서는 바람직하지 않다. 그는 일종의 직무 유기를 하는 셈이므로 진정한 조직원이라고 볼 수 없다. 경영진이나 상사의 지시에 이유 없이 토를 달거나 불만을 토로하는 것도 옳지 않다. 지시사항이 윤리적으로 문제가 없다면 존중해야 한다. 가끔 동료에게 인기 있는 사람이 상사에게는 신뢰받지 못하는 경우가 있다. 상사도 완전한 사람이 아니고 평범한 사람이다.

인재를 고를 때 기업담당자가 꼽는, 기본이 안 된 사람의 유형으로는 지각, 불신, 조직이탈, 방침 불만, 고객 불만, 회사 불만, 비밀 폭로 따위를 일삼는 사람이다. 미국 대통령에게 세계가 큰 관심을 기울이는 까닭은 미국이 세계에 직간접적으로 엄청난 영향을 미치기 때문이다. 앞으로 있을 각종 선거 때 우리가 뽑는 자치단체장, 국회의원, 심지어 대통령까지도 아나운서처럼 말을 잘하는 사람이 아니라 내가 할 수 없는 일을 대신 해줄 수 있는 사람 즉, 상식적이고 기본이 된 사람을 선택해야 한다.

회사 경영을 하다 보면 인성이 바르지 못하고 기본이 안 된 사람이 뜻밖에 많다. 직장인으로서 기본적인 자세가 흐트러진 유형으로는 형식과 절차를 무시하고 자기 위주로 일을 처리하는 사람, 소영웅주의에 사로잡힌 사람 등을 들 수 있다. 독선적인 성격의 소유자도 조직원으로서는 바람직하지 않다.

나무만 보고 숲을 보지 못하는 사람도 곤란하다. 업무의 우선순위를 놓고 마찰이 발생하면 회사에 피해를 줄 수 있기 때문이다. 직장인은 내가 이 시간 처리하는 일이 회사에 어떤 영향을 미칠지 늘 고민해야 한다. 조직의 제도나 방침을 무시하는 사람 즉,

자신에게만 유리한 제도만 OK 하는 성격의 소유자, 자기가 정한 울타리 안에서만 원칙과 실질을 존중하는 사람도 조직구성원으로는 환영을 받을 수 없다.

또 다른 유형으로는 기업의 내부 정보를 흘리거나 남의 말을 잘 퍼트리는 사람도 회사에 피해를 준다. 앞뒤가 막힌 막무가내의 사람 즉, 말이 잘 통하지 않는 사람, 약속을 밥 먹듯이 뒤엎는 사람도 경계해야 할 사람이다. 도덕 불감증, 양심을 속이는 사람, 예측이 불가능한 사람도 회사에 도움이 안 된다. 실수하면 반성해야 한다. 겉과 속이 다른 다중적 성격의 소유자나 분위기를 깨뜨리고 말과 행동이 다른 사람도 신뢰를 얻을 수 없다. 다른 사람이 말할 때 딴청 부리다가 나중에 '오리발' 내밀고 자신의 이익에만 집착하는 사람도 환영받을 수 없다.

특히 직원이 싫어하는 상사로는 첫째, 경험이 없는 직장 상사다. 경험이 없다는 것은 전문성이 떨어진다는 말과 맥을 같이할 수 있으므로 그런 사람에게는 유능한 실무자의 보좌가 필요하다. 둘째, 부정적인 마인드를 가진 직장 상사다. 그런 사람은 업무를 보고하고 지시받는 과정에 부정적인 에너지를 풍겨 의욕을 상실하게 만들기 쉽다. 셋째, 무책임한 직장 상사다. 보고받고도 즉시 피드백을 통한 지시나 협조가 없기 때문에 직원들의 참신한 발상이 묻혀버릴 위험이 있다. 넷째, 사사건건 참견하는 상사의 유형이다. 공사(公私)의 구분 없이 직원의 사적인 일까지 참견함으로써 조직의 창의성도 줄어들고 타성에 빠질 확률을 높게 한다. 다섯째, 공을 가로채 가는 상사다. 직장인들이 가장 싫어하는 유형으로 직원이 밤을 새워가며 창안해서 참신한 아이디어를 내놓았는데 그 공을 가로채는 상사는 조직원으로부터 존경은커녕 신임도 받을 수 없다. 직위가 높은 자리에 있는 사람은 명심해야 할 사안이다.

필자가 35년간의 직장생활을 특별한 과오 없이 마감하고 인생 제2모작을 할 수 있게 된 것도 수많은 사람의 지도편달 덕분이라 생각한다. 이 지면을 통해 무한한 고마움을 표한다.

° 100세 시대 삶의 지혜

　우리나라는 OECD 국가 중에서도 고령화 속도가 가장 빠르게 진행되고 있는 국가 중 하나에 속한다. 이른바 100세 시대를 살아가기 위해서 빼놓을 수 없는 요소가 건강과 사회적 관계, 그리고 경제적 여유이다. 그러나 현실은 많은 고령자가 경제적 문제로 인해 생활 그 자체가 힘든 상황이다. 게다가 세상을 살다 보면 예기치 않은 일들이 발생한다. 특히 건강 문제로 인한 병원 치료비 부담은 스트레스로 작용할 수 있다.

　이제는 예사로운 일이 된 명예퇴직 등으로 인해 그나마 그동안 저축한 돈은 자녀들의 학비와 결혼자금으로 대부분 소진되고, 중년기 후반에 접어들면 통장잔고는 대부분 바닥이 나게 마련이다. 그럴듯한 회사나 공직에 있다가 퇴직한 경우가 아니면 재직 시 납입한 연금으로는 최저생활도 꾸려가기 어렵다.

　평균수명도 남자는 80.5세, 여성은 85세로 남자가 먼저 세상을 뜬다고 가정할 때, 남성이 죽음을 맞이하기까지 병원비를 어느 정도 쓰고 난 뒤 홀로 남은 여성은 커다란 어려움을 겪게 된다. 동시대를 살아가고 있는 6~70대는 부인의 경제적 문제를 생각하여 연금 등에도 관심이 필요하다. 특히 나이 들어 얼마 되지 않은 돈으로 부동산이나 주식에 투자하다 낭패를 보는 경우도 허다하므로 각별한 주의가 필요하다.

필자는 대부분의 중·노령층에 많은 액수의 돈이 아니더라도 매월 받을 수 있는 노후연금을 권하고 싶다. 현재 고령에 이르는 분들이 부모님과 자식들 위주의 삶을 살아온 것을 부인할 수 없다. 그러나 100세 시대 본인이 사는 집 정도는 끝까지 지키다 주택 연금제도 등을 활용하여 노후를 지낼 수 있도록 할 필요가 있다. 노후에 남편의 연금에 의존하다가 남편이 먼저 소천할 때 절반으로 감액되어 수령하는 금액만으로는 생활하기 어렵다. 토지가 있는 사람은 농지 연금 제도를 최대한 활용하는 방법도 노후를 보내는 데 많은 도움이 될 수 있다.

육체적 세포의 노화는 누구든지 피해 갈 수 없다. 암, 심혈관 질환, 뇌혈관 질환 등의 경우 50대 후반부터는 그 발병 속도가 매우 빠르게 진행된다. 거기다가 70세가 넘어서면 온 국민이 가장 두려워하는 '치매' 환자의 숫자도 급격히 증가하는 추세다. 남성보다 오래 사는 여성의 노후가 더 우려되는 일이다. 대부분 가정에서 노후 준비 방안의 하나로 2~30년 전부터 꾸준히 납입해 오고 있는 보험의 경우, 많은 상품이 당시 평균수명을 기준으로 설계한 것이기 때문에 보장 기간을 확인해서 대비하는 것도 필요하다. 특히 대부분 여성의 경우 손주들까지 돌보므로 육체적 건강이 더욱 쉽게 쇠퇴할 수밖에 없는 것이 현실이다. 현재 상황에 맞게 고려한 세밀한 계획이 필요할 것 같다.

통계청에 따르면 우리나라는 2045년부터 세계 1위 고령 국가가 될 전망이라 한다. 2019년 우리나라의 만 65세 이상 고령 인구 비율은 14.9%이다. 이 추세라면 2040년에는 33.9%, 2067년에는 46.5%로 높아진다. 한국인 10명 중 절반이 고령 인구가 된다는 의미다. 현재(2019) 세계 201개 국가 중 52위인 한국의 고령 인구 비중은 2040년에는 일본에 이어 두 번째로 높고, 2045년 1위로 올라설 전망이다. 노후 대비의 버팀목으로 든든하게 생각하고 있는 국민연금도 2054년에 고갈될 것이라고 국회예산정책처가 전망하는 형편이니 이래저래 걱정이 아닐 수 없다.

° 학위논문 쓰기 조언

공부의 성패는 자극에서 비롯하는 것 같다. 사람은 누구나 공부할 때 거창한 계획을 세운다. 중고등학교 시절에는 월말고사를 치를 때마다 다들 지난달보다 석차를 올리기 위해서 머리띠를 동여매고 마치 독립운동을 하듯이 작심을 한다. 그러나 결론은 지난달과 별반 다를 바 없거나 퇴보하는 경우도 있어 실망하는 일이 다반사가 아니었던가?

석박사 공부는 더욱더 그러하다. 석사입학과 동시에 가장 많이 듣는 단어가 학위논문이다. 물론 석사과정에서는 전문지식에 관한 폭넓은 공부가 중요하다. 논문의 성패는 본인이 설정한 계획을 얼마나 잘 실천하느냐에 따라 결정된다. 석박사 과정은 대부분 대학교가 4학기 내지 5학기 과정이다. 특히 방학 기간을 어떻게 잘 활용하느냐에 따라 논문작성 기간을 단축할 수 있다. 시간이 많다고 어영부영하다 보면 두 달 방학을 영양가 없이 보내기 일쑤다. 중요한 것은 실천이다.

한 학기는 일반적으로 15주 프로그램으로 진행된다. 학기 중에는 많은 과제물을 소화해야 하므로 논문 준비에 집중하기란 쉽지 않다. 주경야독하는 직장인이라면 더욱더 그러하다. 논문을 너무 거창하게 생각하기보다는 평소에 본인의 관심 분야나,

직장인이라면 본인이 하는 일에 대하여 비판적인 생각을 도출해 보는 것도 논문 주제를 선정하는 데 도움이 된다. 아울러 관심 분야에 대하여 다른 사람의 논문을 많이 읽다 보면 자기 나름의 기준을 잡을 수 있다. 무엇보다 지도교수가 정해지면 본인이 연구하고자 하는 논제와 내용을 지도교수와 깊이 있게 상의해서 결정하는 것이 중요하다.

우선은 자신이 연구하고자 하는 논문을 지도교수에게 이해시켜야 한다. 석사학위 논문은 세 명 이상, 박사 학위 논문은 다섯 명 이상의 심사위원의 평가를 받아야 하는데, 그러자면 지도 교수님의 이해를 얻는 일이 무엇보다도 중요하다. 석박사 공부는 외부의 자극보다는 스스로 계획하고 그에 따른 실천이 중요하기 때문에 적지 않은 시간 투자를 하고 일정 기간 집중하지 않고는 좋은 결과를 기대하기 어렵다.

본 논문을 쓰기 위해서 기본 자격을 갖추고 열심히 공개 프로포절을 준비했으나 통과하지 못할 수도 있다. 한번 탈락하게 되면 대부분의 학생은 의기소침해지는 게 보통이다. 남에게는 말할 수 없어도, 어쩌면 막대한 정신적 압박을 받을 수도 있다. 다음 심사 때는 통과 가능할까? 라는 불안감이 엄습할 것이다. 그러나 자신을 너무 자학하거나 불안해할 것까지는 없다. 다만 내가 왜 이 어려운 공부를 하려고 하는지에 대한 목적만은 분명해야 한다. 학기가 거듭될수록 마음은 조급해지며 부담감도 가중되는 것은 사실이다. 필자는 스스로 세운 목표 달성을 위해 내가 견딜 수 있는 한계가 어디까지며 그 방법과 절차는 무엇인지를 찾기 위해 부단한 노력을 기울였다.

학술지 논문이 통과되기 위해선 어느 정도의 요령도 필요하고 자신이 잘할 수 있는 연구 방법과 필요한 절차를 알아내야 한다. 이것은 누구도 가르쳐주지 않기 때문에 스스로 터득해야 할 문제다. 내 경험을 말하자면 논문을 다섯 편 정도 학회지에 등재하고 나면 가속도가 붙고 논문에 대한 두려움도 줄어들고 학자로서 자부심도 느끼게 된다. 따라서 이 단계까지 이르기 위해 중요한 요소는 누구의 도움이 아니라 다분히 혼자 고뇌하고 인내하는 시간이다.

이 세상의 모든 이룸 뒤에는 값비싼 땀과 인내가 녹아있다. 또 하나 빼놓을 수 없는 필요한 것을 들자면 가족의 적극적인 도움이다. 미국에서 박사 학위를 한 친구에게 들은 우스개 이야기다. 미국인들도 박사 학위 즉. Ph. D.를 Pushing Husband Degree라고 부른다고 한다. 이는 아내의 적극적인 지원과 배려 없이 결코 이루어질 수 없는 과정이 박사 학위 취득이라는 의미다. 세상 어디에서나 사람들의 생각에는 공통점이 존재하는 것 같다.

°아름다운 중독

　일반적으로 중독이란 단어는 양면성을 띠고 있다. 별로 아름답지 못한 의미로는 알코올 및 약물중독, 마약중독, 도박중독, 홈쇼핑중독 등이 대표적이다. 그러나 일 중독, 운동중독, 봉사중독 등의 말은 좋은 의미로 사용되기도 한다. 공부도 중독성이 있음을 나이 60이 넘어서 깨달았다. 허리가 아프고 눈이 불편해도 70세에 박사 학위를 취득할 수 있었던 것은 공부가 재미있고 보람으로 느껴졌기 때문이다.

　모든 중독의 공통된 증상은 '갈망(渴望)'이다. 갈망이란 글자 그대로 간절히 바란다는 뜻이다. 알코올 중독자를 예로 들면, 그는 술을 마시고자 하는 욕구가 너무 강하여 술을 마시지 않으면 살 수가 없다. 말하자면 낙이 없는 것이다. 그러므로 술을 얻기 위해 물불을 가리지 않는다. 공부 중독도 마찬가지 아닐까 싶다. 한 집 건너면 박사인데 뭘 그리 요란을 떠느냐고 말할지 모르겠으나 어려운 상황에서 작심한 목표를 달성할 수 있었던 것은 아름다운 중독의 힘이 작용한 덕분이 아닌가 싶다. 일 중독의 경우도 지나쳐 건강을 해칠 정도가 아니면 아름다운 중독의 범주에 속할 것 같다. 공부의 경우도 결국 시간 투자에 비례하여 성과를 거둘 수 있다.

홈쇼핑도 어떤 면에서 중독성이 가장 심한 축에 속한다. 편리함과 시간 절약을 위해 홈쇼핑을 이용하게 되지만 마구잡이로 충동구매를 하다 보면 오히려 금액적으로는 시장이나 백화점에 가서 사는 것보다 더 많이 지출하게 된다. 우스갯소리로 홈쇼핑 좋아하다 기둥뿌리 뽑힌다는 말도 있다.

알코올 및 물질중독의 경우 최근 TV나 신문에서 하루가 멀다고 다투어 마약에 관련한 추문을 보도하고 있다. 일부지만 대기업 3세들도 마약 관계로 우리의 눈을 찌푸리게 한다. 이런 물질중독은 인간의 내적인 감정뿐만 아니라 외적으로 관찰될 수 있는 행동에도 영향을 미친다. 물질[3]을 사용하면, 아직 원인이 뚜렷하게 밝혀지지 않은 조현병(Schizophrenia; PR)[4]이나 정동장애(affective disorder)[5]와 유사한 증상을 나타내므로 이는 정신질환과 물질 사용 장애는 연관성이 있음을 말해준다고 하겠다. 일 중독을 통해서 생활의 활기를 찾고, 운동중독을 통해서 건강을 유지하고, 봉사중독을 통해서 삶의 보람을 찾도록 함께 고민해 봤으면 좋겠다.

3 중독을 일으킬 수 있는 것으로 알코올이나 담배, 마약과 같은 물질.

4 정신분열증(조현병): 에일 크레펠린(독)이 최초로 정신분열증을 다른 질환과 구분하여 조발성 치매라고 명명했다. 증상들을 기준으로 단순 미분화형, 파괴 혼란형, 긴장형, 망상형의 4가지로 분류한다. 정신분열증과 복합적으로 나타나는 대표적인 정신병이 조울증인데, 이를 정동형 정신분열증으로 분류한다.

5 정동장애(affective disorder): 조증(지나친 활동, 자신감 넘치는 말, 팽배한 자부심 등으로 인해 들뜨고, 과대망상적이며 흥분된 상태) 또는 울증(생활무력감, 수면장애, 무가치감, 죄책감 등을 느끼는 낙담한 상태)이 포함되며 종종 두 가지 상태가 복합적으로 나타나는 조울증 등이 있다. 조증과 울증이 서로 교대로 나타나기도 한다. https://100.daum.net/encyclopedia/view/b19j1248a, 2019년 09월 20일 검색.

수명(壽命)

    100년 뒤 인간은 몇 살까지 살 수 있을까? 의학 기술은 수명을 어디까지 연장할 수 있을까? 2017년 통계청 발표에 따르면 한국인의 기대수명은 82.6년이다. 그해에 태어난 아이들은 평균 82년 이상 산다는 의미다. 1970년 기대수명은 62.2년이었는데 그사이 20년 이상 늘었다.

    이 통계의 기준을 나에게 적용하더라도 앞으로 살날이 그렇게 많은 세월은 아닌 것 같다. 그렇다고 손을 놓고 아무것도 안 하고 죽을 날만 기다리고 있을 수는 없지 않은가? 올해도 세월이 내게 내어준 한 해의 보따리를 푼 지 어저께 같은데 반이 훌쩍 날아가 버렸다. 아쉬움이 없다고 하면 거짓말이겠지만, 그렇다고 서운해하거나 괴로워하고 싶지는 않다.

    임페리얼칼리지 런던의 마지드 에자티(Majid Ezzati) 박사는 "인간의 기대수명 90세 돌파가 불가능할 것으로 봤지만, 의학과 복지제도 발전 덕분에 장벽이 깨지고 있다."라고 하였다. 특히 2017년 세계적인 의학 학술지 란셋(The Lancet)에서 그는 2030년이 되면 한국 여성의 평균수명이 세계 최초로 90.82세에 달할 것으로 발표했다. 2위가 프랑스(88.55)이며 3위는 일본(88.41)이다. 한국 남성의 기대수명도 84.07년으로 제시했다. 남녀 모두 OECD 중 기대수명이 가장 길 것으로 예상했다.

삼천갑자 동방삭(三千甲子 東方朔) 이야기처럼 인간의 불로장수 (不老長壽)에 대한 애착은 동서고금을 막론하고 누구나 바라는 바 아닐는지? 그렇다고 시황제처럼 불로초를 찾아다닐 수도 없고….

남은 인생 건강하게 활동하다가 문상객들에게 나름대로 열심히 살고 갔다는 이야기를 듣는다면 무엇을 더 바라겠는가?

70줄에 접어들고 보니 병고에 시달리면서 오래 사시는 어르신을 보면 남의 일 같지 않았다. 무조건 장수하는 것만이 능사는 아닌 것 같다. 노년을 연구하는 학자들도 대부분 아니라고 대답한다. 많은 사람이 같은 생각이리라. 아무리 4차 산업혁명 시대이고 인공지능(AI) 등 첨단 기술의 힘을 빌려서 어느 정도의 수명 연장이 가능하다고는 하나 영원할 수는 없다. 나는 내가 믿는 종교에 의탁한 삶을 살려고 한다. 송강(松江)의 추일작(秋日 作) 내용처럼, 계절이 바뀌고 나이가 한 살씩 더해 가면 '인생의 가을'의 속도는 훨씬 빠르게 지나간다는 말이 실감 날 뿐이다. 아울러 수명의 양이 아니라 질이 중요한 게 아닌가 하는 생각이다. 도연명의 시구를 좌우명으로 삼았던 '지셴린(季羨林)'은 13억 중국인이 정신적 스승으로 가장 존경하고 자신들의 곁에 오래 머물렀으면 하는 인물이다. 그가 인생을 두고 "거칠고 변화 많은 세상에 무엇을 기뻐하고 무엇을 두려워하랴. 마땅히 해야 할 일을 하면 걱정할 것이 없으리"라고 한 말이 새삼 울림을 준다. 머잖은 시기에 자식들에게 유언을 남기고 '사전 연명 의료 의향서'라도 작성해야 하지 않을까 하는 생각이다.

°젊은이의 반면교사

나이가 들어 사소한 것에 신경 쓰지 않으면 때로 아름답지 못하다는 소리를 듣게 되는 경우가 있다. 그중 하나가 식탐(食貪)이 아닌가 싶다. 나이를 먹을수록 음식 조절이 중요하다. 될 수 있는 대로 소식하고, 여러 번 자주 먹는 게 좋다고 한다. 어쩌다 친구들과 모여 식사해도 과거와는 전혀 다른 분위기다. 먹는 것에 별로 신경 쓰지 않는다. 만나면 이구동성으로 첫마디가 건강에 관한 이야기다. 이는 결국 생명에 대한 애착과 수명을 연장하고 싶다는 의미일 것이다.

건강식품이나 과다한 약 복용은 오히려 생명을 단축하는 독(毒)이 될 수 있다. 고령자일수록 신장 등의 내부 기능이 저하될 수밖에 없기 때문에 약 복용 시 특히 주의해야 할 필요가 있다. 그러므로 약과 질병과의 관계를 잘 파악하면서 복용하는 것이 중요하다. 안전하게 약의 복용 효과를 높이기 위해서는 의사가 처방해 준 대로 시간, 양, 횟수를 반드시 준수하여 부작용을 최소화해야 한다. 즉, 약탐(藥貪)을 잘 다스려야 한다.

나이 들수록 또 하나의 특징은 대체로 말이 많아진다는 점이다. 이는 남의 말에 참견이 많다는 것을 의미한다. 우리 인간은 태어나 말을 배우는 데 2년이 걸리지만, 침묵을 배우는 데는 60년 이상 걸린다고 한다. 입을 닫고 말을 삼가는 데는 엄청난 절제와 인내가 필요하다. 말을 적게 해야 더 잘 들을 수 있다. 말이 많다는 것은 쓸모 있는 말이 적다는 뜻일 수 있다. 옛말에 나이 들면 말은 적게 하고 많이 베풀어야 어른 대접을 받을 수 있다고 했다. 많이 베푸는 것 못지않게 필요한 것은 고집을 줄이는 것이다. 상대의 의견을 존중하는 열린 마음으로 소통에 적극적으로 나서는 것이 대접받는 하나의 방법이다.

안방 늙은이에서 벗어나기 위해서는 남녀노소를 막론하고 마음 터놓고 대화하며 시간을 보낼 수 있는 동역자를 찾는 것이 중요하다. 사회적 지위나 가문, 재산, 학력 등에서 탈피하여 오로지 부담 없이 차 한잔할 수 있는 편한 사람, 자신이 가진 장단점을 가감 없이 있는 그대로 내어놓고 마음을 나누고 싶은 사람, 언제 만나도 마음에 부담이 안 되는 사람, 함께 식사하고 싶은 사람, 그런 사람을 만나고 싶고, 나도 그런 사람이 되고 싶다.

나이가 들면 제일 싫고 무서운 것이 시간의 빠름이라고 한다. 세월의 무상함을 한탄하기도 하지만, 세월을 붙잡을 수 있는 장사는 없다. 옛말에 노년이 되면 시력이 흐려지는 것은 꼭 필요한 것만 보라는 의미고 귀가 어두워지는 것은 내가 필요한 말만 들으라는 것이고 정신이 오락가락하는 것은 과거를 잊으라는 것을 의미한다는 우스갯소리도 있다.

요즘과 같은 100세 시대에 6~70이 되어 노인행세를 하는 것, 그 태도 자체가 '늙어 보인다.' 어쨌든 65세부터 경로 우대

증이 나와 지하철 등 공공시설 할인권 제공을 해주는 것은 고마운 일이다. 그렇지만 공식적으로 일선 현장에서 뒷방으로 물러나라는 통보이고 보니 마음이 시려올 때가 많다. 우리보다 훨씬 먼저 초고령화가 진행된 일본에서는 최근에 70세까지 정년을 보장하는 제도가 확정되었다고 한다. 참 반가운 소식이다. 그렇지 않아도 지금 우리 노인들은 일찍 퇴직하여 연금도 없고 그나마 모아둔 모든 자산은 자식들 뒷바라지에 몽땅 헌납한 터라 문자 그대로 맨몸이 된 경우가 대다수이다.

이들을 위한 생계, 이들을 위한 복지, 이들을 위한 문화, 이들을 위한 공간 등은 그 어디에도 없다. 한평생을 가정, 직장, 사회, 국가를 위해 봉사하고 희생한 이들에게 경로 우대증 하나로 예우하는 사회와 국가라면 그 누가 가정, 사회, 국가를 위해 일생을 바칠 용기가 나겠는가. 누군가 말한다. 역사는 악순환된다고 말이다. 악순환의 역사가 아닌 선순환의 역사가 되기를 우린 원한다. 지금의 젊은 세대를 위해서라도 노인에 대한 근원적 대책이 절실하다고 본다.

지금, 정부는 3절벽, 즉 출산절벽, 취업절벽, 인구절벽의 극복을 위해 매년 수십조 예산을 투입하지만, 그 어느 하나의 지표도 개선되었다는 통계자료를 본 적 없다. 왜 그럴까? 젊은이들은 지금 노인들의 삶, 그 참모습을 반면교사 삼아 자신들의 미래를 설계하기 때문이다. 지금 노인 세대들이 가정, 직장, 국가를 위해 희생한 그 대가가 초라한 지금 노인들의 삶이라면,

그 어떤 젊은이가 가정을 위해, 직장을 위해, 국가를 위해 자신을 희생하려 하겠는가? 답은 멀리 있지 않고, 바로 우리 코앞에 있음을 깨닫지 못한 결과 아닌가?

°마지막 버킷 리스트

나는 대체로 이른 나이에 노후를 어디에서 어떻게 무엇을 하며 보낼지에 대한 생각을 많이 한 것 같다. 20대 초, 군에 입대하여 훈련과 교육이 끝나고 자대에 배치된 이후부터 직업에 대해 구체적 고민을 한 적이 있다. 그 하나의 방안으로 군 복무 동안은 사주 공부를 했고, 전역과 동시에 직장에 다니면서 주말에는 주례를 배우려고 예식장에 다닌 적이 있다. 주위 사람들로부터 젊은 나이에 무슨 말년을 그토록 걱정하느냐며 핀잔을 듣기도 했다.

버킷 리스트(Bucket list)의 일반적인 의미는 사람이 죽기 전에 꼭 하고 싶은 일을 적은 목록을 뜻한다. 그 어원을 따라가면 '죽는다'라는 의미의 속어 'kick the Bucket'과 연관이 있는 말로, 자살이나 교수형을 할 때 양동이 위에 올라가서 목에 줄을 건 다음 발로 양동이(Bucket)를 차서 넘어뜨리는 관습에서 유래되었다고 한다.

나는 2020년 여름, 부동산 전문가들의 '노후 의식조사에 관한 연구'에 필요한 기초자료 확보를 위해 설문 조사를 했다. 이를 바탕으로 논문을 작성하여 학술지에 발표하려고 준비하고 있다. 설문 문항 중 노후에 살고 싶은 주거 형태와 입지 선호도에 대해 질문을 한 결과 살고 싶은 주택은 아파트가 제일 많았고 입지 선호도는 도심 번화가가 으뜸이었다. 그 뒤를 이어 부도심, 농촌(전원주택) 순으로 나타났다. 또 가장 하고 싶은 일은 어려운 사람을 위한 봉사활동 등 나름의 의미 있는 내용이었다.

내 고향은 두메산골인 깡촌이다. 공기는 너무 좋고, 밤에 부엉이 우는 소리며 봄, 여름, 가을에 들리는 풀벌레 소리 등 쾌적한 자연환경을 갖춰 도시에 찌든 마음을 정화하는 데는 안성맞춤인 곳이다. 전기도 들어오고 포장된 도로가 건설되어 버스도 하루에 두 번씩 영덕읍까지 운행한다. 집에서 승용차로 한 시간 정도 달리면 강구 바닷가에 가서 신선한 회도 먹을 수 있고 갈매기도 실컷 구경할 수 있다.

고향 집에는 현재 형님께서 살고 계신다. 어른들께서 대대로 농사지으며 생활하셨던 곳이다. 고향에 가서 노후를 보내볼까 하는 생각을 해보았다. 소나무, 상수리나무와 머루, 다래 덤불이 꽉 들어차 숲속에 들어가면 하늘만 보일 뿐 방향조차도 구분할 수 없을 정도로 산림이 울창한 곳이다. 어쩌면 신선(神仙)이 될 수 있겠다는 생각이 들 만한 청정지역이다. 조용히 텃밭이나 가꾸어 지인들을 초대하여 내 손으로 경작한 농산물로 맛있는 밥도 지어주고 직접 사육한 닭, 오리고기로 함께 정을 나누는 일로 여생을 보내면 어떨까 하고 생각해 본 적이 있다. 지인 중 몇은 나이 들면 고향에 가서 여생을 보낼 준비로 농지를 구매해서 미리 준비했다는 말이 어른거리기도 한다.

그러나 하룻밤을 자는 동안 여러 가지를 다시 고려하게 된다. 낮에는 새소리 물소리 등이 어우러져 천국 같은 환경이었는데 밤이 되니 칠흑 같은 어둠과 함께 간간이 들려오는 짐승의 울음소리가 섬짓하다. 하늘에는 별들이 무리를 이루며 금방이라도 쏟아질 것 같은 기세지만, 다른 경험자들 말에 의하면 주위의 아름다운 풍광은 한 달이 지나면 별로 의식하지 못한다는 것이다. 아마 나도 그러한 부류에 포함될 것 같은 생각이 든다.

버킷리스트에서 중요한 것은 현실적이며, 실현할 수 있는 구체적인 플랜이다. 죽기 전이라는 기간도 너무 막연한 것 같다. 그렇다고 시간을 명시해 놓으면 강박을 가져올 것 같기도 하다.

나는 2000년, 새로운 천 년이 시작되는 1월 초에 남은 생애 꼭 해보고 싶은 버킷 리스트 15가지를 정리해 두었었다. 20년이 지난 지금 약 90%는 이룬 것 같아서 다행이다. 일부는 실현 가능성이 없을 것 같지만, 끝까지 노력해 보고 싶다. 아직도 하고 싶은 일이 남아있다는 것 자체에 위안을 삼는다.

현재 미국에서 가장 영향력 있고 주목받는 소통전문가인 케리 슉(Kerry Shook)과 그의 아내 크리스 슉(Chris Shook)의 『내 생애 마지막 한 달』은 삶을 가장 충만하게 사는 30일간의 여정으로 독자들을 안내한다. 이 책은 관계, 성품, 꿈, 모험, 이별 등 삶의 중요한 영역들을 돌아보고 새로운 도전으로 도약할 힘을 준다. 책의 골자는 만약 나에게 한 달밖에 시간이 없다면 어떻게 하겠느냐? 라는 물음에 대한 자기성찰이다. 누구에게나 마지막

한 달은 있다. 그러면 나는 그 마지막 한 달을 어디서 어떻게 누구와 보낼 것인가? 아직 내 생의 마지막 한 달을 어디서 무엇을 하며 보내야 할지를 아직 정하지 못했다. 고향일까? 아니면 내가 알지 못하는 미지의 장소일까? 그리고 무슨 일을 하고 있을까…?

거의 불가능할 것으로 생각하면서 도전한 우리나라 산림청 선정 100대 명산 등반을 1년 7개월 만에 정복할 수 있어 숙제가 하나 줄어들었다.

제주도 섭지코지에서 바라본 석양(2022년 3월 4일)

°주례사

　1974년 2월 군에서 만기 전역 후 첫 직장인 국민서관에 다니면서 주말에는 영등포 로터리 부근에 위치한 로터리 예식장을 찾아가 주례를 배우고 싶다고 했다. 듬직하신 선생님께서 하신 말씀이, 젊은이가 좀 더 큰일을 해야지 주례를 배워서 뭐 하겠느냐고 하면서도 본인이 주례하는 것을 보고 배우라며 두 사람의 결혼식에 참관하도록 허락해 주셨다. 본인은 2년 전 중학교 교장 선생님으로 정년퇴임하고 예식장 두 곳에서 전문 주례사로 일하신다고 했다. 나는 삼 주간에 걸쳐 다섯 분의 주례 선생님 말씀을 듣고 더는 배우지 않아도 할 수 있을 것 같아서 중국집에 모시고 가서 짜장면과 탕수육을 대접해 드리고 그만 배우기로 했다.

　그 이후 나는 지금껏 열두 쌍에게 주례를 서 주었다. 그러나 시대가 변하여 요즘 결혼식은 신랑 신부가 동시에 입장하는 등 틀에 박힌 형식을 떠나고 있고, 자유스러운 분위기 속에서 양가 부모님이 덕담해 주고 각자 편지를 준비해 와서 낭독하는 등 다양한 방식으로 진행한다. 예전이나 지금이나 결혼 예식에서 중요치 않은 것이 없겠지만 나는 혼인 서약이 제일 중요하다고 생각한다. 혼인 서약은 유효기간이 없기 때문이다.

나는 결혼식 전에 사무실로 신랑 신부를 초청하여 차 한잔하면서 경험담을 얘기해 주고 당일의 마음가짐과 결혼하게 된 배경 등에 대해 나누는 정담을 토대로 친밀감을 가진다. 주례사는 가능하면 7분을 지키려고 한다. 부부가 희망하면 자녀 출생 시 작명까지 서비스해 준다. 주례사 때 몇 가지는 특히 강조한다.

① 가정은 하나의 공동체로서 소중하게 생각해야 한다. 그 이유는

- 가정에서 인간관계를 배우게 되고
- 가정에서 상대를 대접하고 배려하는 것을 공부하게 되며
- 가정이 건강해야 건강한 사회생활을 할 수 있기 때문이다.
- 또 자식들에게 모델이 되어야 한다.

② 사랑이 중요하다

- 결혼은 사랑의 시작이다.
- 결혼은 행복하기 위해서 하는 것이다.
- 경제적 어려움이 다소 있더라도 저명인사가 아니어도 진정한 사랑만 있다면 행복할 수 있다.
- 사랑은 혼자 해서는 의미가 없다.
- 서로를 위해서 있는 것이 사랑이다.
- 서로가 사랑하되, 사랑하기 힘들 때 사랑해야 한다.

③ 상대의 부족한 점을 덮어주는 가정생활도 당부한다

- 행복한 가정을 위해서는 희생하는 공동체가 필요하다.
- 희생 없는 사랑은 알맹이가 없기 때문이다.
- 어떤 경우에도 상대의 약점과 상대방 가정에 대한 약점을 무기로 마음을 아프게 해서는 안 된다.
- 천국의 예고편을 보여주는 아름다운 가정을 꾸려나가길 당부한다.
- 결혼의 경주는 어느 한쪽이 아닌 양쪽 모두가 승리해야 아름답다.

④ 자기 발전을 위해 노력하자

- 지금은 100세 시대다. 과거의 결혼생활은 성실하고 건강하면 충분했지만, 미래에는 하루가 다르게 변하고 있는 시대에 적응하기 위해 끊임없는 자기 발전을 위한 노력이 필요하다.
- 지금껏 얻은 것 이상으로 사회를 위해서 뭔가를 해야 한다.

⑤ 한 가지 더 추가한다면 부모님을 공경해야 한다

예로부터 효자 집안에 효자 나고, 통계적으로도 효로써 섬기면 본인이 장수한다고 한다. 물질적 효도보다 더욱 중요한 것이 정신적 효도다. 효란 거창하거나 어려운 것이 아니라 그냥 부모님을 기쁘게 해드리는 것이 최고의 효다.

˚ 기회와 시간

예컨대 대학 입시를 삼 개월 앞둔 아들이 공부는 등한시하고 게임에만 집착하고 있을 때 미래를 생각해서 공부하라고 하면, 10분만 또는 20분만 놀다가 공부하겠다는 대답을 듣는다고 치자, 아들의 마음속에는 아직 시험이 석 달이나 남았으니 급하지 않다는 생각을 하는 것일까? 부모로서는 자식 장래가 걱정되어서 하는 말인데 아들의 반응은 부모님 마음을 아프게 한다.

나는 사무실을 방문하는 사람들이나 친구들 모임이나 사석에서 전도에 대한 권유를 자주 하는 편이다. 상대방은 아직 때가 안 되었다는 이유로 핑계를 대곤 한다. 나쁜 짓하지 않고 착하게 살고 있기 때문에 사후 세계에 대한 내 생각에 동의할 수 없다는 태도다. 이유인즉 절대자를 믿는 것은 흠이 많거나 죄를 지은 사람이 하는 행동이라는 투다. "언젠가는 가겠다"라고 하는 이도 있다. 공부나 믿음도 때(시간)가 중요한데 미루는 것은 기회의 속성을 모르기 때문이 아닐까 싶다.

대부분의 사람은 지나간 세월을 돌이키며 그때가 기회였는데 살리지 못했다며 아쉬워하거나 후회하는 경우가 많다. 어쩌면 오늘이 내 인생에 가장 좋은 기회인지도 모른다. 인간은 신이 아닌 까닭으로 어느 때가 최적의 기회인지는 누구라도 알 수 없다.

그러나 기회는 누구에게나 오게 마련이다. 다만, 늦게 오거나 일찍 오는 차이가 있을 뿐이다. 기회란 예고 없이 왔다가 소리 없이 지나가기 때문에 찾아오는 기회를 잡기 위해서는 평소 준비가 되어 있어야 한다. 어렵게 얻은 기회를 발로 걷어차 버리는 누는 범하지 말아야 한다. 또 하나 분명한 것은 기회란 빈부, 귀천, 남녀노소를 가리지 않고 찾아온다는 점이다. 공평한 기회가 주어지기를 소망하면서도 기회를 잡지 못하는 것은 절실함의 부족 때문은 아닐는지?

나는 정년퇴직 후 60이 훨씬 지난 나이지만 기회를 놓친 대학 공부와 소규모라도 개인 사업을 하는 것을 두고 깊은 고민을 한 적이 있다. 성격상 오랫동안 생각하기 싫었다. 최악의 경우 주택을 모기지로 전환하여 생활하거나 아니면 고향에 가서 농사 일하면 의식주는 해결할 수 있다는 배수진을 치고 이틀간 고민하다가 결론을 내렸다. 나중에 후회할망정 공부할 기회는 지금이 마지막이라는 생각이 들어 공부를 시작했다. 그 후 박사 학위를 받기까지 8년 동안 망막박리 수술 등 우여곡절도 많았지만, 괜히 공부를 시작했다는 후회는 단 한 번도 하지 않았다. 오히려 정신적으로 한 단계 성숙하는 계기가 되었고 자기만족을 느끼는 절호의 기회였다고 생각한다.

이비대시 이시흥사(以備待時, 以時興事)[6] 즉 준비하여 놓고 때를

---

6 『관자』, 제나라 관중의 이름을 따서 후세에 편찬한 책, 제나라의 법가를 위주로 하여 여러 학파의 사상 논문을 엮어놓았음.

기다리며 때가 왔을 때 일을 성사시킨다, 기회를 대비한 충분한 준비를 강조하는 말이다. 어떤 일이든 사전에 충분한 준비 없이 임하면 성공이 어렵고, 애써 준비했어도 좋은 시점에 시작하지 않으면 실패하기 쉽다는 말이다. 인생에서도 꼭 한두 번의 기회는 찾아오므로 평소 준비가 필요하다. 나는 준비하고 있었는가…? 막연히 어떤 우연에 기대어 행운을 기다리지는 않았는지? 이 시간에도 기회는 주인을 찾고 있지만, 내 안목과 판단력 부족 때문에 마음의 문을 닫고 있지는 않은지 함께 고민해 봤으면 한다.

°기회와 성공

일반적으로 기회를 얘기할 때 성공과 결부시킨다. 기회의 사전적 의미는 어떠한 일이나 행동하기에 가장 좋은 때나 경우를 말한다. 흔히들 한번 지나간 기회는 다시 돌아오지 않는다고 말한다. 그렇기 때문에 기회가 왔을 때 놓치지 말아야 하고 기회가 지나가기 전에 잡는 사람이 성공한다고 한다. 과연 기회는 가기 전에 반드시 잡아야 하고 한번 지나간 기회는 다시 오지 않는 것인가? 만약 그렇다면 인생의 여정이 너무 밋밋한 게 아닌가? 운동경기에서도 패자부활전이 있고, 기업의 경우도 몇 번 부도가 나더라도 재기해서 성공한 예는 얼마든지 있다. 옛말에도 삼세번이라는 말이 있지 않은가?

흔히들 세계에서 기회가 가장 많이 주어지는 나라가 미국이라 한다. 예컨대 우리나라의 일부 연예인이나 사업에 실패한 사람들이 이민을 가장 많이 떠나는 나라도 미국이다. 체면 문화가 강한 우리나라에서는 이웃의 눈 때문에 허드렛일하기에 곤란하지만, 미국에 가서는 접시를 닦거나 청소일도 마다하지 않고 열심히 하여 성공한 사례를 TV나 매스컴을 통해서 가끔 접할 때가 있다. 특히 미국은 성별이나 학력, 연령과 무관하게 기회가 주어진다고 한다.

내 경험으로는 기회가 한번 지나갔다고 해서 영원히 돌아오지 않는 것은 아닌 것 같다. 그렇다고 기회가 무한정으로 반복해서 오는 것은 더욱 아니다. 그렇다면 어떻게 해야 성공하는 것인가? 기회는 그냥 저절로 오는 것이 아니기 때문에 누군가에 의해 만들어질 때 그것을 놓치지 않는 일이 중요하다. 누구에게나 성공의 기회는 온다. 우리 인간은 천성적으로 타고 태어난 교만과 자기 과시 때문에 소중한 기회가 주어졌을 때 달갑게 생각하지 않거나 시시하다고 여겨 본인의 잘못된 판단으로 기회를 놓치고 마는 것은 아닌지?

성경에는 "네가 네 하나님 여호와의 말씀을 청종하면 이 모든 복이 네게 임하며 네게 이르리니(신명기 제28장 제2절)"라고 했다. 겸손한 마음을 가진 사람에게는 은혜를 더해주시고 교만한 자는 물리치신다는 말씀인 듯하다. 이렇듯 기회가 주어졌을 때 욕심을 부리지 말고 붙잡아야 한다. 개인의 나이에 따라 기회에 대한 생각이나 인식도 다를 것이다. 나이가 많을수록 기회에 대한 조바심이 생길 것이고, 연령이 상대적으로 낮은 사람은 자기에게 찾아오는 기회가 아직도 많이 남아있다고 생각할 것이다.

특히 배움의 기회가 왔을 때 여러 가지 핑계로 행동에 옮기지 않는다면 마치 사과나무를 심지 않아 가을에 탐스러운 사과를 먹을 수 없는 이치와 다르지 않다. 이는 결국 맛난 사과 먹을 기회를 놓치는 것이다. 기회가 왔을 때 미루고 또 미루다 보면 영구히 기회를 날려 버릴 수 있다. 세월은 누구에게나 공평하게 주어졌지만 한정된 시간을 어떻게 활용하느냐에 따라 마지막에 나타나는 결과는 하늘과 땅 차이가 아닐까 싶다. 시간은 결코 나를 위해 멈춰주지 않는다. 학문과 세월을 다시 생각해 보기에 적당한 '주자십회훈'을 살펴본다.

少年易老學難成 一寸光陰不可輕 (소년이노 학난성 일촌광음 불가경)
未覺池塘 春草夢 階前梧葉已秋聲 (미각지당 춘초몽 개전오엽 이추성)

소년은 늙기 쉽고 학문은 이루기 어려우니
짧은 시간이라도 가벼이 여기지 말라
아직 연못가의 봄풀은 꿈에서 깨어나지 못했는데
어느덧 세월은 흘러 섬돌 앞의 오동나무는 벌써 가을 소리를 내느니라

시간에 대한 중요성을 일깨워주는 내용이다. 기회 왔을 때 게을리하지 말라는 교훈으로, 이는 딱히 공부에만 해당하는 것은 아니라 생각한다. 물론 학력이 높다고 해서 꼭 행복한 것은 아니다. 하지만 늦었다고 생각할 때가 제일 빠르다는 말이 있듯이 그런 생각이 들 때 더는 미루지 말고 용기를 내어 도전해야 한다. 내가 박사 과정에 도전했을 때 친구를 비롯하여 대부분 사람은 공부하기에는 너무 늦은 나이니 수명대로 살고 싶으면 포기하라고 했지만, 지나고 보니 내게는 그때가 가장 좋은 기회였다. 여러 가지 악조건이었지만 제도권 내의 배움은 마지막이라 생각

되어 이 기회만은 놓치고 싶지 않았다. 만약 그때 공부하는 기회를 놓쳤다면 박사 학위 취득은 물론 대학에서 학생을 지도하는 일은 없었을 것이다. 학위 취득 후 무엇보다 좋은 점은, 우선 나 자신이 일상에서 자신감을 가질 수 있으며 심적으로 부자가 된 마음을 지닐 수 있음이다.

　우리 인간은 대부분 태어날 때부터 잠재력이 있으면서도 자신을 과소평가하거나 또는 과대평가하여 기회를 날려버리는 경우가 더러 있다. 과거에 집착하거나 닥치지도 않은 미래에 대한 지나친 염려는 본인에게 아무런 도움이 되지 않을뿐더러 시간만 낭비할 뿐이다. 철저한 준비가 정답이다.

˚성공 방정식

나는 2019년 9월 17일 언론계와 공직, 기업체, 교수직 등 다양한 경험을 하고 퇴임하시는 노(老)교수님의 고별 강의 장소에 초대받았다. 그분은 특히 부동산 분야에 많은 저서와 큰 업적을 남기신 분으로 평소 존경하던 분이다.

주인공은 한성대학교 대학원장을 끝으로 마지막 고별 강의를 한 이태교 교수님이다. 학교와 후배 교수, 제자들이 마련한 장소였다. 100여 명이 넘는 후학과 제자들을 상대로 주옥같은 말씀을 해주셨다. 강의 중 성공에 대한 정의가 인상 깊었다. "성공이란 내가 하는 것이 아니고 남이 시켜주는 것"이라 했다. 그러기 위해서는 인간관계가 확실해야 한다는 것이다.

인간관계의 핵심은 바로 신뢰임을 강조하셨다. 즉 성공의 조건으로는 재능이 15%이고, 나머지는 인간관계라는 것이다. 또한, 성공의 지름길은 정직이라는 말도 덧붙였다. 정직이란 단어 자체는 초등학생도 알겠지만 중요한 것은 정직을 실천하는 일임을 강조하시는 노교수의 말씀이 가슴 깊이 와닿았다.

성공을 꿈꾸지 않는 사람은 없다. 그러나 모든 사람이 다 성공하는 것은 아니다. 어떤 사람은 평생토록 성공을 꿈꾸다 인생을 끝내는 예도 있고, 어떤 사람은 성공을 이룬다. 성공한 사람은 특별한 비결이 있는가? 내 주변을 살펴봐도 성공은 운보다는 성공에 대한 대가를 충분히 지불했을 때 가능하였다. 즉 노력 없는 성공은 있을 수 없는 것이다.

본인 능력에 스스로 한계를 짓거나 목표 의식이 없는 사람, 비판적이거나 부정적인 사고를 일삼는 사람, 말만 앞세우고 실천으로 옮기지 않는 사람은 대체로 성공하기 쉽지 않은 것 같다.

곤충학자이자 벼룩 여왕으로 알려진 루이저 로스차일드 박사의 벼룩 실험은 환경과 습관이 한계를 단정할 수 있다는 점을 지적하는 사례다. 30㎝를 뛰어오르는 벼룩을 높이 10㎝ 유리컵에 넣고 뚜껑을 닫았다. 벼룩은 높이 10㎝ 뚜껑에 계속 부딪혔다. 그러나 뚜껑에 부딪히는 소리가 나지 않을 때 뚜껑을 열었더니 유리컵 밖으로 나오는 벼룩이 없었다고 한다. 본래 능력의 3분의 1밖에 안 되는 높이임에도 유리병에 갇혀서 능력을 발휘하지 못한 것이다. 로스차일드 박사는 무기력이 학습돼 스스로 능력을 제한했다고 추론했다.[7] 이는 실패의 경험을 통해 자기의 행동반경을 제한한 결과다. 자신이 규정한 대로 세상도 나를 규제하게 된다. 목표의 크기가 그 사람의 크기가 된다는 것이다.

비커에 개구리를 넣고 서서히 열을 가하면 물이 따뜻하여 헤엄치고 다닌다. 계속 열을 가하면 밖으로 탈출하려고 애쓰지만, 이미 근육과 신경이 기능하지 못하기 때문에 죽고 만다.

변화의 방향과 양상을 예측하고 적절히 대응할 때만이 성공

7 김원배, '유리병에 갇힌 벼룩', 통신방송부 데스크 adolfkim@etnews.com, 전자신문, 2019. 4. 22.

할 수 있다. 성공하는 사람과 그렇지 못한 사람의 차이는 여러 가지가 있겠지만 그 사람 그릇의 차이가 결정적이라고 생각한다. 그릇이 부실하면 안 된다. 밑 빠진 독에 물 붓기란 말처럼…. 또한, 대부분 사람은 자기 주견을 중요시하며 살아가기를 원한다. 어떤 일을 하든지 양식을 벗어나서는 설사 성공하더라도 존경의 대상은 아니다. 더불어 다른 사람이 본받고 싶은 사람이 돼야 한다.

스승은 본인이 학생일 때 스승으로부터 물려받은 지식을 후배 제자들에게 민주적으로 지도해 주어야 한다. 논문지도를 받는 제자에게 이른바 '갑질'을 해서는 안 된다. 그렇다고 자유방임적 스승을 원하는 것은 더욱 아니다. 자유방임적 스승의 경우 장점은 있으나 엄격한 평가를 받아야 통과되는 학위를 취득하는 데는 도움이 되지 않는다. 학생들은 이런 교수보다는 차라리 엄격한 스승으로부터 체계적인 '지옥 훈련' 형태의 논문지도를 받기를 희망하고 있는지 모른다. 민주적 의식을 지닌 스승을 만나는 것은 일생일대의 큰 복이자 행운이다.

하나님 나라에서 성공의 조건은, "겸손과 여호와를 경외함의 보상은 재물과 영광과 생명이니라(잠언 22:4)."라는 말씀을 통해 알 수 있고, "너희는 먼저 그의 나라와 그의 의를 구하라. 그리하면 이 모든 것을 너희에게 더하시리라.(마태복음 6:33)"라고 상기시킨다. 세속의 소유는 하나님 나라의 '의', 그다음이라고 정의하고 있다. 필자가 생각하는 성공이란? 자신이 세운 목표를 달성하는 것이며, 자신이 하고 싶은 일을 하고, 어제보다는 향상된 오늘이라고 감히 이야기하고 싶다.

미국의 사상가요 시인인 랄프 왈도 에머슨[8]은 '무엇이 성공인가'라는 시에서 다음과 같이 읊는다.

성공이란? 자주 그리고 많이 웃는 것

현명한 이에게 존경받고, 아이들에게 사랑받는 것

정직한 비평가의 찬사를 듣고, 친구의 배반을 참아내는 것

아름다움을 식별할 줄 알며, 다른 사람에게서 최선의 것을 발견하는 것

건강한 아이를 낳든, 한 뙈기의 정원을 가꾸든,

사회의 환경을 개선하든 자기가 태어나기 전보다

세상을 조금이라도 살기 좋은 것으로 만들어 놓고 떠나는 것.

자신이 한때 이곳에 살았음으로써, 단 한 사람의 인생이라도

행복해지는 것. 이것이 진정한 성공이다.

이어서 그는 "진정한 성공이란 나 혼자만이 아닌, 다른 사람들과의 관계 속에서 인정받고 세상의 변화에 기여하는 것"이라 덧붙인다.

일반적으로 대부분의 사람은 돈을 많이 벌고, 권력을 잡고 명

---

8 랄프 왈도 에머슨, (Ralph Waldo Emerson) (美), 사상가, 시인. 자연과의 접촉에서 고독과 희열을 발견하고 자연의 효용으로서 실리(實利)·미(美)·언어(言語)·훈련(訓練)의 4종을 제시했다. 정신을 물질보다도 중시하고 직관에 의하여 진리를 알고, 자아의 소리와 진리를 깨달으며, 논리적인 모순을 관대히 보는 신비적 이상주의자였다. 출생-사망:1803년 5월 25일~1882년 4월 27일), 주요 저서에는 『제1 수필집』, 「자연」 「시인」 「경험」 등으로 구성된 『제2 수필집』, 『자연론』, 『대표적 위인론』, 『사회와 고독』 등이 있다. 두산동아 백과.

예를 얻으면 성공한 사람이라고 생각한다. 겉보기에는 성공한 것처럼 보이지만 이들 중에는 내면적으로 건강하지 못한 사람이 많다. 겉으로 보기에는 밑바닥 인생을 사는 것 같지만, 이들 중에 진짜 성공한 사람도 많다. 그러니 물질적인 성공이 곧 행복이라는 등식이 성립할 수는 없을 것 같다. 돈과 명예, 권력 등 소위 사회적 성공이 행복과는 직결되지 않는다는 것은 누구나 아는 사실이다. 또 어떤 성공도 순조로운 성공은 없기 때문에 낙심이나 중도에서 단념하는 것은 금물이다.

우리는 금전욕, 권력욕, 명예욕 등의 성취 여부를 바로 성공의 척도로 생각하기 쉽다. 그러나 이러한 욕망은 그 자체가 성공의 종착지라기보다 오히려 진정한 성공의 길로 향하는 수단 또는 방편이라는 표현이 옳을 것 같다. 무엇이 진정한 성공인가는 누구든지 목숨을 다할 때까지 연구하고 고민해야 할 과제인 동시에, 그 답을 찾는 과정 자체가 바로 성공 방정식을 여는 마스터키라고 생각한다. 성공은 내 주위, 다른 사람, 머나먼 곳에 있지 않다. 내 속에 굳건히 자리 잡고 있다. 이를 찾아내어 실현하려는 용기를 가진 사람만이 바로 성공 방정식을 여는 답을 찾을 수 있을 것이다. 파랑새는 바로 내 집에 있었던 것처럼 말이다.

° 건강을 안주 삼아

언제부터인가 친구를 만나거나 전화할 때 첫인사가 건강에 대한 안부다. 자녀들의 문안에도 빠지지 않는 말이 건강이다. 병문안 가서 가장 많이 듣는 말은 돈도 다 필요 없고 건강이 최고라는 말이다. 건강은 개인을 위해서 뿐만 아니라 가정, 국가, 기업, 대학, 단체나 소그룹에서도 동일하게 중요한 가치를 지닌다. 전문경영인으로 오랜 시간을 보낸 경험상 건강한 기업 정신은 건강한 기업문화와 직결되고, 기업에 종사하는 개개인의 정신이 건강할 때 조직의 발전도 가져오게 된다. 그룹 총수의 경우 육체적으로 질병을 얻거나 신체적 제한을 받을 때 이미지가 실추되고 신규 투자의 위축 등으로 결국 직원의 처우에까지 영향을 미치게 된다.

나의 44년 전 결혼 당시 체중은 60kg으로 턱은 뾰족하고 갈비뼈가 나올 정도로 빈약한 몸매를 유지하고 있었다. 그러나 결혼 10년 정도 지난 뒤부터 깡마르고 날씬한 몸매는 점점 부드러운 곡선으로 변해 갔다. 혈압은 높아지고 허리띠의 칸은 몇 개월마다 한 칸씩 늘어났다. 아무리 먹어도 살이 안 찌는 체질인 줄 알았는데 언제부터인가 먹는 대로 살로 가는 느낌이었다. 먹고 싶은 음식도 참아야 하니 그야말로 격세지감을 느낄 정도였다.

50대부터는 날씬했던 몸매와 과거와 같은 몸무게는 아예 포기하고 살았다.

15년 전 도저히 상담을 받지 않으면 안 될 정도로 위험수위에 가까워진 것 같아 한의원을 찾아가니 3개월간 식단과 약물 복용을 병행하면 10㎏ 이상 감량시켜 줄 수 있다고 했다. 그날부터 밥그릇을 받으면 무조건 반을 덜어놓고 나머지 반 그릇 먹기를 3개월간 계속했더니 약속대로 10㎏ 이상 감량되었다. 너무 기분이 좋았다. 심지어 막내아들 결혼식 때는 축하객이 왔다가 혼주가 없다며 그냥 발길을 돌리는 웃지 못할 해프닝도 있었다.

일단 감량에는 성공했다. 그 당시 오랜만에 만난 지인이 내 야윈 얼굴을 보더니 건강은 건강할 때 지켜야 한다는 충고까지 하였다. 워낙 식탐이 많은지라 밥을 적게 먹는 일은 여간 고통이 아니었다. 그러나 온갖 어려움을 무릅쓰고 감량한 몸매인데 큰맘 먹고 식사량을 줄이고 특히 저녁에 음식물 섭취를 최대한 억제했다. 그러자 양복바지 허리사이즈도 저절로 줄어들었다. 1개월 정도 지났는데 체중도 감량된 상태로 유지되어 자신감이 생겼다.

그러나 이후 삼겹살이며 밀가루 음식 등을 닥치는 대로 먹었다. 정직하게도 요요현상이 일어나 5개월 만에 원상 복귀되었다. 노년기에 접어든 지금부터는 육체적 건강을 위해 무슨 운동이든지 직업처럼 생각하고 관리를 바로 시작해야 하는데 실천에 옮기지 못하고 차일피일 미루어 왔다.

우리 집안은 조부님부터 3대째 체질적으로 알코올과는 거리가 먼 집안이라 술로 인한 질병은 없었고 담배는 군 복무 중 끊었다. 오래 사는 것도 중요하지만 건강하게 노년을 보내야 하기 때문이다. 아침에 일어나면 따뜻한 물 한 컵 마시고, 유해 활성산소를 없애는 비타민을 곁들인 건강식품을 아내가 챙겨 줘서 먹고 있는데 효과가 나는 것 같다. 건강에 도움이 된다는 친구의 권유로 30년 전부터 골프를 가끔 쳤는데 재미는 있으나 시간이 많이 소요되는 단점이 있다. 그렇기는 해도 노후에 시간 보내기 좋고 몸에 무리도 가지 않고 지인들과 4시간 정도 필드를 걸으며 담소를 나누는 것 자체가 건강에 도움이 된다고 생각했다. 그러나 망막박리 수술로 골프공을 제대로 맞출 수 없는 불편함 때문에 지금은 중단하고 있다.

육체적 건강 못지않게 정신적 건강을 유지하는 것이 더욱 필요하다고 생각한다. 역설적으로 건강한 정신에 건강한 육체가 깃든다는 말도 있지 않은가? 육체의 힘은 정신이 주는 충격을 견뎌낼 정도로 강하지 못하다. 육체적으로 아무리 건장한 사람도 정신이 허약해지면 건강한 삶을 살 수 없다. 누구나 건강하게 오래 살고 싶은 마음을 갖는 것은 인지상정인 동시에 기본적인 욕망일 것이다. "건강할 때 건강의 고마움을 모른다는 것도 불행한 일이다"라는 채근담(菜根譚)[9]의 교훈을 되새길 필요가 있

9 채근담: 중국 명나라 말기 홍자성(洪自誠)의 어록(語錄). 유교를 중심으로 불교, 도교를 가미하여 처세술(處世術)을 가르친 경구풍(警句風)의 단문(短文) 356구로 구성, 2019. 10. 02 접속.

을 것 같다.

건강이 유지돼야 가정도 평안하다. 특히 나는 어머님께서 뇌출혈로 18년간 불편한 몸으로 여생을 보내시다 소천하셨기 때문에 오랫동안 환자의 불편한 생활을 곁에서 목도했다. 하루하루를 건강하게 산다는 것은 신이 내린 축복이고 행운이다.

나는 약 40년의 직장생활과 더불어 정년퇴직 후 60대 중반에 대학공부를 시작해서 학위를 받을 때까지 8년간은 자신과의 처절한 싸움으로 온몸의 진액이 거의 소진되고, 골수가 마를 정도로 힘들어 건강에 적신호가 오는 것을 느낄 수 있었다. 그러나 박사 학위 취득과 동시에 운 좋게도 모교에서 후배들에게 강의를 할 수 있었던 기간엔 내가 원하던 일이라 몸의 피로는 잊고 보람된 시간을 보냈다. 그러나 연령 관계로 더 이상 정규 강의를 할 수 없게 되자 긴장이 풀림과 동시에 몸무게가 늘어나고 수술한 눈의 시력은 점점 나빠지고 회복될 기미는 보이지 않았다.

2020년 7월~8월 두 달 동안 이영석 박사와 의기투합하여 서울 둘레길 157km를 완주하고 연이어 2020년 9월 4일 경기도 감악산을 시작으로 우리나라 산림청이 선정한 100대 명산에 도전하여 2022년 5월 숙제를 완수할 수 있었다.

그 결과 몸매도 자연스럽게 약 7kg 감량되고 혈압 수치도 상당히 좋아져 일석이조를 거둘 수 있었다.

경험상 건강관리도 취미를 뛰어넘어 직업처럼 생각하고 이행할 때 소기의 성과를 거둘 수 있음을 감히 말씀드리고 싶다.

° 역사 만들기

역사란 언제 어디서 누가 어떤 의도를 가지고 참여해서 어떤 영향을 끼치는가에 따라 다르게 기록될 수 있다. 역사를 바라볼 때, 혹은 기록할 때 중요한 요소는 왕과 제국, 치열한 전쟁, 문명의 발달, 권모술수 그리고 빼놓을 수 없는 물질 등 다양하다. 그중 가장 중요한 것이 사람이다. 사람이 개입되지 않은 역사는 존재할 수 없으며 사람이 남긴 기록이 곧 역사요 중요한 사료가 된다. 따라서 역사는 사람과 시간과 장소를 빼놓을 수 없다. 우리는 그 시대 사람이 기록한 사료를 통하여 과거를 알 수 있고 과거에 대한 반성과 경험의 되살림을 통해 오늘을 조명한다. 오늘이라는 현재는 미래와 연계되어 있다.

또한, 역사를 이루는 공동체의 주역은 그 현상을 이루기 위해 참여한 모든 사람이며, 그중 업적이 두드러진 인물이 역사적 기록의 표면에 등장하게 된다. 이처럼 올바른 기록은 국한된 추억담을 뛰어넘어 많은 사람에게 교훈을 주게 된다.[10] 그러나 동일한 역사도 누가 어떤 렌즈를 끼고 판단하고 평가하느냐에 따라 다르게 해석되는 경우가 있다. 역사는 왜곡되어서는 안 되며 특히 기록을 남길 때는 열린 마음으로 접근해야 한다. 특히 역사

---

10 김종성, '충의공 백촌선생 사육신 현창에 대한 제언', 2019.9.22. 학술강연회집, p.105.

는 어느 특정인의 전유물이 되어서는 안 된다. 한쪽 눈을 감은 채 역사를 바라봐서는 안 된다.

그러므로 하나의 국가, 인류뿐만 아니라 개인, 가족, 기업, 단체 등 어느 하나 역사가 아닌 것이 없다. 개인의 역사도 마찬가지다. 사람이 출생에서 사망할 때까지의 삶 자체가 개인의 의미 있는 역사며, 후손들에게 중요한 교훈을 줄 수 있다. 모든 사람은 희로애락(喜怒哀樂)의 역사가 있다.

나는 깡촌에서 태어나 유년 시절은 열두 식구가 산골 초가 한집에서 아옹다옹하면서 보냈다. 청소년기를 거쳐 치열하게 사회생활을 거처 어느덧 70 중반을 보내고 있다. 청소년 시절 당시 여느 학생들처럼 꿈을 과학자나 장군이라고 생각하고 생활했지만, 세월이 지나고 보니 꿈은 꿈에 불과했고 하나의 망상이 되고 말았다. 돌이켜보면 목표에 대한 신념이 부족했던 것 같다. 한편으로는 나름대로 소신과 보람 가운데 지금껏 이럭저럭 살아온 것 같기도 하다.

40여 년 가까운 직장생활 후 환갑이 훌쩍 지나 공부를 시작하면서 각오하기를 내 노후의 역사는 70세까지 박사 학위를 취득하는 것으로 시작한다는 티켓을 예매해 놓고 도전했다. 서울에서 출발하여 부산행 기차는 힘차게 출발했으니 종착역에 무사히 도착하느냐 마느냐는 전적으로 나 자신에게 달려있다. 예매한 기차표로 승차를 해야 대전에 가든 대구에 가든 갈 것이기 때문이다. 당시 누가 들었으면 소도 웃을 짓이라고 비웃었을지도 모른다. 그러나 내 역사는 내가 써 가야지 다른 사람이 대신 쓸 수 없기 때문에 어금니를 꽉 물었다.

'분명한 것은 사업이든 공부든 사람이 하는 일이지 않느냐'는 마음으로 덤벼들었다. 개인의 역사라 할지라도 적어도 자식들이 보기에도 가치 있는 일이라 생각했다. 학사(學士)역까지는 무사히 도착했다. 남은 두 개 역을 통과해야 한다. 그러나 석사과정을 하면서 저하되는 기억력, 노환으로 인한 눈의 피로 등 청년 시절의 신체 반응과는 많은 차이가 난다는 것을 몸소 느낄수 있었다. 그러나 초심을 잃어서는 안 되지 않는가? 이것은 자존심을 넘어 자신의 역사성과 직결된 것이기 때문에 포기할 수 없었다. 스스로 묻고 답하는 와중에 어느덧 석사(碩士)역에 도착했다. 드디어 마지막 역만 남았다.

박사 학위를 취득하려고 입학하는 사람은 나름대로 뜻을 품고 오는 사람이다. 어떤 사람은 명예를 위하여, 혹은 자기만족을 위하여 온다. 어떤 사람은 학문의 깊이를 더하기 위하여 오고 어떤 사람은 학자의 꿈을 안고 오기도 한다. 어떤 사람은 사업에 도움을 얻으려고 문을 두드리는 등 여러 부류가 모인다. 많은 사람이 도전하지만 모든 사람이 학위를 취득하는 것은 아니다. 수년의 시간이 흘러도 학위를 취득하지 못하고 포기하는 것은 명확한 자기만의 역사성이 절실하지 않거나, 절실하지만 우선순위에서 후순위로 밀렸기 때문일 것이다.

나는 연령 등 상대적으로 동료 원우들보다 부족한 부분이 많다는 점을 인지하고 있었기 때문에 겸손함을 잃지 않고 전력투구한 것 같다. 연구하면서 어려울 때마다 스스로 되물었다. 내가 기차표를 예매할 때는 도중에 하차하거나 목적지를 변경하려고 한 것은 아니지 않느냐? 하고. 그러나 한때는 스스로 한 약속을 두고 '못 지킬 수도 있는 거지 뭐', '내년에 하면 되지 뭐', 하는 생각을 할 때도 있었다. 그럴 때마다 '쇠뿔도 단김에 빼라'라는 말이 내 머리를 짓눌렀다. 다른 사람과의 경쟁이 아닌 자신과의 싸움에서 이겨야 목적 달성을 할 수 있기 때문이다.

특히 종합시험을 목전에 두고 겪었던 두 번의 망막박리 수술은 청천벽력과 같았다. 여기까지 오는 동안 숱한 우여곡절을 다 겪었는데 종착역에 도착하기 위한 마지막 고비는 너무 고통스러웠다. '사라호' 태풍 때가 떠올랐다.

불서(佛書)에도 전쟁에서 백만의 적을 물리치는 것보다 자기 한 사람을 이겨야 최고의 승리자가 된다는 말이 있다.

누군가 역사의 가장 큰 죄는 오늘의 입장에서 과거를 보는 것이라고도 한다. 오늘을 기준으로 하여 과거를 보면 안 된다. 이 시대 하나의 화두로 떠오른 친일 청산 문제도 역사적 진실을 좌우 진영에 따라 달리 평가하는 것을 보면 본질을 훼손할까 두려운 생각이 든다. 에드워드 카(E·H. Carr : Edward Hallet Carr)[11]는 『역사란 무엇인가』에서 역사란 역사가와 사실들 사이의 끊임없

---

11 E·H. 카(1892~1982:영), 역사학자, 케임브리지대학교 졸업, 1916년부터 영국 외무성 근무. 대표작으로는 『소비에트 러시아사』

는 상호작용 과정으로, '현재와 과거 사이의 끊임없는 대화이다' 라고 했다. 즉 역사는 대화하지 않으면 역사가 아니다. 그렇기 때문에 우리는 역사를 계속해서 공부해야 한다. 역사는 지혜를 주기 때문이다.

우리 인간은 크게 두 가지를 소망한다고 한다. 그 첫 번째가 괴로움에서 벗어나고 싶은 소망이고, 다른 하나는 즐거움을 찾고자 하는 소망이다. 그런데 학위 논문을 쓰기 위해서는 많은 양의 공부를 하지 않으면 학위 취득이 거의 불가능하다고 해도 과언이 아니다. 그렇다면 공부하는 괴로움을 즐거움으로 삼을 줄 알아야 한다는 얘기가 된다. 분명한 것은 내 역사는 누구도 대신 써줄 사람은 없다는 사실이다.

우리 가문의 역사

° 여행과 인생

내가 직장생활 할 때는 신입직원이 회사에 입사할 때나 인사 기록 카드를 작성할 때 취미를 기록하는 난이 있었다. 자기소개 서를 작성할 때도 본인의 취미에 대해서 기록하고 이유를 설명 하기도 한다. 취미란을 살펴보면 독서, 운동, 등산, 영화관람, 음식 만들기 등 다양하며 여행이라고 적어놓은 사람도 많다.

흔히들 인생을 여행에 비유하기도 한다. 우리나라의 경우 국 민소득 증가에 힘입어 여행에 관한 관심이 매우 높다. 나이가 들수록 여행에 대한 관심도는 더 높아지는 추세다. 내가 늦은 나이에 공부를 다시 해보려고 했을 때도 주위의 많은 사람에게 서 가장 많이 들어본 말이, 언제 건강이 악화될지 모르는데 여 행이나 하면서 여생을 즐겁게 보내라는 조언이었다.

여행(旅行)의 사전적 의미는 일이나 유람을 목적으로 다른 고 장이나 외국에 가는 일, 또는 자기가 사는 곳을 떠나 타지로 나 다니는 일이다. 아마도 신체적 불편함이 없는 사람이라면 여행 을 싫어하는 사람은 그리 많지 않을 것이다. 여행이라 해서 반 드시 멀리 떠나야 하는 것은 아니다. 집을 벗어나 이웃에 마실 가는 것도 여행이다. 자전거를 타고 나들이하는 것도 여행이고, 버스나 승용차를 타고 맛집이나 명승지를 구경하는 것도 여행이다. 그러나 뭐니 뭐니 해도 여행의 백미는 비행기를 타고 멀리 떠나는 일이 아닐까 싶다. 그런 여행은 언제나 가슴을 설레게 한다. 특히, 집이라는 꽉 짜인 틀에서 벗어나 낯선 땅에 가보는 것은 매우 신나는 일이다.

흔히 인생을 여행에 비유하는 것은 출발할 때는 날씨가 좋다가도 목적지에 도착할 무렵 폭풍우가 몰아쳐 아름다운 풍광 보기를 포기하는 일이 일어날 수도 있다는 것과 다르지 않기 때문이다. 지인의 소개를 받고 꼬불꼬불한 산길을 따라 하룻밤 묵어갈 숙소에 녹초가 되어 도착했을 때 주인아주머니가 내놓은 차 한 잔은 지친 피로를 날려버리는 촉매가 되기도 한다.

여행은 혼자 하는 것도 묘미가 있지만, 동행자가 있을 때 더 즐겁고 재미가 있다. 여행 중에 배려를 공부할 수 있어 좋고, 여행이 끝나면 헤어져야 하므로 더욱 좋다고도 한다. 우리 인생은 어디에선가 가족과도 친한 친구와도 헤어져야 한다. 그럴진대 모든 여행은 이런 헤어지는 연습을 내장하고 있다.

나는 1987년 12월 12일 3박 4일 일정으로 처음 해외여행을 경험했다. 여행지는 일본이었다. 당시에는 비자 받기도 상당히 까다롭던 때라 회사에서 여행사에 의뢰하여 비자를 받은 기억이 난다. 입사한 지 2년 정도 되었을 무렵 이후 내 후임으로 아가월드 대표를 역임한 조주묵 대표와 함께 포상 겸 견문을 넓히고 오라는 의미로 회사가 배려한 여행이었다. 당시 우리나라는 88 하계 올림픽을 한창 준비할 때이고 일부종목은 일본과 공동

263

개최하는 시기라 일본인들이 상당히 친절하게 대해주었다.

생전 처음 가는 해외여행이라 설렘도 있었지만, 한편으로는 언어 문제 등 불안한 마음도 떨칠 수가 없었다. 지금 생각하면 우스운 일이지만 두 명이 출발하는데 10명 이상의 임직원이 김포공항(당시는 인천공항은 없었음)까지 와서 환송하곤 했다. 마치 독립운동하러 가는 정도의 유난을 떨었으니! 그로부터 아가월드 재직 26년간 출장을 겸해 80여 차례 이상 해외여행을 경험했다.

여행은 동일한 장소를 가더라도 갈 때마다 새로운 감정과 색다른 맛을 느낄 수 있다. 수십 차례의 해외여행이었지만 순전히 관광 목적으로 여행한 경우는 손꼽을 정도이고, 대부분 출장업무를 마친 뒤 관광을 하는 형태였다.

그러나 아내와는 40년 전 제주도에 다녀온 신혼여행이 전부다. 퇴직 후 세계 일주를 시켜주겠다고 약속했지만, 여태껏 지키지 못하고 있다. 퇴직과 동시에 공부를 시작하다 보니 시간적여유가 없었다. 우선 손쉬운 국내 명승지나 맛집을 중심으로 실천에 옮기려고 했으나 그것마저도 지키지 못하고 있다.

통계에 따르면 해외여행을 하는 목적은 대체로 운동 및 사교활동, 예술 체험, 도심 관광, 역사 문화 탐방, 현지 생활 체험 등이라고 한다. 물론 여기에는 인구학적 특성인 성별이나 연령, 결혼 상태에 따라 차이가 있을 수 있기 때문에 관광 분야 기업 마케팅에 활용하라는 제언을 밑바탕에 깔고 있다. 국제관광기

처음 해외 여행(일본 디즈니랜드)

구(UNWTO)는 2020년 세계관광 시장의 규모가 약 16억 명에 이를 것으로 예측한다.[12]

즉 65억 인구 중 약 25%가 어떤 모양으로든 집을 떠나 여행한다는 의미다. 여행을 가는 목적은 위에 제시한 내용과 같이 다양하겠지만 제일 중요한 것은 즐겁고 행복해지기 위해서일 것이다. 행선지도 중요하겠고 누구와 함께 가느냐도 매우 중요하다.

내가 경험한 80여 회 해외여행은 대개 회사 관계자와 함께한

---

12 전양진, "한국인 해외여행자의 성별, 연령, 결혼 상태에 따른 관광 활동 비교연구", 동북아관광 연구, 제12권 제1호, 2016.

출장을 겸한 여행이라 마냥 즐겁기만 한 것은 아니었다.

그러나 회사 재직 기간에 얻은 값진 경험이라 항상 감사한 마음을 간직하고 살아가고 있다. 많은 국가 중 여행의 횟수로는 이탈리아, 미국, 일본, 영국이 많았지만, 그래도 이집트와 이스라엘, 이탈리아, 스위스, 네덜란드, 프랑스 등이 의미 있는 여행지로 기억에 남는다. 국가마다 특징이 있는데, 미국은 우리나라와 정치, 경제적으로 가장 밀접한 관계를 맺고 있으며, 일본의 경우는 우리나라와 같이 4계절로 구분되며 숙박 시설에 대한 빈틈없는 서비스가 특징이고 특히 '료칸'이라는 전통적인 숙박 시설에서 옛날 그대로의 일본식 생활양식을 체험할 수 있었다.

이탈리아는 도시별 특징이 가장 뚜렷한 나라로 북부와 남부 간의 기후, 문화, 사람들의 성향도 다른 나라다. 물의 도시 베네치아 산마르코 광장의 대성당에서 본 색다른 건축양식이 기억에 남는다.

회사는 창립 15주년을 맞이하여 미래 먹거리를 고민하던 중 1995년부터 화장품 사업을 본격적으로 전개하기로 하고 프랑스 칸에서 개최되는 전시회에 참석하여 1차 미팅 후 거래를 위해 직접 회사를 방문했으나 15년 동안 출판 미디어 분야에만 사업을 하던 회사가 어떻게 화장품 사업을 하려고 하느냐며 몇 번은 거절당하기도 했다. 그러나 "열 번 찍어 안 넘어가는 나무 없다"는 말처럼 회장님의 집념과 국제담당업무 실무자인 백중흠 이사(지금은 캐나다에 살고 있음)의 끈질긴 설득, 막강한 맨파워(여

이탈리아 보살리노 방문 시(1995년 8월)

성 조직 3,000여 명)를 앞세워 세계적인 향수회사로 알려진 'Donna
BORSALINO'(돈나 보살리노)사와 계약을 체결하였다. 솔향기 나
는 남성 향수와 여성 향수는 그 당시 상당한 인기가 있었다. 프
랑스 한 개사와 이탈리아 한 개사를 추가하여 본격적인 사업을
전개하던 중 1997년 12월 01일에 갑자기 IMF 사태를 맞으면서
우리 회사도 화장품 사업을 접게 되었다.

　스위스는 유럽의 축소판으로 시계의 나라일뿐만 아니라 관광
의 대표적 나라 중 하나다. 특히 해발 3,454m 융프라우요흐는
한 번은 가보고 경험해 볼 만한 곳이다.

　영국은 볼거리가 많은 국가다. 특히 런던의 경우 과거와 현대

를 아우르는 도시구조와 건축물이 다양하다. 템스강변이 눈에 선하며 버킹엄 궁전과 박물관 등을 관람할 수 있는 곳이다.

이집트는 나라 이름과 동의어가 되다시피 한 피라미드와 스핑크스가 있는 나라다. 97퍼센트가 사막인 나라로 수도 카이로에서 이집트 문명을 상징하는 피라미드와 스핑크스를 많이 볼 수 있다. 피라미드는 절대적인 권력을 누렸던 이집트의 왕 파라오의 무덤으로 나일강 서쪽에 자리 잡고 있다.

반면 스핑크스는 동쪽에 있다. 해가 뜨는 곳이기 때문이라고 한다. 카이로 근교에도 크고 작은 피라미드들이 많지만, 대피라미드라고 불리는 3개의 피라미드가 가장 유명하다. 크기 순서대로 파라오 쿠푸, 카프레, 멘카우레의 무덤으로 4,500년 전에 20만 명의 사람이 20년 동안 만든 것이라고 한다. 내부를 볼 수가 있다기에 필자도 비싼 입장료를 내고 들어가 봤지만 좁은 통로와 돌로 된 관 하나가 있었던 것으로 기억된다. 이집트는 나라 전체가 박물관이지만 정치의 후진으로 분배가 제대로 되지 않아 빈곤층이 많다.

이스라엘은 오랜 시간이 흘러 기억이 흐릿하다. 예수님이 십자가를 지고 올라간 골고다 언덕 7처를 따라 예루살렘 성 안에 들어가 예수님의 흔적을 관람할 수 있었고, 많은 관광객이 통곡의 벽 앞에서 기도 드리는 모습이 인상적이었다.

네덜란드는 풍차와 튤립이 떠오르는 나라로 대중교통편을 이용할 수 있다. 높은 산이 거의 없는 나라다. 암스테르담에 있는

골고다 언덕(예수님이 십자가를 메고 가신 길 중 제5처)

국립미술관 관람을 권하고 싶다. 특히 네덜란드엔 이탈리아 태생으로 이탈리아 최초의 여의사이자 교육자로서 19세기 말까지만 해도 체벌과 주입식 교육에 무방비상태로 노출된 어린이 인권에 관심을 두고 이를 개혁하기 위해 일생을 바친 인물의 묘소가 있어 참배한 경험이 있다. 세계적인 니헨후이스 몬테소리 교구는 아가월드가 오랜 기간 국내에 독점 공급하기도 했다.

태국의 경우는 고무나무가 많기로 유명한 나라다. 고무나무는 소재가 부드럽기 때문에 어린이용 목제완구 재료로 안성맞춤이다. 아가월드는 세계적인 완구회사인 씨암(Siam Wooden)과 플렌토이(PLANTOYS) 사와도 깊은 유대관계를 맺어왔다.

그러나 5년 전 생일 때 가족 전체가 함께 제주도에 2박 3일간 다녀온 여행은 어느 때보다도 즐겁고 행복했던 것 같다. 출가한 3남매가 모두 따로 가정을 꾸리고 있어도 가끔 모여 식사 회동은 하는 편이지만 집을 떠나온 가족이 숙식을 함께하며 보낸 시간은 부모로서 삶의 큰 보람이자 축복이었다. 특히 자녀들이 맛집부터 모든 계획을 잡아 움직이므로 우리 부부는 그냥 따라다니면서 정서적 문화적인 체험만 하면 되었다. 우선 부담이 없어 좋았다. 평소 마음속의 말을 꺼내어 깊이 있는 대화를 나눌 수 있었던 시간도 값진 수확이었다.

　　남은 인생, 여행처럼 설렘을 안고 살아가련다……!

네덜란드 몬테소리 여사 묘역

1. 미국 '엠파이어스테이트'빌딩
2. 미국 UN본부 앞에서
3. 미국 그랜드캐니언

1. 이집트 '피라미드'/'스핑크스'
2. 영국 템즈강변
3. 이스라엘 예루살렘 '통곡의 벽'
4. 이스라엘 '예수님이 돌아가신 장소'
5. '알프스산'을 배경으로

1. 프랑스 에펠탑 앞(1996년 4월)
2. 프랑스 칸느 국제화장품 전시회 참가자
3. 프랑스 파리 루브르박물관
4. 로마 바티칸 교황청 앞
5. 이탈리아 베네치아(산마르코광장)
6. 이탈리아 보살리노 화장품회사 방문
7. 이탈리아 헬레네 화장품회사 방문

1. 네덜란드 '몬테소리 본사'방문
2. 네덜란드 '딕 부르너' 작가와 함께

1. 캄보디아 여행
2. 중국 장가계
3. 태국 '플렌토이' 방문 시(92년)
4. 태국 '씨임' 방문 시 (92년 8월)
5, 6. 베트남 여행

°벤치가 있는 풍경

필자가 석박사 과정 4년간 다닌 모교 밀레니엄관 5층 옥상에는 여러 모양의 벤치가 곳곳에 있다. 벤치에 앉아서 바라보는 건너편의 정경은 서울 도심에서는 쉽게 접할 수 없는 아름다운 모습이라 나는 일부러 시간을 내어 가끔 찾곤 했다. 춘하추동 철 따라 완전히 다른 느낌이다. 봄에는 연분홍 진달래와 벚꽃이 온 산천을 물들이고, 여름에는 초록의 싱그러움이 눈의 피로를 덜어준다. 가을에는 오색단풍이 마음을 들뜨게 하며, 겨울에는 흰옷을 입은 설경의 운치가 한 폭의 산수화를 연상케 한다.

둘레길을 걷거나 등산하다 보면 좀 쉬었으면 싶은 곳마다 마침맞게 갖가지 모양의 벤치가 있다. 특히 등산할 때 벤치는 관계와 나눔을 공유하는 공간이라서 좋다. 초콜릿 하나, 사과 한 조각도 벤치에서 나눌 때 더욱 풍성하고 인생의 여유로움을 느끼게 한다. 또한, 벤치에 앉아서 편안한 시간을 보내는 것 못지 않게 그곳에서 쉰 이후의 즐거움은 더욱 소중하다. 산을 오를 때 중간마다 있는 벤치는 정상을 향해서 발걸음을 옮기는 출발점이다. 산 정상에 있는 벤치는 등정에 대한 성취감과 자신감을 주는 동시에 여유로움을 주는 장소이기도 하다. 벤치에 대한 꿈을 꾸면 바라던 일이 잘 해결된다는 속설도 있다.

새 학기 강의를 맡아 시작한 지 얼마 되지 않아 수업 시작하기까지 40여 분 여유가 있었다. 그날따라 옥상에서 바라본 건너편 산은 온통 진달래꽃으로 물들어 있었다. 마치 병풍을 둘러놓은 것처럼 아름다운 풍광이다. 이 순간을 놓칠 수는 없었다. 휴대폰을 꺼내 사진 몇 장을 담고, 가끔 찾던 벤치에 앉아 강의할 자료를 확인하려는데 남녀 학생이 옥상에 나타났다.

비어있는 벤치가 여러 개 있음에도 옆에 다가오더니 "실례가 안 되면 좀 앉아도 괜찮겠습니까?" 하고 양해를 구했다. 나는 조금의 망설임도 없이 그러라고 대답했다. 순간, 그냥 앉아도 될 텐데 굳이 물어보는구나 싶었다. 속으로, 누구 집 자녀인지 몰라도 인성이 좋은 젊은이구나 하는 생각이 들어 기분이 좋았다. 분위기 전환을 할 겸 전공을 여쭈었더니 여학생은 미술을, 남학생은 컴퓨터 관련 공부를 한다는 대답이다. "미술을 전공해서 마음씨가 예쁜 것 같다"라고 했더니, "조용하게 무엇을 깊이 생각하시는 것 같아 방해가 될까 봐 양해를 구했다"라는 대답이다. 본인들도 가끔 시간을 내어 이곳에 와서 커피를 마신다고 했다. 오늘 풍경은 이 여학생이 완성했다.

그날은 2시간 30분간 연속으로 강의를 했음에도 피로감을 느끼지 못했다. 아마 벤치에서 학생들과 나눈 짧은 대화의 영향 때문인 것 같다.

아마 4~5년 전쯤부터라 생각된다. 내가 사는 아파트 버스정류장의 양쪽에는 승객들이 버스 기다릴 때 사용하는 벤치가 있다.

그런데 남자 노숙인 한 분이 춘하추동 자리를 차지하고 있어 승객들은 항상 서서 버스를 기다려야 하는 형편이다. 승객들이 너무 불편할 것 같아 동사무소에 전화해서 조치를 부탁하니 알겠다고 대답은 했으나 그분의 거처(?)는 변함이 없었다.

등교할 때 그곳에서 버스를 이용하는지라 편의점에서 도시락을 하나 준비해서 건넸더니 완강히 거절했다. 그분 자존심을 건드린 것 같아서 두 번 정도 권하다가 포기했다. 얼마 뒤 아내에게 노숙인 얘기를 했더니 아내도 빵을 건넸다가 역시 거절해서 전달하지 못했다고 한다. 일주일 전에도 그는 군용 침낭에 몸을 파묻은 채 오전 아홉 시가 넘어도 누워있기에 흔들어 깨우고 사무실로 출근했는데, 그날 저녁부터 닷새가 지나도 보이지 않는다. 혹시 내가 흔들어 깨운 것 때문에 상처를 받지 않았는지 죄송한 마음이다. 우리 주위에는 무수히 벤치가 많다. 보이거나 보이지 않는 벤치가….

서초동 진흥아파트 버스정류장 벤치

° 행복하다

　지구상에 존재하는 수많은 말 중에 행복이란 말보다 더 친밀한 말이 또 있을까? 행복은 인간이 추구하는 최종 목표요, 가치라 해도 과언이 아니리라. 많은 사람이 꼭두새벽부터 밤늦은 시간까지 땀 흘리며 일하는 것도 행복해지기 위해서가 아닌가 싶다. 행복의 필수조건은 우선 내가 살아있어야 한다는 것이다.

　일찍이 소크라테스는 '사는 것'과 '잘 사는 것'을 구별하면서, 행복하다고 말하기 위해서는 단순히 사는 것이 아니라 잘 살아야 한다. 그런데 잘 살기 위해서는 먼저 그 삶이 선한지 그렇지 않은지를 어떤 방식으로든지 판단하고 난 뒤에야 행복을 말할 수 있다고 했다.[13]

　헤르만 헤세 또한 '행복해진다는 것'이라는 시에서,

> 인생에 주어진 의무는 다른 아무것도 없다네
>
> 그저 행복하라는 한 가지 의무뿐
>
> 우리는 행복하기 위해 세상에 왔지

13　강영안, 행복의 조건, '레비나스와 더불어 행복을 생각함', 철학과 현상학 연구, 한국 현상학회, 제66권, 2015, p.2.

라고 노래했듯이 생명이 붙어있는 한 누구라도 행복을 추구하지 않는 사람은 없을 것이다. 그러나 모든 사람이 다 행복한 삶을 사는 것은 아니다. 추구하는 행복의 방법과 내용도 각기 다를 수밖에 없다.

어떤 사람은 돈만 있으면 행복하다고 할 것이고, 또 다른 사람은 사랑만 있으면 행복하다고 한다. 또는 명예만 얻으면, 오래 살면, 자식이 잘되면, 건강하면, 얼굴이 잘생겼으면, 가족들과 맛있는 식사, 여행을 한다면 이루 말할 수 없을 정도로 행복의 조건은 각양각색이다. 이러한 욕망을 전부 또는 대부분 충족시킨다고 해서 행복한 삶을 살고 있다고 할 수 있을까?

행복을 측정하는 기준은 매우 다양하고 어렵다. 돈이 많지 않아도, 키가 좀 작아도, 명예를 얻지 못해도, 작은 집에 살고 있어도, 지하 단칸방에 살아도 얼마든지 행복한 삶을 산다고 하는 사람도 많다.

내가 26년간 재직했던 아가월드는 한때 전국 도시마다 지사 또는 대리점이 많았다. 출장 때마다 회장님께서 가장 많이 부르던 노래가 윤항기 씨의 '나는 행복합니다'라는 노래다. 노래를 부르시는 표정을 보면 정말 행복하신 분이라는 느낌을 준다. 나도 가끔 따라 불러보기도 했다.

내가 일흔이 넘어 학위에 도전한 것도 성취감뿐만 아니라 내심 스스로 행복해지기 위한 바람에서 시작하지 않았나 싶다.

일반적으로 어떤 대상을 통해 행복감을 느끼기보다도 누군가를 행복하게 해주는 것이 몇 배 더 보람이 있지 싶다. 얼마 전 택시를 탔는데 집회 때문에 길이 막혀 기사님이 걱정을 많이 했다. 손님인 나도 그렇게 안달하지 않는데 혹시 가족 중 환자가 있는지 싶어, 무슨 일이 있느냐고 조심스럽게 물었다. 기사의 대답은 힘이 넘쳤고 기가 살아 있었다. 10년 동안 매 주일날 봉사를 한다고 한다. 회사 납입금만 맞추면 일찍 퇴근해서 저녁에 밑반찬 등을 준비해야 한다는 대답이다. 기사 일을 하면서 봉사하는데 어려움이 없느냐고 다시 물었더니, 본인이 매주 책임지고 있는 일이 노숙자 30인분 점심 준비인데 경제적인 문제가 다소 부담스러운 것을 빼놓고는 별다른 어려움이 없다고 했다. 주일날 동료들과 봉사하고 나면 일주일 내내 즐거운 마음으로 손님을 모실 수 있어 기분이 좋고 행복하다고 했다.

나는 특별한 일이 없는 한 아침 일찍 연구실로 출근하는 편이다. 연구실 9층에서 내려다보이는 아파트 주변에 잘 조성된 정원은 계절마다 나에게 큰 기쁨과 행복감을 준다. 풍광이 참 좋다. 장애물이 전혀 없이 탁 트여 있으니 수천 평의 정원을 가진 셈이다. 봄에는 심은 지 40년이 넘은 벚꽃이 만개하여 굳이 다른 곳으로 벚꽃놀이를 가지 않아도 봄을 만끽할 수 있다. 여름이면 그들 조상의 DNA를 물려받아 서로의 존재를 의지하면서 아파트 11층까지 자란 메타세쿼이아 나무에서 뿜어내는 싱그러운 향기가 창문 넘어 묻어온다. 가을이면 갖가지 나뭇잎이 붉게 물든 단풍을 바라보는 것만으로도 충분히 행복감을 느낀다. 겨울철에 가끔 은세계 정원을 바라보는 것도 어린 시절 설렘을 느낄 수 있어 행복하다.

UN 산하 자문기구인 SDSN(United Nations Sustainable Development Solutions Network)에서 발표한 '2019년부터 2021년까지 한국의 행복지수(평가항목: GDP, 기대수명, 사회적 지지, 자유, 부정부패, 관용 등 6개 항목)'는 5.936점으로 59위인 최하위권으로 나타났다. GDP나 기대수명 항목에서는 수치가 높았지만, 나머지 항목이 이에 미치지 못하였다. 1위는 7.821점을 받은 핀란드였고, 덴마크(7.636)가 뒤를 이었다.[14] 지난해 SDSN이 발표한 2018~2020년 합산 순위에서 한국은 전체 149개국 중 62위(5.845점)이어서 작년 대비 3계단이 오르긴 했지만, 2016년 58위, 2017년 56위, 2018년 57위, 2019년 54위를 기록한 것 대비 계속 떨어지고 있는 추세다.

그렇다면 우리를 불행하게 하는 것은 무엇일까? 무엇보다 물욕으로 인한 탐심이 아닐까 하는 게 나의 생각이다. 과유불급(過猶不及)이라 했던가? 맛있는 음식도 적당히 먹으면 행복감을 느끼지만 과식하면 배탈이 나게 된다. 결국, 인간은 자신이 희망하는 것을 얻을 때 보람을 느낀다. 또한, 본인이 가진 작은 것이라도 나눌 수 있는 사람이 이 세상에서 가장 행복한 사람이 아닐까 싶다.

---

14 조세금융신문, 구재회 기자, 2022년 3월 19일 기사내용.

° 말의 힘

말을 잘하기 위해서는 먼저 잘 들어야 한다. 위로는 '말씀'을 듣거나 '한소리' 듣는 일로부터 아래로는 '세 살 아이'가 하는 말에 이르기까지 청종할 줄을 알아야 말을 할 수 있다. 그러나 우리는 '자기 말'을 내세운다. 그것도 가장 자기답지 못할 때. 어쩌면 참된 말은 침묵으로 말하거나 '말에 의지해 말을 떠나는' 말인지도 모른다.

내가 주례를 설 때 빼놓지 않고 당부하는 내용 중 하나가 상대에게 상처 주는 말을 하지 말 것이다. 말은 인간에게 주어진 고유한 힘이자 특권이다. 우리나라 사람은 말을 아름답고 품위 있게 하지 못한다는 평가를 받는다.

많은 해외 출장을 통한 경험상 대부분의 외국 사람들은 잠시만 함께 있어도 가까워지고 친해지려고 애쓴다. 결국, 대화는 만남에서부터 시작한다. 인종 간, 집단 간, 국가 간의 분쟁 및 갈등의 해결도 총칼이나 무기로 하는 것이 아니라 최종적으로는 대화로 해결해야 한다.

엘리베이터를 타면 유럽 사람들은 마치 경쟁하듯 먼저 인사를 건넨다. 우리나라와는 너무나 딴판이다. 우리나라 엘리베이터 안은 적막을 느낄 정도로 조용하다. 좀 과장된 표현으로 숨

소리도 들리지 않을 정도다.

말은 굉장한 힘을 갖는다. 말 한마디로 천 냥 빚을 갚는다는 말도 있다. 오죽하면 '말은 입에서 피어나는 꽃'이라고 시인은 읊었을까. 반면에 아무리 많이 배운 사람이라도 언어가 불손하고 정숙하지 못하면 그 사람의 인격은 의심받게 된다. 특히 남에게 상처를 주는 말을 해서는 안 된다. 한마디의 가시가 돋친 말은 그 사람이 평생 쌓아 올린 인격을 무너뜨릴 뿐만 아니라 상대방 마음에 상처가 된다. 현재 시중에는 '아니면 말고'라는 정보가 온통 사회를 혼란스럽게 하고 있다. '카더라' 방송과 유언비어 통신 때문에 많은 사람이 죽음으로 내몰리게 된다.

기차표나 장기는 물릴 수 있고, 머릿속의 생각도 변경할 수 있다. 그렇지만 한번 내뱉은 말은 다시 주워 담을 수 없다. 특히 당사자가 없는 곳에서 흉을 봐서는 안 된다. 인터넷 악플도 마찬가지다. 악플로 자살한 연예인도 있지 않은가? 우리는 과거에 어떤 말을 했느냐에 따라 오늘의 삶을 살게 된다. 말이 씨가 된다고 하지 않았는가? 지금 내 생활이 아름답지 못하다면 혹시 과거 내가 한 말의 결과는 아닌지 한번 되돌아보자. 세상을 살아가면서 할 말이 있고, 못 할 말이 있음을 구분해야 한다. 어떤 경우도 말을 함부로 해서는 안 된다. 오늘 내가 한 말이 10~20년 후 나를 결정하는 중요한 원인이 될 수 있기 때문이다.

돌이켜보면 나도 몇 년 전까지는 성미 급하다는 핑계로 아내에게 상처 준 경우가 한두 번이 아닌 것 같다. 지금 생각하면 하지 말아야 할 말을 한 것 같아 미안한 생각이 든다. 흔히들 그 사람의 말본새를 보고 균형 잡힌 사람인지 한쪽으로 치우친 사람인지를 평가한다고 하는데 균형을 잃었던 것 같아 얼굴이 화끈거린다.

일반적으로 말을 앞세우는 것은 바람직하지 않고 실속도 없다고 한다. 그러나 나의 경우 어떤 일을 할 때 가족과 가까운 사람에게 먼저 선언하고 일을 시작할 때가 종종 있다. 자신과의 약속을 먼저 해 놓고 행동에 옮기는 경우다. 물론 허망한 약속을 말하는 것은 부질없는 일이겠으나 도중에 어려움이 닥칠 때 빠져나갈 구멍을 사전에 차단하는 효과를 기대하는 마음에서다. 나 스스로 정한 인성덕목(人性德目) 가운데 으뜸은 '약속과 책임을 다하기 위해 최선을 다하고 후회를 적게 하자'이다. 힘에 부치지만 내가 한 약속을 지키기 위해 최선을 다한 결과 작은 결실이지만 70이 넘어 학위를 받고, 우리나라 100대 명산을 정복한 것 같다.

°복 있는 사람

옛날 속담에 힘센 사람은 꾀 많은 사람에게 당하지 못하고, 꾀 많은 사람은 재수 좋은 사람에게 당할 수 없고, 재수 좋은 사람은 운이 좋은 사람에게 당할 수 없고, 운이 좋은 사람은 복 있는 사람에게 당할 수 없다는 말이 있다. 일상에서도 나는 복이 있는 사람이라고 생각하면서 생활하는 것이 어떨까 싶다.

우리가 직장에 출근할 때나 학교에 갈 때 내가 왜 출근하고, 등교하는지에 대한 목적이 분명해야 한다. 본인이 대표이면 대표로, 직원이면 직원으로서, 학생이면 학생으로서 어떤 역할을 해야 할지 고민해야 한다. 만약 내가 간부라면 나보다 더 훌륭한 사람을 육성하는 것, 또 스승이면 나보다 더 훌륭한 제자를 기르는 일이 내 본령이라고 생각한다면 그 직원과 제자는 누구보다도 복 있는 사람일 것이다.

독수리알을 암탉이 함께 품어 새끼가 부화하면 독수리도 결국 닭으로 한평생을 살다가 생을 마감한다고 한다. 요즘 애완동물을 기르는 가정이 늘어감에 따라 이웃집의 원성 때문에 성대 수술을 많이 시킨다고 한다. 이 개는 엄격히 따지면 개가 아니다. 개는 짖어야 개의 역할을 하는 것이지 짖지 못하는 개를 개로 대접해 줄 수는 없지 않은가? 직원이나 제자가 독수리감인데도 상사와 스승의 잘못된 지도로 닭으로 살다가 조류독감에 걸려 땅속에 파묻혀 허망하게 생을 마감하는 서글프고 복 없는 생명이 되어서는 안 된다.

누구든지 일터에서 혹은 학교에서도 열심히 하면 성공할 수 있고 꿈을 이룰 수 있다는 확신이 필요하다. 같은 일을 하고 연구하더라도 할 수 있다는 믿음을 가진 사람과 그렇지 않은 사람은 엄청난 차이가 나타날 것이다. 내가 직장을 선택했고 학위를 취득하기 위해서 선택한 이상 그 과정에서 어려움이 닥치더라도 겸허히 받아들여야 한다. 선택은 특권인 동시에 책임과 의무가 동시에 있음을 명심해야 한다.

일시적인 성과가 없다고 해서 쉽게 포기한다든가 다른 방법으로 대체하려고 해서는 안 된다. 현재의 입장이나 위치를 잊어서는 뜻을 이루기 어렵다. 직장생활을 하다 보면 상사로부터 상처를 받을 수 있고, 연구하다 보면 스승으로부터 꾸중을 들을 때도 있다. 너무 서둘다 보면 낭패를 당하는 수도 있다. 어느 정도는 대가를 치를 각오로 임해야 한다.

바둑 9급이 혼자 3년간 입산수도하고 하산해서 테스트해 본 결과 그대로 9급이더라는 말이 있듯이 스승은 꼭 필요한 존재다. 배우려는 겸손함이 중요하다. 지혜로운 사람은 남의 실수에서 배우고, 미련한 사람은 본인 실수에서 배운다는 말이 있다. 그러나 너무 잦은 실수를 하면서 살기에는 인생이 너무 짧다. 눈을 크게 뜨면 주위에는 많은 스승이 있다. 나는 복 받은 사람

임을 잊지 말자. 그리고 가끔은 마음을 비우며 즐기며 살자. 성
서에서도 그리하면 복 주신다고 주님이 약속하셨다.[15]

---

15 예수님의 팔복(八福). (1) 산상수훈. "심령이 가난한 자, 애통하는 자, 온유한 자, 의에 주리고 목마른 자, 긍휼히
여기는 자, 마음이 청결한 자, 화평하게 하는 자, 의를 위하여 박해를 받은 자는 복이 있도다"(마 5:3-10). 예수님
때문에 욕과 박해, 거짓과 악한 말을 듣는다면 복이 있으니 기뻐하고 즐거워하라!(마 5:11,12), 성경말씀.

° 기러기 리더십

우선 리더(Leader)의 사전적 의미는 공식적인 집단 가운데 그 장(長)이 되는 사람을 말한다. 따라서 리더는 조직의 장으로서 직무와 권한과 동시에 책임이 따른다. 리더십이란 조직이나 집단의 활동을 촉진하고 목적을 달성하기 위한 중심적인 힘이라 한다.

성년의 경우 누구나 일생 한두 번쯤은 리더로서 리더십을 발휘해 본 경험이 있을 것이다. 초등학교 교실부터 대기업의 책임자까지 숱하게 많은 조직에서 리더십은 매우 중요하고 그 종류도 다양하다. 조직 내에서 해야 할 일을 적절히 분배하여 공동의 목표를 달성하게 하는 위임형 리더십이 있는가 하면 군대 등 명령과 지시를 생명으로 여기는 권위적 리더십과 리더가 솔선수범하면서 조직원들의 애로사항을 해결하고 개인이 가진 역량을 최대한 발휘하게 하는 서번트 리더십 등이 있다. 그러나 딱히 어떤 리더십이 좋다고 단정하기는 어렵다.

세계 4대 성인 중 한 분인 공자의 리더십은 신뢰를 가장 으뜸으로 꼽았다. 먹는 것, 군비보다 신뢰를 우선했고, 이어서 소통을 중요시했다. 공자는 수많은 질문과 답변을 통해 제자들과 토론하며 제자들을 지도했다. 또 공자의 리더십에서 빼놓을 수 없는 것이 낮춤의 자세이다. 학식이 높음에도 다른 사람에게 배우겠다고 했고, 잘못을 지적하는 사람에게는 감사하며 자신을 행운아라고까지 했다. 리더십 연구의 세계적 거장인 존 맥스웰(John Maxwell, John C. Maxwell) 박사는[16] '5단계의 리더십' 중에서 제일 마지막 단계로 성품(Personhood) 리더십을 제시했다. 즉 많은 사람들은 리더의 성품(인간성)을 보고 그를 존경한다고 한다.

진정한 리더십이란, 진영논리에 치우치지 않고 조직을 초월해 다른 사람들에게 선한 영향력을 미치는 리더라 할 수 있다.

2006년 당시 한국야구 대표 '드림팀'은 야구 종주국 미국과 숙적 일본팀을 연파하고 6연승으로 월드 베이스볼 클래식(WBC) 4강에 진출하여 전국이 흥분의 도가니에 빠진 적이 있다. 그것도 한국야구를 마이너리그 더블A 수준이라고 폄훼한 미국과 30년 동안 이기지 못하게 하겠다고 폭언한 일본을 연파하고 이뤄낸 쾌거였기 때문에 감독의 리더십이 더욱 돋보이지 않았나 싶다.

프로야구 역사가 우리보다 100년 이상 앞선 미국이나 반세기나 긴 일본에 비하면 한국 야구는 초보 단계 시절이다. 당시 우리나라 프로 야구팀은 8개에 불과했다. 이처럼 역경을 극복하고 4강 신화를 창조할 수 있었던 것은 김인식 감독의 리더십 결과이다.

김 감독의 리더십 요체는 첫째, 어떤 경우에도 선수를 다그

---

16 존 맥스웰 박사(John Maxwell, John C. Maxwell), 1947년 2월 20일, 풀러신학교 신학대학원 신학 박사, 캘리포니아 주 스카이라인 웨슬리언 교회 수석 목사.

치지 않고 선수들에게 믿고 맡기는 인화의 리더십, 둘째, 우리도 할 수 있다는 믿음의 리더십, 셋째, 코치진과의 긴밀한 소통과 고참 선수들의 솔선수범 및 해외선수들과 국내 선수들의 화합과 사명감으로 뭉친 자율의 리더십, 즉 인화와 분석을 앞세운 외유내강의 리더십이 결정적 역할을 했다는 평가를 받았다. 철저한 준비를 바탕으로 멋진 용병술을 편 김 감독의 리더십은 많은 것을 시사한다.

나는 초등학교 1학년에 입학하면서부터 6년간 회장을 맡으면서 작은 리더십을 나름대로 발휘하려고 노력한 것 같다. 중학교 때는 대의원이란 제도가 있어 일부 역할을 한 기억이 있고, 고등학교 때는 2년간 총무라는 직분을 맡아 작은 봉사를 했다. 대학원 석박사 과정 동안은 회장을 맡아 나름대로 솔선수범하며 조화와 균형을 위해 봉사한 것 같다.

망막박리 수술로 인한 하루 결석 이외에 지각이나 결석은 물론 조퇴도 하지 않고 최소한 수업 시간 10분 전까지는 도착하여 수업 준비를 해 놓고 교수님을 맞이했다. 대학원 원우 중 일부는 자기 부모님과 비슷한 연배라 말을 편하게 하라고 했지만, 지금 와서 새삼스럽게 그렇게 하고 싶지 않았다. 앞으로도 정신을 놓지 않는 한 내가 세운 겸손의 리더십 전통은 이어가고 싶다.

특히 대표이사 재직기간 동안 내가 세운 리더십의 최고 기준을 소통과 정보에 두고 정책 입안에 참고했다. 즉 내가 원하는 정보만 듣는 것이 아니라 다른 사람의 생각이나 반대의견도 최대한 수렴하고자 노력을 기울이며 균형감각을 유지하는 데 노력해 왔다.

그중 아가월드 26년 재직 중 13년간 대표이사라는 중책으로 리더십의 중요함을 절실히 체험했다. 직장생활을 시작하면서 이것만은 꼭 지킨다는 나름의 철칙으로 어떤 경우에도 사람을 얕보거나 말을 함부로 하지 않겠다는 다짐을 했다. 지금도 그 약속만큼은 이행하려고 한다. 거의 습관화된 것 같다. 대표이사 시절에도 자식보다 나이가 어린 직원에게도 반말한다거나 함부로 대한 적은 없는 것 같다. 어떤 직원은, 반말도 하고 막말도 가끔 해야 더 친밀감을 느끼고 인간미가 있다고 주문한 사람도 있었지만 그렇게 해보지 못했다.

특히, 기업경영에서는 이익 창출이 중요한 목적이므로 '서번트 리더십'이 필요하다. 권위나 억압보다는 솔선수범이 중요하다. 섬김의 리더십 원조는 '예수님'이라 해도 과언이 아니다. 섬김의 리더십이야말로 모든 리더가 본받아야 할 참 리더십이 아닌가 싶다.

기업체 근무할 당시 간부 평가회의 때 가끔 인용한 것이 '기러기의 리더십'에 대한 이야기다. 기러기는 먹이와 따뜻한 곳을 찾아 40,000km를 날아간다고 한다. 동료 기러기 중 V자 대형을 그리며 가장 앞에 날아가는 리더의 날갯짓은 기류에 양력을 만들어 주어 뒤에 따라오는 동료 기러기가 혼자 날 때보다 71% 정도 쉽게 날 수 있도록 도와준다. 그리고 먼 거리를 날아가는 동안 끊임없이 울음소리를 낸다. 그 울음소리는 앞에서 거센 바람과 싸우며 힘들게 날아가는 리더에게 보내는 응원의 소리이다. 40,000km 이상의

사진출처 : http://m.blog.naver.com/jt1255/220551918039

먼 거리를 옆에서 함께 날갯짓하는 동료를 서로 응원하며 날아간다.

만약 동료 기러기가 아프거나 지쳐서 대열에서 이탈하게 되면, 동료 기러기 두 마리도 함께 대열에서 이탈해서 지친 동료가 원기를 회복해 다시 날 수 있을 때까지, 또는 죽음으로 생을 마감할 때까지 함께 지키다 무리로 돌아와 합류한다.[17] V 자형 편대에는 항상 리더가 있지만, 이 리더는 수시로 바뀐다. 기러기 유형의 리더들은 조직의 모든 구성원이 리더의 자질을 갖추고 리더가 되는 경험을 할 수 있도록 기회를 준다.

그들은 변화를 두려워하지 않으며 앞으로 나아갈 때 권력과 통제를 유지하려고 전전긍긍하지 않는다. 동물의 세계에서도 희생과 겸양으로 서로 돕고 있는데 작금의 우리 사회는 어떤지 한번 되돌아볼 필요가 있어 보인다. 적어도 우리가 기러기보다 못해서는 안 되지 않겠는가?

---

17 Tom worsham의 기러기 이야기 中, http://blog.naver.com/jin97jin/220296759867,2019.10.10.

°책 욕심

나는 35년간 출판·미디어 분야에 종사했으면서도 많은 책을 읽지 못했다. 굳이 핑계를 댄다면 일과시간에 한가하게 책을 펴 놓고 읽을 시간을 낼 수 없었다고나 할까. 하긴 우리나라 어린이들의 독서인구 저변 확대를 위해서는 나름대로 일익을 담당해 왔다고 자부하지만 정작 자신은 그렇지 못했다.

다른 사람에게는 독서의 중요성에 대하여 회의 때나 공식행사를 통해서 수없이 강조하거나 홍보하면서도, 우리 아이들 3남매에게 책 읽기의 중요성을 등한시한 일도 아쉬움으로 남는다.

나는 나름대로 독서법을 정해 놓고 1990년 1월부터 약 15여 년간 이행한 것 같다. 1주일 기준으로 한 권씩 매월 4~5권을 무조건 서점에 가서 구매하였다. 책의 선택은 신문이나 잡지 등에서 발표되는 베스트셀러를 중심으로 하거나 현장에 가서 신간 서적 판매대를 이용한다.

구매한 그 많은 책을 모두 정독하느냐고 묻는 사람이 있다. 어떤 책은 밑줄을 그으면서 정독을 하는 경우도 있고, 어떤 책은 목차를 보고 꼭 필요한 부분만 읽을 때도 있다. 심지어 어떤 책은 목차와 머리말만 보고 읽지 못한 책도 있다. 그렇지만 매달 4~5권은 꼭 구매한다.

읽지 못한 책은 사무실을 방문하는 직원이나 사람들에게 선물하곤 한다. 책을 선물할 때 싫어하는 사람은 한 사람도 없었던 것 같다. 각종 회의 시 간부들에게 필자의 독서법을 소개하고 권유한 결과 여러 사람이 실천하고 있다는 말을 들을 때 보람을 느낀다.

일단 책을 구매하면 책상 위, 침대 머리맡, 화장실, 거실 등에 한 권씩 두고 틈틈이 읽는다. 외국 출장 때는 두 권을 준비해서 기내에서 왕복 한 권씩을 소화할 수 있다. 침대 위에서 독서는 수면제 역할을 해서 좋다. 몇 쪽 읽지 않아도 자신도 모르게 잠이 든다.

일과가 끝나고 다른 사람이 모두 퇴근한 후 혼자서 책을 읽을 때 가장 집중력이 발휘되는 것 같았다. 일단 퇴근 후 집에 들어가면 TV 시청 등 독서를 제대로 할 수 없기 때문이다. 꼭 읽어야 할 필요가 있는 책이라는 생각이 들 때는 저녁에 일찍 잠자리에 든다. 대신 아침에 조금 일찍 일어나서 보충한다. 또 다른 방법으로는 사무실에 한 시간 정도 일찍 출근해서 일과 시작 전에 독서할 때 가장 집중력을 높일 수 있었으며 많은 아이디어도 얻을 수 있었다.

재직 중 전문지식을 넓히기 위한 목적으로 특수대학원에 입학했으나 기대만큼 큰 효과를 얻지 못했다. 퇴직하고 대학에 입학하고부터는 교양서적이나 취미생활 분야의 책은 거의 읽지 못했다. 학과 공부와 계속 쏟아지는 과제물, 논문 관련 책만 보는 데도 시간이 모자랄 정도였다. 학위를 받고 시간적 여유가 있으면 역사 관련 책을 읽고 싶었는데 망막박리 수술로 인한 시력 저하로 돋보기의 힘을 빌리지 않고는 힘든 지경에 이르고 말았다.

독서의 중요성은 아무리 강조해도 지나침이 없는 것 같다. 일찍이 데카르트는, 독서는 수 세기 전의 훌륭한 사람들과 마주 앉아 이야기를 나누는 것과 같다고 했다. 독서는 시대를 초월하여 마음대로 여행도 할 수 있고, 책 속에 담긴 내용을 통해 나 자신을 되돌아보는 계기가 될 수도 있다. 또한, 책을 통해 저자의 희로애락을 간접적으로 온전히 경험하는 일이야말로 독서의 백미가 아닌가 싶다.

°나무에서 배우는 교훈

나는 그동안 등산을 많이 하지 못했지만, 산을 매우 좋아한다. 버킷 리스트 중 하나가 우리나라 100대 명산에 오르는 일이었다. 10여 년 전 회사 퇴임 후부터 실천에 옮기려고 등산화도 구입하고 그럴싸한 등산복도 장만했다. 그러나 2019년 학위를 받을 때까지는, 산림청이 선정한 우리나라 100대 명산 중 10여 개 산밖에 오르지 못했다. 굳이 이유를 들자면 우선순위에서 밀렸기 때문이다.

퇴임과 동시에 늦은 나이에 학업을 시작하고 보니 등산할 마음의 여유가 없었다. 학업과 건강 문제(망막박리 수술) 등으로 10년간 중단했던 등산을 2019년 9월부터 실행하기로 했다. 취미가 아닌 직업처럼 생각하고 실천하려고 한다. 별일이 없는 한, 주 1회 등산을 원칙으로 정했다. 우선 경인권에 자리 잡은 산부터 하나씩 오른 뒤 차츰 강도를 높여갈 계획이었다.

산행과 여행은 혼자보다는 뜻이 맞는 사람과 함께하는 것이 더 맛이 있을 것 같다. 회사에 재직 중일 때 등산 계획을 얼핏 이야기하다가 기회가 되면 꼭 함께 다니자는 묵시적인 약속을 한 이영석 박사께 생각을 물었더니 적극 찬성이었다. 당장 다음 주부터 실행에 옮기자고 약속하고 첫 행선지는 청계산으로 정했다.

2019년 10월 7일 청계산 옥녀봉(해발 375M)을 거쳐 청계골을 경유하는 산행을 무사히 마쳤다. 지금도 그때 빨갛게 물든 단풍을 생각하면 마음이 설렌다. 옥녀봉에서 청계골로 하산 중 바람에 휘날리는 나뭇잎은 그야말로 예술이요 장관이었다. 인위로는 도저히 가늠할 수 없는 자연의 섭리를 다시 한번 실감했다. 그 광경을 보고 걸음을 멈춘 나에게 이 박사도 뒤에서 같은 생각을 했는지, "대단하지요? 장관입니다."라고 한마디 거들었다. 산행 중 군데군데 노목이 땔감이 되기를 기다리며 베어져 있다.

일단 나와 이영석 박사가 한 팀이 되는 것을 원칙으로 하고 목우회 멤버 중 시간이 허락하는 사람도 참여토록 했다. 당일 산행 후 다음 주 행선지를 정하고 집결 장소와 시간 계획은 카톡방을 통해 공지하기로 한다. 체력이 더 저하되기 전에 산림청이 정한 우리나라 100대 명산을 등정하려고 하는데 몇 개나 오를 수 있을지는 미지수다. 산에 오르면 갖가지 나무가 있어 좋다. 나무의 속성은 다양하다. 또한, 나무는 사람과도 닮은 면이 많아서 더욱 좋다.

나는 옻나무를 빼놓고는 모든 나무를 좋아하는 편이지만 특히 소나무와 아까시나무를 좋아한다. 소나무는 내가 어릴 때 할아버지께서 봄부터 여름 사이, 물이 오른 우듬지를 많이 잘라 주셨다. 낫으로 겉에 있는 껍질을 벗겨내고 입으로 하모니카 불듯 송기 물을 빨아 먹으면 솔향기가 온 입안을 가득 채운다. 지금도 그 맛을 잊을 수가 없다. 그 외에도 꽃(송화)으로는 다식을 만들고, 솔잎으로는 선식을 만들어 먹기도 했다. 송기는 멥쌀가루에 버무려 먹고, 노송 한 그루가 머금은 물이 엄청나므로 산에 소나무가 많으면 가뭄도 없다고 한다. 그뿐만 아니라 임진왜란 때는 소나무 껍질을 벗겨 먹고 많은 백성이 살아남았다고도 한다.

내 고향에는 아직도 아기가 태어나면 금줄을 치고 솔가지를 매달아 나쁜 기운을 막고자 한다. 나는 유년 시절 소나무로 지은 집에서 살았다.

소나무 장작으로 할아버지 방에 군불을 지폈고, 그 군불에 감자를 구워 먹던 기억이 생생하다. 특히 담뱃잎을 건조할 때는 소나무 장작을 가장 많이 사용했다. 어릴 때 앞산에 가서 갈비를 갈고리로 모아서 지게로 지고 와서 불쏘시개로도 많이 사용하였다.

경상북도 북부지방인 울진, 영덕, 청송 등에 거주하는 주민들의 가계경제에 엄청난 도움을 주는 송이버섯도 소나무와 공생하여 얻는 수확이다. 한약재로 중요한 '복령'도 소나무 뿌리에서 외생근균이 공생하여 돋아난 것이다.

소나무의 명칭으로는 솔, 참솔, 송목, 솔나무 등이 있다. 그러나 우리들이 알고 있는 일반적인 이름은 '소나무'이다. 『본초강목』에 "소나무는 나무의 어른이다"라고 기록되어 있다. 예로부터 소나무는 나무 중 제일 높은 자리에 있음을 알 수 있다.

보은군 서원리, 정부인 송 (2021년10월18일)

　내 고향 영덕에 가면 우리가 흔히 보는, 이리저리 구부러진 소나무와 달리 줄기가 쭉 뻗어있고 마디가 긴 '금강송'을 가끔 볼 수 있다. 이 수종은 결이 다른 소나무에 비해 곱고 단단하다. 우리나라 국보 1호 숭례문이 2008년 2월 10일 방화범이 불을 질러 전소된 후, 숭례문 재건에 주 목재로 금강송을 사용할 만큼 소나무 중에서 제일 알아주는 소나무이다.

　2004년과 2014년 두 번에 걸친 한 여론조사에서 우리 국민이 가장 좋아하는 나무에 관해 조사한 결과 두 번 모두 소나무라는 답변이 가장 많았다고 한다. 소나무는 고급 단독주택을 건축할 때 빼놓지 않고 조경수로 심기도 한다. 또 아파트 조경수로도 많이 볼 수 있다. 소나무는 햇볕만 충분히 받을 수 있으면 들판이든 산이든 바위 틈새서도 꿋꿋하게 자란다. 산에서 소나무를 보는 것만으로도 기분이 좋고 치유가 된다. 특히 강인한 생명력이 좋다.

또한, 소나무는 다른 나무들과는 성장하는 방법도 다르다. 봄부터 여름을 맞기 전까지 한 마디만 자란 뒤 성장을 멈추는 것도 마음에 든다. 그만큼 다져간다는 뜻이다. 인생에서도 매듭을 짓고 다음 단계로 가야 실수가 없다는 교훈을 소나무에서 얻을 수 있다.

소나무 다음으로 나는 아까시나무를 좋아한다. 어릴 때 고향 집 뒷산에 산사태가 나서 숙부님을 따라 '아카시아'를 여러 그루 심은 일이 있다. 내가 그때 심은 나무가 아카시아가 아니라 아까시나무임을 알게 된 것은 훨씬 나중이었다. 우리가 흔히 주위에서 보게 되는 나무가 아까시나무란다. 아카시아는 그것과는 다른 수종으로 열대지방에서 자란다고 한다. 나는 숙부님께 "왜 감나무나 대추나무를 심지 아카시아를 심느냐"고 여쭀더니, "아카시아는 뿌리가 워낙 빨리 번지기 때문에 산사태를 막는 데는 최고 나무"라고 대답하셨다.

초등학교 다닐 때는 학급별로 토끼를 몇 마리씩 의무적으로 키웠는데 토끼가 가장 좋아하는 먹이 중 하나가 아까시나무 잎사귀다.

또 당시엔 4월 5일 식목일을 철저히 지켰다. 식목일 때는 전교생이 학년별로 담임 선생님 인솔하에 초등학교 앞산에 있는 '마고산'에 가서 해마다 아까시나무 묘목을 심었다. 당시에는 거의 민둥산이었다. 만약 그때 식수를 하지 않았다면 지금의 울창한 숲은 볼 수 없었을지도 모른다. 아까시나무는 땔감으로도 최고 나무다. 어릴 때 할아버지 방에 군불을 넣을 때도 아까시나무는 마르지 않아도 연기가 전혀 나지 않고 잘 탔던 기억이 난다.

아까시나무에 대한 평가는 사람마다 다양하다. 아까시나무를 산을 망치는 몹쓸 나무라며 좋지 않게 평가하는 사람도 많다. 이유인즉 목재로서 쓸모가 없고, 성장이 워낙 왕성하여 조상의 산소에까지 뿌리가 뻗어가기 때문이다. 그러나 아까시나무는 향기가 좋을 뿐만 아니라 잎은 이뇨 작용이 뛰어나고 신장 치료에도 약효가 있다고 한다. 꽃을 잎과 섞어 튀기거나 무침 등의 요리도 할 수 있다. 아까시나무는 매년 꽃에서 많은 양의 꿀을 생산하여 수입원을 준다.

몇 년 전 늦여름 조상님들의 산소에 벌초하기 위해 고향을 방문했다. 60여 년이 지난 지금, 내가 심은 아까시나무가 얼마나 자랐는지 궁금했다. 현장 확인 겸 뒷산에 올라가 봤다. 그 당시 산사태 흔적은 찾아볼 수 없고 울창한 숲을 이룬 나무들로 주위를 분간할 수 없을 정도였다. 벌들이 윙윙하는 소리만 들렸다.

모든 사람이 한 해가 지나면 나이를 한 살 먹듯이 나무도 나이테를 생성한다. 나이테도 간격이 넓고 연한 색깔이면 그 당시의 자연환경이 좋았다는 의미이고, 반대로 나이테 간격이 좁고 색깔이 짙으면 그만큼 그해의 자연환경이 좋지 않고 나무가 시련을 겪었다는 것을 의미한다고 한다. 또한, 세포분열이 활발하게 이루어지는 봄에는 나이테가 밝은 자국을 남기지만 봄 이후에는 더디게 자라기 때문에 어두운 자국이 남는다. 기후조건이나 영양 상태가 안 좋은 해에는 나이테의 간격이 좁아진다. 그만큼 생존을 위해 사투를 치렀다는 증거인 셈이다. 이런 의미에서 나이테는 나무의 지난 삶에 대한 성장일기라고 할 수 있다.[18]

어떤 기업도 시대에 역행해서는 성공할 수 없으며 시대 상황에 맞게 대처해야 한다. 살아남기 위해 기업은 무한 경쟁이라는 태풍 앞에 버티고 선 거목처럼 인재 육성을 하지 않으면 안 된다. 기업은 고객을 우선으로 하는 전략, 고객을 만족시키는 경영이 필요하다. 4차 산업혁명 시대에는 아메바 조직처럼 가볍고 날렵한 조직이 필요하다. 기업이나 조직의 책임자는 언제나 그 자리에 걸맞은 생각과 행동을 해야 한다. 이분법적인 사고로는 거목이 될 수 없다. 색안경을 쓰고 세상을 보는 것은 위험하다.

필자는 사위와 큰딸이 성악을 하는 까닭에 오페라 관람을 자주 하는 편이다. 공연장에 가면 무대 앞쪽 중앙에서 단원들을 지휘하는 특별히 눈에 띄는 사람이 있다. 바로 '지휘자'다. 지휘자는 직접 악기를 연주하며 소리를 내는 사람도 아니며, 엄격히

---

18 우종영, 『나는 나무에게 인생을 배웠다』, 메이븐, 2019, p.171.

따지면 연주자라고 할 수 없다. 그러면서도 공연에서 박수를 제일 많이 받는 주인공 중 한 사람으로 대접받는다. 마치 야전사령관의 명령만큼이나 절대적 영향력을 행사한다. 이는 지휘자란 성공적인 오케스트라 연주를 위해 가장 중요한 일을 하는 사람이기 때문이다. 지휘자는 단순히 템포와 박자를 맞추는 것에 그치지 않고 오페라의 무대 위 성악가들을 조화롭게 이끌어야 한다. 더 나아가 작곡가의 비전에 충실해야 하는 의무뿐만 아니라 음악을 '해석'하고 적절하게 '표현' 해내는 책임까지 지게 된다. 어떤 작품을 무대에 올릴 때, 세계적인 오페라 가수들로 출연진을 구성하여 열과 성을 다하여 공연을 준비했더라도 개성이 넘치고 섬세한 지휘자가 없다면 그 작품은 관객의 호응을 얻지 못할 것이다.

지휘자의 역할은 그만큼 중요하다 할 것이다. 이는 마치 온갖 나무들이 어우러져 울창한 숲을 이루는 일과 같다고 할 수 있다. 기업체나 조직에서도 혼을 공유할 수 있는 버팀목이 되는 사람이 많아야 성공할 수 있다.

°사랑에는 대책이 없다

아름다움에 대한 기준은 사람에 따라, 또 처해 있는 환경과 처지에 따라서 각각 다를 것이다. 벼농사를 짓는 농부의 입장에서는 땀 흘려 경작한 가을 들판의 황금빛 벼가 제일 아름다울 것이요, 사과 농사를 짓는 농장주 입장에서는 탐스럽게 익어가는 가을 사과 빛이 가장 아름다울 것이다.

자식 입장에서는 깊이 파인 부모님의 주름진 얼굴이 세상에서 제일 아름다울 것이다. 식사기도를 하는 고사리 같은 손주들의 손, 사랑하는 아내의 미소, 석양의 조개잡이 하는 배, 아름답게 물든 가을 단풍, 머리를 단정히 하고 교복 입고 등교하는 여학생의 뒷모습, 말썽부리지 않고 자기가 원하는 대학에 입학한 외동딸, 조금이라도 값싼 반찬거리를 찾아 분주하게 움직이는 재래시장의 평범한 주부의 발걸음, 농번기 내리쬐는 햇볕 아래서 밭을 매다 잠깐 짬을 내어 울고 있는 어린 자식에게 젖먹이는 어머니의 젖가슴. 어디 그뿐이겠는가? 내게 친절히 대해주고 배려해 주는 사람, 공중화장실에서 남을 헤아릴 줄 아는 사람의 모습도 참 아름답다.

2013년 6월 27일(목) 사회복지 현장실습 때의 경험이다. 강북구 삼양동 산복도로 부근 김 씨 할아버지(당시 81세, 남)를 보살피러 방문했다.

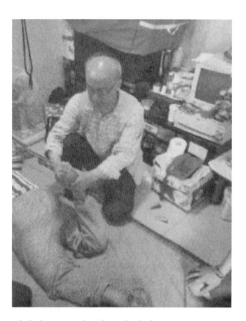

현장실습(2013년 6월 27일, 삼양동)

클라이언트인 할아버지는 21년 전 뇌졸중으로 쓰러진 후 하반신과 양손이 마비된 상태고 할머니는 수년 전에 소천하셔서 홀로 계신 분이다. 하루 한 갑씩의 흡연으로 방 안 공기도 좋지 않았다. 방에 들어가니 누워 계셨다. 손발이 거의 오그라들어 걸을 수가 없는 불치의 병을 앓고 있었다. 다리에 힘이 없어 일어설 수가 없기에 화장실까지는 몸통으로 굴러가서 대소변을 봐야 하는 상태였다.

할아버지는 머리맡에 놓인 빛바랜 책 한 권을 가리키며 본인이 시를 쓰는 작가라며 자랑하셨다. 슬하에는 아들딸이 있는데 연락이 끊긴 지 여러 해가 되었다고 한다. 부엌에는 엇비슷한 연배의 할머니 한 분이 계셨다. 나는 할머니께 양해를 얻은 후 할아버지와 어떤 사이이신지 여쭸으나 머뭇거리고 대답을 안 하셨다.

관할 지역의 봉사 단체에서 오신 분이겠거니 하고 더는 물어보지 않았다. 2~3분이 지났을까…? 할머니께서 입을 여신다.

"우여곡절이 있는 사이지요!"라며 긴 한숨을 내쉬었다. 우여곡절이란 말에 솔깃하여, 실례가 안 된다면 어떤 관계인지 궁금하다고 재차 여쭈었더니 그제야 속내를 털어놓으신다.

서울에서 대학을 졸업하고 남자는 대기업에 취직하고 본인은 금융기관에 근무하다가 결혼할 적령기가 되어 남자 집에 결혼 허락받으러 갔는데, 집안끼리 살림이 층지니 며느리로 맞아들일 수 없다는 말을 듣고 오랫동안 가슴앓이를 하다가, 결국 부모님의 중매로 다른 남자와 결혼해서 아들딸들을 잘 키워 가정 이루게 하고 남편은 수년 전 세상을 떠나 지금은 홀로 지낸다고 했다. 그런데 왜 지금에 와서 이 고생스러운 뒷바라지를 하시는지 물었더니 수십 년 전 가족끼리 한 약속 때문이라 한다. 내용인즉 먼저 세상을 하직하면 살아있는 사람이 상대 가족을 보살펴 주기로 한 약속 이행을 하는 중이라는 대답이다.

본인이 돌보지 않았으면 벌써 이 세상 사람이 아닐 것이라고 했다. 한때 연인 사이였기에 불쌍하기도 하고 이것도 하나님이 맺어준 얄궂은 인연이라 생각해 매일 11시경에 와서 점심과 저녁까지 도와주고 5시경 퇴근하다시피 하고 있으나 건강이 언제까지 허락할지 모르겠다며 긴 한숨을 내쉬며 걱정하셨다. 이 할머니의 사랑이야말로 '예수님'이나 '빈자의 성녀' 테레사 (1910~1997년) 수녀의 헌신적인 사랑에 가까운 정말 고귀하고 아름다운 사랑이라 잠시 눈시울을 붉히지 않을 수 없었다.

이같이 '세상에서 제일 아름다운 것'은 특별한 데 있는 것이 아니라 있는 그대로 오롯이 받아들이며 다른 사람의 필요를 채워주는 아름다운 마음에서 찾아야 하지 않을까? 10년의 세월이 흘렀지만, 이 순간도 기억이 생생하다.

° 취미의 진화

　사람은 누구나 취미를 가지고 있다. 취미란 전문적으로 하는 일이 아니라 좋아서 즐기는 일로 마음에 깊이 느끼어 일어나는 흥취나 멋이라고 하는데 나는 어정쩡한 취미를 가지고 지금까지 살아온 것 같다. 일반인들이 가장 즐기는 운동이자 취미 중 하나가 등산이지 싶다.

　등산을 취미라 한다면 두 가지를 구분하는 것이 필요할 것 같다. 등산하는 이유와 등산을 해야 하는 이유가 그것이다. 등산하는 이유로는 자연을 통해 즐거움을 느낄 수 있으며, 깨끗한 공기를 마음껏 마실 수 있어 좋다는 점을 들 수 있다. 근육을 골고루 단련해 준다, 인내심을 길러준다 등 이루 말할 수 없을 정도로 이유가 많다. 두 번째, 등산해야 하는 이유는 산에 가야만 마실 수 있는 사람에게 좋은 물질이 있기 때문이다. 예컨대 음이온과 피톤치드 등이다.

　이 밖에도 알레르기성 피부질환, 천식 등을 억제한다. 체지방 제거에도 좋은 운동이고 정서적인 안정감과 근력 및 지구력, 심폐기능, 골격 강화를 가져오며 특히 혈압 등 성인병 예방 및 개선 효과가 있다고 한다. 혈압약을 복용하고 있는 나로서는 눈이 크게 뜨이는 대목이다.

취미생활에서 빼놓을 수 없는 겨울 운동 중의 하나가 스노보드와 스키다. 문화 수준의 향상과 주 52시간 근무제 등의 영향으로 여가가 늘어남에 따라 스키도 종전 일부 계층에서 즐기던 스포츠에서 벗어나 남녀노소를 막론하고 대중화 시대로 접어든 지 이미 오래다. 겨울 스포츠의 꽃이라고 불리는 스키 리조트 산업도 한때는 대기업이 앞다투어 참여했으나 최근에는 속도를 조절하고 있는 형편이다.

나는 1995년도에 강원도 문막에 있는 현대성우리조트 회원권을 분양받아 10여 년 동안 열심히 이용하였다. 스키장을 개장하기도 전에 식구 수대로 스키 장비를 장만해 놓고 주말만 기다렸다. 실수하지 않기 위해서 실내 스키장에서 3~4일 개인 교습까지 받았다.

마침내 설원 위에서 실력 발휘할 날이다. 새벽같이 출발하여 스키장에 도착해보니 생각보다 많은 사람이 이미 스키를 즐기고 있었다. 흥분된 마음으로 전 가족이 채비를 단단히 하고 초급코스로 이동하여 연습으로 몸을 푼 후 아이들은 남겨두고 아내와 곤돌라를 타고 상급자 코스로 올랐다. 곤돌라에 내려서 밑으로 내려다보니 완전 급경사라 포기하고 그냥 내려올까 하는 순간, 7~8세 돼 보이는 어린아이가 상급자 코스에서 긴 S 자를 그리며 설원 위를 쏜살같이 내달린다. 어린아이도 타는데 나라고 못 하랴! 아내에게는 곤돌라를 타고 내려가라고 하고, 나는 용감하게 상급자 코스에 진입했다. 코스에 들어서자마자 쏜살

같이 내려가서 곧바로 빙벽에 부닥쳤다. 다시 몸을 추슬러 자세를 취하고 10m도 못 가서 또 빙벽에 부닥쳤다. 이대로 포기할 수 없다는 오기에 다시 도전했다. 뒤뚱거리며 내려가다 또 빙벽과 부닥쳐 이번에는 공중에서 두 바퀴 정도 돌다가 안전 그물망을 쳐둔 곳에 처박혔는데 한쪽 다리는 안전 그물망 밖에 나가 있고 신고 있던 스키 한쪽은 벗겨져 있었다.

정신을 차려 다리를 만져보니 다리는 온전한 것 같은데 왼발에 착용하고 있던 스키는 두 동강이 나 있었다. 둘러보니 100여m쯤 내려온 것 같다. 할 수 없이 스키를 메고 코스 옆 가장자리로 올라가서 곤돌라를 타고 내려오니 상급자 코스만 바라보면서 내려오기를 기다리던 식구들이 두 동강이 난 스키를 메고 나타난 나를 보고 다들 깜짝 놀랐다. 옆에 있던 사람이 내게 스키를 탄 경험이 얼마나 되느냐고 물었다. 오늘 처음이라 했더니 목숨이 몇 개 되느냐고 걱정스러운 말투로 충고했다. 다리가 후들거리고 손목이 골절되었다.

점심을 먹고, 집으로 돌아가느냐? 스키를 렌탈해서 다시 타느냐? 고민하다가 렌탈해서 다시 타기로 결심했다. 식구들은 모두 만류했다. 곤돌라를 타고 다시 상급자 코스로 진입하여 수십 번 넘어졌지만 완주했다. 완주하고 나니 스키에 어느 정도 자신감이 생겼다. 다시 상급자 코스를 완주했다. 그리고 나서 중급자 코스를 타보니 한 번도 넘어지지 않고 쉽게 탈 수 있었다. 이렇게 해서 하루 만에 스키를 완전히 정복(?)하니 너무 재미있고

강원도 문막 현대성우리조트 (가족과 함께)

자신감도 생겨 그날 이후 7~8년 동안은 겨울이 오기만 기다렸다.

스키는 상당히 과학적인 운동으로 균형을 유지하지 못하면 넘어지기 일쑤고 본인만 다치는 것이 아니라 다른 사람에게 치명적인 피해를 줄 수 있으므로 상대를 배려하는 마음도 필요한 운동이다. 7~8년이 지난 후에는 유연성도 떨어져 스키장을 찾지 않았다.

이와 겸하여 스키에서 멀어지게 된 이유 중의 하나가 골프를 배우면서다. 골프를 하기 전에는 세상에서 제일 재미있는 운동이 스키인 줄만 알았는데, 혼자 생각이지만 스키보다 열 배 정도 더 재미있는 운동이 골프인 것 같다. 그래서 세상사에서 흔히 우물 안 개구리라고들 말하는가? 골프보다 열 배 재미있는 일이 뭔가 또 있을지도….

다른 운동도 마찬가지이겠지만 골프는 인생의 축소판 같아서 좋다. 또 골프는 신사적인 운동으로 항시 남을 먼저 배려하는 아름다운 운동이다. 18홀을 도는 동안 인생의 춘하추동을 모두 경험할 수 있다. 물론 골프 운동에도 단점이 없는 것은 아니다. 우선 시간을 많이 투자해야 한다. 또 돈이 많이 드는 단점도 있다.

홀인원 기념, 88CC (2002년)

열심히 운동하다 보니 운이 좋게도 골프를 배운 지 약 2년 만인 2002년 6월 15일 홀인원이란 행운을 얻기도 했다. 흔히들 홀인원은 신이 정한다는 말이 있을 정도로 어렵다고 한다. 실력과 무관하게 운도 따라야 한다. 아마추어가 홀인원을 할 수 있는 확률은 1만 2000분의 1로 약 3000번 라운딩하면 1번쯤 나올 가능성이 있다고 한다. 매주 1회 라운딩할 경우 58년이 소요된다는 계산이다. 어쨌거나 4년 전 망막박리 수술로 그 좋아하던 골프도 이제 과거의 유물이 되고 말았으니 사무실 한쪽에 자리한 골프가방을 보기가 민망할 뿐이다. 언제쯤 시력이 회복되어 다시 골프채를 잡을지 아직은 기약이 없다.

친구(親舊)

    친구란 오래된 친한 사이를 말한다. 인터넷의 발달로 지구촌 어디에서나 많은 사람과 관계를 쉽게 맺을 수 있고 친구가 될 수도 있다. 진정한 친구란 상대가 어려운 상황에 처해 있을 때 모든 걸 줄 수 있어야 한다. 전쟁터에서는 목숨을 함께 나누는 친구(전우)도 있다. 말이 쉽지, 실제로 자신이 가지고 있는 전부를 내준다는 것은 쉬운 일이 아니다.

    그러나 친구라 해도 마음을 터놓고 대화를 나눌 수 있는 친구는 그렇게 많지 않다. 어쩌면 거의 없다는 게 옳은 말인지도 모르겠다. 이는 마치 장마철에 물은 많으나 식수로 사용할 물을 구할 수 없는 것과 흡사하다고 할 수 있겠다.

    나이가 들수록 친구가 더욱 절실하다. 1년에 한 번씩 동창회에 가면 얼굴을 볼 수 없는 친구가 한두 명씩 늘어난다. 허물이 많은 사람과는 친구가 될 수 없다. 그러나 이 세상에 허물이 없는 사람이 몇이나 있을까? 그런데도 오늘날 우리 주위를 살펴보면 절대 남의 허물을 감추어 주지 않으려고 한다.

    우정에 관한 이야기가 많지만, 성경에 나오는 '요나단'과 '다윗' 간의 우정이야말로 진정한 우정의 본보기로서 흉내조차 내기 어렵다고 하겠다. 어쩌면 두 사람의 우정은 남녀 간의 사랑을 넘어선 것이다. 자신의 안위보다 친구를 먼저 생각하고, 자신의 목숨보다 친구의 생명을 위했던 두 사람의 특별하고 위대한 우정은 진정 우리가 본받고 싶은 우정이 아니겠는가?[19]

과연 나의 요나단은 누구며, 내가 그의 '다윗'이 되어 친구를 위해서 행동할 수 있을지? 우리 인간은 어머님 탯줄에서 시작하여 많은 사람에게 보살핌을 받으며 현재까지 와 있다. 내가 오늘 존재할 수 있는 것은 누군가 나의 실수를 덮어주고 감춰준 덕분이 아니겠나 싶다.

많은 사람은 자기편이 아니면 용납하지 않으려고 한다. 2019년 10월 '광화문' 대 '서초동' 사태가 대표적이다. 물론 남의 허물을 덮어주기란 쉬운 일은 아니다. 인내와 희생과 용서가 필요하기 때문이다. 이 시대 여의도 위정자들을 살펴보자. 자기편이 아니면 죽어도 용서할 수 없다고 말하는 집단과 그에 맞서는 집단이다. 눈에 불을 켜고 책상을 내리치며 도저히 서로를 용납하지 못하겠다고 한다. 이는 필시 서로를 정치적 동반자나 친구로 인정하기 싫은 데다가 서로를 이해하려는 마음이 부족하기 때문이다. ○○ 장관의 사태를 계기로 태극기와 성조기를 흔들며 장관의 구속을 외치는 쪽과 검찰개혁을 부르짖는 쪽은 철천지 원수처럼 맞섰다. 허구한 날 진영 간 반목해서 얻는 것이 무엇

---

19 오정현, 『하나님의 사람 다윗 1』, 국제제자훈련원, 2019, p.35.

인지 묻지 않을 수 없다.

좋은 친구는 좋은 관계에서 비롯된다고 생각한다. 그때그때 필요만을 위해서 인간관계를 맺는다면 언제 입장이 바뀔지 모른다. 상대방의 입장을 우선으로 생각하고 이해할 때만이 원만한 인간관계가 지속되고 친구로 이어진다. 또한, 진정한 친구는 역경에서 드러난다. 세한도(歲寒圖) 움막 속에 웅크린 늙은이가 "추위가 오고서야 송백의 늦게 시듦을 안다."라고 씁쓸히 읊조리듯이….

살아가면서 서로에게 마음을 다하는 관계처럼 소중한 것이 또 있을까? 인간은 끼리끼리 모이는 특징을 가진 것 같다. 사람에 대한 차별은 없어야 하고 차이는 존중해야 한다. 대개 뜻과 마음이 맞는 사람이 친구 관계가 오래 유지된다. 극히 일부지만 하루가 멀다고 보도되는 비행 청소년들이 저지르는 끔찍한 사건들은 좋은 친구를 사귀는 일이 얼마나 중요한지를 단적으로 보여주는 예다. 일반적으로 자기보다 많은 장점을 가진 사람과 어울리다 보면 그 사람의 장점을 본받게 되지만 그 반대의 경우에는 좋지 못한 영향을 받을 가능성도 있다.

그 친구를 보면 그 사람을 알 수 있고, 그 사람이 어떤 사람인지를 알고 싶으면 그의 친구를 보라고 했다. 이는 좋은 친구를 사귀는 것이 얼마나 중요한지를 단적으로 설명하는 말이다. 믿을 수 있는 친구를 가까이 두고 있다는 것은 여간 큰 복이 아니다. 친구란 힘이고 믿음이다. 그리고 오래된 친구가 많을수록 더 좋다. 어릴 때 소 먹이고, 가재 잡고 썰매 타던 고향 친구가 문득 그리워진다. 지금은 각자가 가정을 꾸려 여러 곳에 흩어져 사느라 소식이 끊긴 친구와도 안부를 나누고 싶다.

즐거운 일이 생기면 함께 손뼉 치며 축하해 주고 싶은 사람, 비가 내리면 빈대떡집에 가서 수제비 한 그릇과 막걸리 한잔 기울이며 수다 떨고 싶은 사람, 창피한 일도 전혀 수치심 없이 말할 수 있는 사람, 전화만 서로 주고받아도 마음이 편한 사람, 며칠만 연락이 없으면 마음이 허전해지는 사람이 많을수록 좋다. 마음이 심란할 때 추리닝 바람으로 슬리퍼 끌고 나와 따뜻한 차 한 잔 마실 수 있는 친구가 가까이 있었으면 좋겠다.

남의 성공에 토를 달거나 비아냥거리지 않고 진심으로 함께 축하해 주는 사람, 동기들 모임에 나와서 사회적으로 출세한 자식 자랑, 재산 자랑보다는 가진 건 적지만 상대방 입장에서 마음을 다하는 사람, 이런 친구가 내 가까이 있으면 좋겠다. 내가 먼저 이런 친구가 되었으면 좋겠다. 속마음을 털어놓을 수 있는 친구가 단 몇 명이라도 있다면 인생을 잘 살았다고 한다. 마음을 터놓고 이야기할 수 있는 친구가 단 한 사람도 없다면 그 사람은 불행한 사람이다.

나는 대체로 많은 친구와 사귀는 축에 속한다. 휴대폰에 저장된 800여 명의 이름을 아직 지우지 않고 있다. 나는 이들에게 직간접적으로 은혜를 입은 사람이기에 이들을 귀한 인연이요 자산으로 생각한다. 친구들에게 많은 빚을 지고 있다. 나는 가능하면 받은 것의 10배 이상을 갚아주는 것을 하나의 생활신조로 삼는다. 다소 높다고 생각할지 모르지만 그렇게라도 해야 두 배를 갚든지 다섯 배라도 갚을 수 있기 때문이다. 초등학교, 중학교, 고등학교 시절의 친구들, 직장에서 함께 근무했던 사람들의 지지와 도움을 항상 고맙게 생각하며 살아가고 있다.

또 고등학교 동창인 전상원 대표를 빼놓을 수 없다. 신뢰가 무엇인지를 몸소 보여준 친구다. 내가 아가월드에 근무하는 동안 회사가 날로 발전하는 과정에서 판매에 따른 자금이 원활하지 못한 경우가 많았다. 당시는 제품을 판매해 놓고 매월 직원이 가정을 방문하여 수금했다. 카드 결제 등이 원활하지 못한 시기였다. 판매수당 지급일이 매월 15일이었다. 전달 판매에 대한 수당은 다음 달 15일 지급하고 회수는 보통 10개월 지로 또는 방문해서 수금하던 시절이었다. 매출이 많을수록 일시적 자금은 부족한 구조였다.

나는 26년간 근무하면서 아무리 다급해도 단 한 번도 회장님께 수당과 월급을 지급할 자금이 부족하다는 보고는 하지 않은 것 같다. 회사가 날로 발전하는데 자금 때문에 신경 쓰게 하고 싶지 않았다. 회사 경영을 맡아서 운영하는 내 몫이라고 생각했기 때문이다. 처음에는 수백만 원에서 어떤 경우에는 한 번에 5억 원 이상 금액이 부족할 때도 있었다. 30년 전 5억 원은 저택 한 채 값이었다. 수년간 큰돈을 융통해 주면서 영수증 한 장 없이 심지어는 지나가는 길에 승용차 안에서 돈이 든 봉투를 건네주고 갈 정도로 편의를 봐준, 절대 믿음을 준 고마운 친구다. 물론 내가 약속한 일정 이자는 차질 없이 지급했다. 나는 고마움에 대한 빚을 갚는다는 생각으로 매주 교회에 출석하여 친구의 사업이 번창하도록 가족 기도에 우선하여 하나님께 기도드렸다. 지금 생각해도 참 고마운 친구다. 친구야! 고맙다!

또 부천 원미구 역곡에서 병원을 운영하는 황종대 박사도 70대 중반에 접어든 친구들의 주치의 역할을 톡톡히 하는 친구다. 고등학교 동창의 개인 건강은 물론 가족의 건강까지 살뜰히 챙겨주는 친절이 몸에 밴 참 고마운 친구다. 친구가 가까이 있어 친구들 얼굴을 오래도록 볼 것 같다. 고마우이! 황 박사!

나는 오늘도 내 부족한 여백을 채워줄 친구가 가까이 있어 살맛 난다. 그리고 지금부터는 많은 친구로부터 '고맙다', '감사하다'라는 말을 많이 들으며 살고 싶다. 그는 마음속으로만 하고 내가 알아듣는 그 말!

산림청 선정 100대 명산 완등

버킷리스트 중 하나인 100대 명산에 오르기로 작정하고 약 15여 년 전에 암묵적으로 함께하기로 한 이영석 박사와 의기투합하고 실천에 옮기기로 한다. 2020년 7월~8월 2개월 동안 불볕더위 가운데서도 매주 한 번씩 서울 둘레길 총 8개 코스 157km를 완주하고 총 24개의 스탬프를 받아 소정의 확인 과정을 거쳐 서울시장 명의의 서울 둘레길 완주 인정서를 수령했다.

100대 명산 산행은 주 1회를 원칙으로 하고 넉넉잡아 3년 안에 정복하기로 한다. 우선 서울 경기권에 있는 산부터 오르기로 하고 2020년 9월 04일 포천에 있는 감악산을 첫 산행지로 정하여 첫발을 내디딘다. 서울 경기권에는 15개가 분포되어 있다.

계획대로 매주 한 개의 산을 오르며 재미있는 산행을 하던 중 10번째 명지산 산행을 끝으로 이 박사께서 무릎이 불편하다며 더 이상 산행은 무리일 것 같다는 의사를 표명한다.

필자로서는 난감하기 이를 데 없었지만, 무릎이 더 이상 악화하지 않기를 소망할 뿐 다른 방도가 없었다. 이참에 필자도 포기할까도 잠시 생각해 봤으나 어차피 시작한 일인데 견딜 수 있는 데까지 최선을 다해 보자는 마음으로 홀로서기를 결심한다.

물론 70대 중반 나이에 100대 산 완등은 결코 쉬운 일은 아니다. 2

년 안에 100대 산을 완등하기 위해 필자 나름의 기준을 정하고 실천하기로 한다. 첫째, 한 주에 한 개 산 이상은 반드시 오른다. 둘째, 홀로 산행한다. 셋째, 열차나 버스는 무조건 첫차를 이용한다. 넷째, 대중교통편을 이용한다. 다섯째, 주말은 피한다.

1년 7개월간 함께한 등산 장비

대중교통편을 이용하다 보니 지방에 있는 산을 오를 때는 새벽 3시경에 일어나 사무실에 들러서 등산복으로 갈아입고 장비를 챙긴 후 서울역이나 용산역, 수서역을 이용하고, 열차 편이 닿지 않는 지역은 강남고속버스터미널이나 동서울터미널, 남부터미널에서 출발하는 첫차를 이용하는 것을 원칙으로 했다.

산에 오르는 것이 생업은 아니지만 100대 명산을 완등할 때까지는 적어도 천직 개념으로 전력투구한 것 같다. 실은 필자의 경우도 2년 전에 정형외과 의사의 소견으로는 퇴행형 관절염이 이미 진행 중이므로 무리를 삼가라는 주의를 받은 상태였다.

한국건강관리협회 경기지부 정규병 원장에 따르면 65세 이상 인구의 과반수는 하나 이상 관절에 퇴행성 관절염이 발생하여 어떤 형태로든 치료받고 있다고 한다.

하루 약 20여 km의 강행군을 할 때는 산행이 끝날 무렵 주저 앉기도 했지만, 간간이 짬을 내어 스트레칭과 짧은 휴식을 반복 하며 무릎 보호대 착용으로 인대의 연조직 손상을 최대한 방지 하고 스틱으로 힘을 분산시키면서 산행에 임했다.

건강도 언제 악화할지 알 수 없고 갑자기 예상치 못한 병이 발병할지도 모르기 때문에 최대한 기간을 단축하기로 하고 가능 하면 한 주에 2개 산을 오를 계획을 세워 여러 번 실행에 옮겼다.

산행 중 낙상으로 얼굴이 피투성이가 되고 손가락이 골절되 는 등 위험한 고비도 몇 번 있었지만, 다행히 산행을 포기할 정 도의 사고는 당하지 않았다. 부지런히 다닌 결과 2022년 5월 17일 경상남도 통영시에 있는 미륵산을 마지막으로 당초 계획 보다 5개월 앞당겨 1년 7개월 만에 숙제를 끝낼 수 있었다.

특히 마지막 미륵산은 아내를 비롯하여 큰딸, 둘째 딸 가족과 함께 올랐고 심지어 만 다섯 살배기 외손주도 힘을 보탰다. 마 침 5월 17일 우리 부부 결혼 44주년 기념일에 맞춰 마지막을 장 식한 것도 오래도록 기억에 남을 것 같다.

건강에 큰 문제가 없고 누구든지 열정과 의지만 있다면 도 전해볼 만한 가치가 있다는 생각이다. 주위에서 많은 분이 우려 와 격려를 해준 점도 많은 도움이 되었으며 특히 새벽 3시에 일 어나 간식 준비와 안전한 산행을 위해 엘리베이터 앞에서 매번 기도해준 아내에게 무한한 고마운 마음을 전하고 싶다.

가끔 주위 분들이 왜 나이 들어 그 힘든 산을 오르느냐고 물었다. 영국의 유명한 산악인 조지 말로리(George Mallory : 1886년 6월 18일~1924년 6월 8일)는 "산이 거기 있어 오른다"라고 했다.

　내가 100대 명산을 오르는 이유는 우선 나의 버킷리스트에 기록해 놓은 숙제를 끝내고 싶었고, 산이라는 제한받지 않는 공간에서 혼자만의 여유와 자유를 마음껏 누리고 싶었고, 70대 중반 나이지만 코로나로 인하여 활동이 다소 위축되어 있을 때 산행을 통해서 동시대를 살아가고 있는 분들에게 조금이나마 용기를 주고 싶기 때문이다. 또한, 아름다운 자연과 벗하며 심신을 단련하고, 마지막으로는 100대 명산에 대한 문화와 역사, 산의 특징, 산행 중 느낌 등을 부족한 필력이지만 산행기로 남겨 산을 오르는 산객들에게 겨자씨만 한 도움이라도 주고 싶은 마음에서라면 지나친 욕심일까? 1년 7개월 동안 나를 안전하게 보호해 준 등산화, 스틱, 배낭도 소중한 보물이다.

1번째 감악산 산행(2020년 9월4일)

100번째 미륵산, 가족과 함께 (2022년 5월17일)

˚아버님의 훈육

선친께서 생전에 계실 때 넷째인 나에게 특별히 당부하고 싶은 말씀이 있는지 여쭈어본 적이 있다. 질문을 받자마자 주저 없이 답을 내놓으셨다. 뭐니 뭐니 해도 건강이 제일이 아니겠나? 그리고 어려운 상황에 부닥쳐도 정직해야 하는 거다. 인내와 겸손도 중요하지! 딱 세 마디 말씀만 하셨다.

서산대사 게송시

짧은 말씀이지만 나는, 더는 여쭙지 않았다. 평생 살아가면서 내가 감당해야 할 숙제로 충분하다고 생각했기 때문이다. 말씀을 받들어 가훈을 '건강하고 정직하며, 항상 꿈을 잃지 말며 이웃에게 도움을 주는 사람이 되자'라고 정하고 2000년 1월 1일 액자로 만들어 거실에 걸어두고 지키려 한다. 옆에 함께 걸어놓은 다른 액자 하나는 서산대사의 게송(偈頌)을 적은 것으로, 1974년 직장생활을 시작하면서부터 좌우명으로 삼고 있다.

답설(踏雪) — 西山大師

(답설야중거) : 눈 덮인 들판을 걸어갈 때
(불수호란행) : 함부로 이리저리 걷지 말라
(금일아행적) : 오늘 내가 걸어간 발자국은
(수작후인정) : 뒷사람의 이정표가 되리니

나는 두메산골에서 출생했다. 야간고등학교 출신으로서 중견 기업의 대표이사를 지내고 박사 학위 취득 후 대학교수까지 할 수 있었던 것은, 아마도 선친의 당부 말씀과 이 말씀을 좇아간 결과로 작은 소출을 거둔 것이 아닌가 싶다.

또 다른 신조는 진인사대천명(盡人事待天命), 즉 최선을 다하고 하늘의 뜻을 기다리는 것이 아니라, '진인사(盡人事)하고 후회를 적게 하자'이다. 인생의 긴 여정에서 후회하지 않고 한평생을 살 수는 없다. 그러나 이왕 피할 수 없는 일이라면 최선을 다하고 후회를 적게 하고 싶다.

용기를 내어 거울 앞에 서 본다. 거울에 비친 셀 수 없을 정도로 많은 주근깨, 눈언저리와 목에 새겨진 주름살! 생물학적 세포는 늙어가고 정신적으로도 고달픈 우수(憂愁)가 깊어가는 몰골이다. 나이가 든다는 것은 고통스러울 수 있으나 석양의 하늘도 아름답지 않은가?

강의를 그만두고 무료하게 시간을 보낼 수 없었다. 지금까지

한 인간으로 긴 여정의 길을 걸어오면서 무엇을 했는지? 스스로 던진 질문에 대한 답을 얻고 싶었다. 나는 누구인가? 성경 말씀에는 '하나님으로부터 사랑받는 존재'라고 했다. 지금까지 내가 받은 사랑의 일부를 누군가에게 조금이라도 돌려줄 수 있다면 그래도 후회를 적게 할 것 같았다. 우선 그동안 논문을 작성하면서 겪은 경험과 학생들을 지도하기 위해 준비한 교안을 종합 정리해서 출판하면 후학들이 통계 논문을 작성할 때 다소나마 도움을 줄 수도 있을 것 같다. 둘째, 자식들에게 상속해 줄 것이 변변치 않은지라 아비로서 살아온 삶을 사실대로 기록해서 남기는 것도 뜻있는 일 같기도 했다. 셋째, 지금껏 걸어온 길을 되돌아보며 경험담을 기록하여 내 나름의 역사에 남기는 에세이를 출간하는 것도 의미가 있지 싶었다.

이 세 가지 중 경험을 중심으로 '미셀러니[20](miscellany)'를 엮기로 하고 실천하기로 한다. 매일 A4용지 두 장 정도 1개월에 60매 내외 분량을 목표로 2020년 1월부터 시작해서 늦어도 4개월 이내에 원고를 마감하고 적당할 때 출판을 목표로 했다. 원고작성을 시작한 지 4개월 만에 졸고(拙稿)를 맺으며, 지난 세월을 되돌아볼 때 시련과 고통은 있었지만 그래도 지고 온 지게가 빈 지게가 아니라 생각되어 다행이고 감회가 새롭다.

나는 세조의 왕위찬탈에 저항하다 사지가 찢겨 돌아가신 백촌 어른의 19대손으로, 200여 년 동안 성씨(姓氏)의 본(本)조차

---

20 미셀러니 [miscellany] : 논리적이거나 사회적인 문제보다는 개인적인 일상이나 감정을 소재로 하여 쓰는 수필

사실대로 밝히지 못하고 남의 눈을 피해 깊은 산속을 전전하며 화전민으로 겨우 명을 이어온 선조 덕분에 그래도 운 좋게 두메 마을에서 태어나서 유년 시절을 보냈다.

1959년 사라호 태풍 속 동구 밖 개울을 건널 때 만약 바위와 버드나무가 없었다면 이미 다른 세상에 가 있을 텐데 운 좋게도 이렇게 살아있어 감사할 뿐이다. 어릴 때부터 경험한 가난과 척박한 환경은 자생력을 키우는 계기가 되었고 오히려 악착같은 근성의 근육을 단련해 준 것 같다.

아버님의 말씀을 바탕으로 스스로 정한 가훈과 좌우명을 실천하고자 나름대로 열심히 살고 있다. 직장에 충실하겠다는 명분으로 삼 남매가 태어날 때 한 번도 현장을 지켜주지 못한 것은 생각이 모자랐던 것 같다. 특히 아내에게 죄송한 마음이고, 아이들에게도 면목이 없다. 어떤 이들은 세상의 나이로 볼 때 이제는 좀 쉬라고 하지만, 아직도 나이 듦을 구실로 할 일을 멀리해서는 안 된다는 생각이다. 아버님! 감사합니다.

걸어온 길에 감사하고 걸어갈 길에 희망을 품다

칠십 평생을 살아오면서 나름대로 치열할 정도로 도전하고 배우면서 시간을 보낸 것 같다. 1년간 미뤄놨던 원고를 들추어 막상 책 출간을 결심하고 나니 내용은 물론 지적 수준도 형편없이 모자람을 고백하지 않을 수 없다.

그동안 가족을 비롯하여 많은 분의 도움으로 여기까지 걸어온 길에 감사하고 걸어갈 길은 안개 속이지만 희망을 품고 더욱 겸손하게 걸어갈 것을 다짐한다.

우선 이 글을 통해 인연이 된 독자 제위님에게 감사를 드린다. 이 글은 저가 지금까지 살아오면서 겪은 경험을 중심으로 진솔하게 기록하려고 노력했다. 워낙 천학(淺學)인 데다 그 그릇이 아님을 잘 알면서도 외람되게 독자 제위와 공유하고자 한다. 필자보다 훨씬 열악한 환경에서도 사회 곳곳에서 이웃을 위해 자기희생과 봉사로 빛과 소금 역할을 하는 분들에게는 한없는 존경을 표하는 바이다.

나와 같은 시대에 살고 있고 엇비슷한 처지에 있는 독자와 특히 2019년 12월 12일 중국 우한에서 처음 발생하고 2020년

1월 24일 우한에서 상하이를 거쳐 인천공항으로 입국한 확진자로부터 확산하기 시작한 코로나19 바이러스로 고통을 겪은 수많은 사람, 9월 20일 현재 약 28,000여 명의 귀중한 생명을 잃은 유가족에게 겨자씨 한 톨만큼이라도 위로가 되었으면 하는 바람이다.

우리는 다른 사람이 닦아놓은 신작로 길을 편히 갈 수도 있지만, 자신이 길을 만들어 가며 더 큰 보람을 느낄 때가 간혹 있다. 본 책을 통해서 적지 않은 분량의 글을 독자에게 적나라하게 보여 주는 것 같아 얼굴이 화끈거리기도 한다. 그럼에도 함량 미달의 졸고를 공개하는 것은 이번 출간을 계기로 더욱 노력하고 배우겠다는 의미이기도 하다.

특히 바쁘신 와중에도 원고를 끝까지 읽어보시고 응원과 출판을 권유하신 아가월드 몬테소리 권경숙 대표님, 미래 유아교육학회 이영석 박사님, 호서대학교 이재순 교수님, 서울사이버대학교 김동환 교수님, 필자의 지도교수님이시자 전 OECD 사무국 홍은표 교수님의 축하와 도서출판 행복에너지 권선복 대표이사님의 귀한 말씀과 가족을 비롯한 주변 분들의 격려와 응원 덕분에 이 책을 낼 수 있었음을 절감(切感)하며 무한한 감사와 도덕적 책임을 느낀다.

물론 저에 관한 이야기지만 많은 사람과의 관계 가운데 지금껏 살아왔고 관계된 분들의 이야기가 일부 피력되어 있으므로 행여나 그분들께 누를 끼쳤다면 넓은 아량으로 용서해 주시길 바랄 뿐이다.

2년을 목표로 우리나라 산림청이 선정한 100대 명산의 정상에 올라 보겠다고 결심하고 실천에 옮긴 지 1년 7개월 만에 완등을 끝냈다. 올가을 『대한민국 산림청이 선정한 100대 명산 이야기』(가칭)라는 제목으로 출간 예정인 두 번째 저서에서는 진일보된 모습을 보여 드릴 것을 약속드린다.

마지막으로 이 책이 출간되도록 허락하신 하나님께 감사드리며 수고를 아끼지 않으신 많은 분께 진심으로 고마운 마음을 전한다. 고맙습니다.

2022년 초가을
서초동 연구실에서
김진현 드림

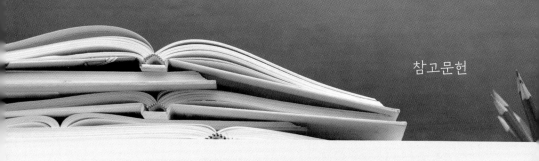

· 김진우, 『사육신의 진실』, 통천문화사, 2009, p. 52.

· 김종성, '충의공 백촌선생 사육신 현창에 대한 제언', 2019. 9. 22, 학술강연회집, p.105.

· 김원배, '유리병에 갇힌 벼룩', 통신방송부 데스크 adolfkim@etnews.com, 전자신문, 2019. 4. 22.

· 박상철(1949), 대구경북과학기술원 석좌교수, 국제백신연구소 한국후원회
'세계 최고 장수 과학자가 말하는 100세까지 사는 법' 신동아 2019년 1월호 게재.

· 박석철, sisa 울산, Naver, 최종 업데이트 2015. 12. 21 10:32l.

· 신성범, '사람답게 늙는 것', 실버넷 뉴스

· 이동재, '소설의 화법과 한국전쟁(6.25)의 소설적 해석', Journal of Korean Culture 31, 2015, p. 112.

· 이상복, '벤치마킹 기법의 도서관 활용에 관한 연구', 대한도서관정보학회, 제35권 제2호, 2014, p.4.

· 오정현, 『하나님의 사람 다윗 1』, 국제제자훈련원, 2019, p.35.

· 우종영, 『나는 나무에게 인생을 배웠다』, 메이븐, 2019, p.171.

· 전양진, '한국인 해외여행자의 성별, 연령, 결혼 상태에 따른 관광 활동 비교연구',
동북아 관광 연구, 제12권 제1호, 2016, 두산 동아백과사전
마르틴 부버(Buber, Martin, : 1878.2.8.~1965.6.13.), 문예출판사, 2001.
https://search.daum.net/, https://www.naver.com/

인생이라는 길을 걷는
꾸준한 발걸음!

권선복
도서출판 행복에너지 대표이사

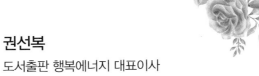

우리는 누구나 인생이라는 길을 걷기 위해 태어난 여행자와 같은 존재입니다. 한 번뿐인 인생을 어떻게 사느냐는 오롯이 각자의 몫입니다.

김진현 작가는 정년퇴임 후 60대 중반, 늦깎이 대학생의 길을 걷기로 결심합니다. 다들 이제 남은 세월은 편하게 쉬면서 지낼 것을 권유했지만, 그는 학업에 대한 열정을 포기하지 않았습니다. 학사, 석사를 넘어 박사학위까지 취득 후 대학 강단에 설 수 있었던 것은 스스로 갈 길을 개척했기 때문입니다. 또한 70대 중반 연령에 우리나라 산림청이 선정한 100대 명산을 단기간에 완등한다는 쉬이 볼 수 없는 강렬한 에너지와 열정은 도대체 어디서 나온 것인지, 그저 감탄이 나올 뿐입니다.

저자의 삶에 크고 작은 풍파도 있었지만, 그는 끝까지 포기하지 않고 '두드리라 그러면 열릴 것이다.'라는 성서의 말씀을 증명이라도 하듯 축복으로 가득한 삶을 살아 부러움을 갖게 하기까지 합니다. 특히 재직 중 전문경영인으로서 본인의 생활은 후순위로 미룬 채 회사에 최선을 다한 모습은 누구나 쉽게 실천하기 힘든 부분으로 우리가 어떻게 살아가야 하는지를 실례로 보여주기에 마음에 와닿았습니다.

작가의 소회처럼 칠십 평생을 치열하게 도전하고 배우면서 여기까지 온 것 같습니다. 이 책을 통해 저뿐만 아니라 많은 독자께서 본인의 인생은 개척하는 자의 마음과 행동에 따라 달라진다는 것을 생생하게 느꼈으리라 생각합니다.

저자의 글을 읽다 보면 세상에 불가능은 거의 없는 것 같습니다. 하루가 다르게 변화하는 현실 속에서 우리의 육체와 정신도 끝없이 변화하기에 고난과 실패도 영원하지 않습니다. 가끔은 불행이 행복으로 바뀌는 실마리가 될 수도 있습니다.

우리가 뿌린 씨앗이 무엇인지에 따라 수확이 결정되겠지만, 설령 토양이 다소 기름지지 않더라도 꾸준히 물을 주고 정성을 들여 가꾸면 튼실한 열매를 수확할 수 있고 아름다운 꽃을 피울 수 있는 것처럼 말입니다.

본서를 통하여 김진현 작가의 아름답고 열정적인 삶이 많은 독자의 가슴에 열정이라는 불을 지필 수 있기를 기대합니다. 여러분은 진정 아름답습니다. 부디 마음먹은 꿈을 반드시 이루십시오!

선선한 바람이 불어오는 초가을에 기쁜 마음으로 본서를 내며 모두에게 행복에너지의 축복이 가득하기를 소망합니다.

'행복에너지'의 해피 대한민국 프로젝트!

〈모교 책 보내기 운동〉〈군부대 책 보내기 운동〉

한 권의 책은 한 사람의 인생을 바꾸는 힘을 가지고 있습니다. 한 사람의 인생이 바뀌면 한 나라의 국운이 바뀝니다. 그럼에도 불구하고 많은 학교의 도서관이 가난하며 나라를 지키는 군인들은 사회와 단절되어 자기계발을 하기 어렵습니다. 저희 행복에너지에서는 베스트셀러와 각종 기관에서 우수도서로 선정된 도서를 중심으로 〈모교 책 보내기 운동〉과 〈군부대 책 보내기 운동〉을 펼치고 있습니다. 책을 제공해 주시면 수요기관에서 감사장과 함께 기부금 영수증을 받을 수 있어 좋은 일에 따르는 적절한 세액 공제의 혜택도 뒤따르게 됩니다. 대한민국의 미래, 젊은이들에게 좋은 책을 보내주십시오. 독자 여러분의 자랑스러운 모교와 군부대에 보내진 한 권의 책은 더 크게 성장할 대한민국의 발판이 될 것입니다.